Du même auteur :

La fille de l'ombre (2003) - **Prix ACAI 2015**
décerné par l'Association Comtoise d'Auteurs, Indépendante.

Au nom d'Elisa (2008)

Amnésie (2010)

L'autre (2013)

© 2017, Faure Lombardot Nathalie
Edition : Books on Demand GmbH, 12-14 rond-point des Champs Elysées, 75008 Paris
Imprimé par Books on Demand GmbH, Allemagne
ISBN : **978-2-3220-3865-7**
Dépot légal octobre 2014

Encouragée par ma fille (*qui, soit dit en passant, écrit aussi… et que je vous invite à lire si vous aimez la Fantasy ou le Fantastique…*), et par des lecteurs qui me réclament… "*un peu d'amour et de tendresse dans un monde de brutes*"… J'ai ressorti de mes tiroirs, un vieux manuscrit (écrit en 1999, c'est pour vous dire…) que j'ai tenté de remettre au goût du jour…

Pour l'anecdote, c'est ma petite sœur qui m'avait demandé de mettre par écrit une sorte de rêve qu'elle avait en tête ! Aujourd'hui, le résultat n'a plus grand-chose à voir avec le scénario de base, mais j'espère qu'il vous transportera au soleil, vous dépaysera, vous fera rêver…

Un grand merci à Jacqueline Heinrich qui a passé du temps à la relecture et à la correction de mon manuscrit, y consacrant une partie de ses vacances (justement…), et à Mélodie qui a procédé aux dernières corrections, les agrémentant de remarques drôles et pertinentes (que je n'ai pas publiées, bien sûr ! Je les ai gardées pour moi…).

Merci à Jean-Marie SCHREINER (GRAPH'X25), créateur de la couverture, pour son talent, ses idées, sa disponibilité et son amitié…

Enfin, merci à ma famille (mon mari qui me soutient inconditionnellement, même quand je suis insupportable, mes enfants qui sont mes lecteurs les plus assidus et mes critiques les plus tolérants), à tous mes amis, collègues, voisins (qui sont également des amis) et qui, non seulement me soutiennent mais en plus me supportent !… Merci à tous mes lecteurs…

        Sans vous, mes livres ne seraient pas publiés…

Vous pouvez retrouver mon actualité sur mon site :
        http://nathaliefaurelombardot.jimdo.com

sur ma page Facebook : ***Nathalie Faure Lombardot - auteur***

Pour les mélomanes qui aiment allier la musique à la lecture :
J'ai écrit *Sans illusion* en écoutant les albums de

- **Giant** : "*Last of the runaways*",
- **White lion** : "*The Best Of* " ("*Broken heart, Lady of the valley, Farewell to you…*"),
- **Aerosmith** : "*Nine lives*"

Sans illusion…

Nathalie FAURE LOMBARDOT

Pour Mélodie, ma muse…

Pour Gilles et Dylan, les hommes de ma vie…

Pour Corinne, ma sœur, à qui je dédie ce livre,

Pour mes nièces, Marie et Lucie…

Chapitre 1

– Bon Léa, je ne sais pas ce que vous en pensez mais moi, j'en ai marre ! Je rentre chez moi. Si vous voulez faire comme moi, vous avez carte blanche.

La jeune fille leva les yeux de son écran d'ordinateur pour planter son regard dans celui de son patron, un notaire proche de la soixantaine. Il se comportait souvent de façon bourrue et froide, mais son apparence de vieil ours bougon cachait un humour noir qui frisait parfois l'acidité. Aussi sa jeune secrétaire ne savait jamais vraiment s'il plaisantait ou s'il était sérieux. Il lui fallait croiser son regard pour savoir si elle devait prendre ses remarques à la rigolade ou au contraire, se faire toute petite.

– Vous plaisantez ? Il n'est que quinze heures et...

– Et ce satané climatiseur ne marche toujours pas ! Je ne vais pas attendre de me transformer en flaque. En plus les gamines viennent dîner et si je veux emmener les petits voir le feu d'artifice, j'ai plutôt intérêt à aller donner un coup de main à Lise... Si je compte sur elle pour que le repas soit prêt à l'heure...

Il avait pour sale habitude de critiquer à tort et à travers celle qui partageait sa vie depuis plus de trente ans et qui était la mère de ses deux filles. Il le faisait toujours avec une pointe de tendresse et d'affection. Quant aux petits : trois filles de trois, quatre et six ans, et un garçon de dix-huit mois, ses petits enfants, ils passaient avant les affaires professionnelles : gâtisme "grand-paternel" obligeait !

Il faut dire que la chaleur de ce treize juillet battait des records. Dans cette région de l'est de la France, il faisait une chaleur souvent étouffante l'été et les hivers pouvaient être très froids. Léa sentait la transpiration couler dans son dos et mouiller son cou. Heureusement qu'elle avait pris soin d'attacher sa longue chevelure noire en chignon sur sa nuque sans quoi, elle ne l'aurait pas supportée.

– Qu'est-ce que vous faites ? Vous ne partez pas ? Vous aimez tellement votre boulot que vous ne voulez plus quitter votre bureau ? plaisanta-t-il.

– Eh bien... Je n'ai pas terminé le dossier Guignon et... je n'ai plus beaucoup de jours à prendre... commença-t-elle un peu gênée.

– Les Guignon peuvent attendre lundi, leur maison ne va pas s'envoler pendant le week-end. Puisque je vous l'offre, votre jour ! N'insistez pas ou je vais changer d'avis... Et bonjour à Luc.

– Laurent ! rectifia-t-elle en souriant.

– Décidément, je ne m'y ferai jamais. Bref, l'essentiel, c'est que vous sachiez, vous, comment il s'appelle... Et je trouve qu'il a une tête à s'appeler Luc, bougonna le notaire.

– Si vous l'dites, se mit à rire Léa en récupérant son sac à main sous le bureau. Bon... Alors à Lundi ?

– A lundi. N'oubliez pas les clés, je ne serai sûrement pas au bureau avant neuf heures.

– Bien. Au revoir et bon week-end !

ça ne pouvait pas mieux tomber, pensa-t-elle en sortant. Ce soir, Laurent et elle allaient fêter cinq ans de vie commune. Elle espérait qu'il y aurait pensé, lui aussi. Elle avait décidé de lui préparer une petite soirée romantique : dîner aux chandelles. Elle mettrait les petits plats dans les grands, sortirait sa jolie nappe en dentelle qu'elle ne servait jamais parce qu'elle avait peur de la tacher. Sa grand-mère la lui avait offerte et elle y tenait beaucoup. Elle sourit en pensant à Laurent qui se moquait gentiment d'elle à ce sujet : "Je ne suis pas assez bien pour avoir le droit de profiter de tes dentelles ?" lui avait-il demandé en riant. Ce soir il serait surpris. Elle n'était pas ce que l'on peut appeler un cordon bleu : elle n'aimait pas cuisiner habituellement, elle se débrouillait quand c'était nécessaire mais en général, elle privilégiait le "facile, pratique et rapide". Pour une fois elle voulait lui concocter une petite recette de filets de Saint-Pierre à la sauce champagne. Il n'en croirait ni ses yeux, ni ses papilles. Il lui restait plus de temps que prévu pour faire ses courses et tout préparer. Cela lui mit du baume au cœur. Le soleil brillait, il faisait chaud et tout allait bien. Elle trouva même le centre commercial joli : c'était un comble, non ?

Elle fit rapidement les courses pour se laisser le temps de se préparer. Elle avait eu envie de s'offrir des dessous affriolants mais Laurent n'appréciait pas particulièrement les dentelles, porte-jarretelles et compagnie, alors inutile de faire un trou dans son budget à cet effet.

Elle se gara sur le parking du petit immeuble qu'ils habitaient, le plus près possible de la porte d'entrée. Deux sacs dans chaque main, elle grimpa les deux étages qui menaient à leur appartement. Elle batailla un peu pour trouver ses clés. Enfin la porte s'ouvrit. Elle posa délicatement les paquets sur la table de la cuisine, referma la porte d'entrée quand un bruit retint son attention, une sorte de gémissement étouffé. Elle retint son souffle et s'immobilisa : plus rien. Pourtant une sensation inexplicable de malaise s'était emparée d'elle. Laurent ne devait pas rentrer avant au-moins deux bonnes heures... Et si c'était un cambrioleur ? Elle sourit de sa peur soudaine mais décida de vérifier quand même. Elle traversa le salon, poussa la porte de la chambre à coucher. Son geste resta en suspens. Le souffle coupé, son cœur manquant un battement, elle s'immobilisa, paralysée par la surprise.

Laurent était là, nu, chevauché par une blonde joliment roulée, en plein effort, les mains agrippées à ses hanches ceintes d'un porte-jarretelles en dentelle blanche auquel étaient accrochés des bas en résille. Tous les deux s'étaient immobilisés, pris en faute comme des enfants grondés. Seuls leurs souffles saccadés résonnaient dans la chambre. Son Laurent, son cher Laurent, le plus beau, le plus fort, le plus intelligent, devint soudain à ses yeux d'un ridicule poussé à l'extrême. Il avait l'air si con à la regarder bêtement sans réagir...

Léa se reprit la première. Sans un mot, elle referma la porte mais resta derrière, la main agrippée sur la poignée. Elle eut soudain l'impression de manquer d'air. La chaleur qui d'habitude ne l'incommodait pas, la faisait maintenant suffoquer. Elle s'exhorta au calme, tenta de faire ralentir les battements de son cœur et respira plus lentement. C'était un cauchemar, elle allait se réveiller... Elle eut l'envie subite d'ouvrir la porte à nouveau avec l'espoir que le lit serait fait, vide et qu'elle pourrait rire de sa bêtise. Mais sa conscience elle, n'était pas dupe. Elle savait au fond d'elle-même qu'elle ne dormait pas.

Laurent la rejoignit quelques minutes plus tard à la cuisine. Torse nu, il avait juste enfilé un jean. Ce détail aiguisa encore la colère de Léa. Il savait qu'elle le trouvait très craquant dans cette tenue. Qu'est-ce qu'il espérait ? La faire fondre de nouveau pour qu'elle oublie ce qu'elle venait de voir ? Quel enfoiré ! Elle sentit une rage folle s'emparer d'elle. Comme une vague qui la submergeait, elle sentait le moment où elle ne se maîtriserait plus et ferait un malheur. La colère lui tordait les tripes. Elle sentait ses joues brûler.

– Écoute Léa, je vais t'expliquer... commença-t-il d'une voix douce et grave, à peine hésitante.

– Inutile ! cracha-t-elle. Je n'ai pas besoin que tu m'expliques ce que tu étais en train de faire, je ne suis pas débile : ça s'appelle baiser avec une pute dans notre pieu !

– Ne sois pas grossière chérie, écoute-moi !

– Grossière ? vociféra-t-elle. C'est moi qui suis grossière ? Tu te prends pour qui, connard ? Tu sautes une pouffiasse dans notre appartement, dans notre lit et c'est moi qui suis grossière ?

– D'abord ce n'est pas une pute, ni une pouffiasse comme tu dis, répondit-il en haussant la voix. Maintenant tu vas te calmer pour qu'on puisse discuter en adultes responsables...

– En adultes responsables ? Parce que tu te sens adulte responsable quand tu me trompes ? Mais va te faire foutre ! hurla-t-elle. Tu vas me donner des cours maintenant ? Je ne veux pas discuter avec toi ! Tu prends tes affaires et tu te casses !

Elle lui tourna le dos et tenta de reprendre son souffle. Il fallait qu'elle se calme. Ils n'arriveraient à rien de bon comme ça, elle en était consciente mais n'arrivait tout de même pas à se maîtriser. Laurent s'était appuyé au chambranle de la porte et restait silencieux, sans la quitter du regard. Il attendait certainement que la tempête s'apaise.

– Pourquoi tu m'as fait ça aujourd'hui ? s'écria-t-elle en lui faisant de nouveau face.

– Que ce soit aujourd'hui ou... Oh merde ! murmura-t-il comme s'il venait seulement de prendre conscience de l'importance de la date.

Sous le coup d'une nouvelle vague de fureur, Léa s'empara d'une des deux bouteilles de champagne achetées pour l'occasion et la lui jeta de toutes ses forces à la figure. Ce dernier eut juste le temps d'esquiver et la bouteille se fracassa contre la porte d'entrée. Sans lui laisser le temps de réagir, elle fit de même avec la deuxième.

– Tu ne t'es même pas souvenu de la date ? Eh bien tu ne les boiras déjà pas avec ta salope, celles-là !

– Léa ! ça suffit cette fois ! Tu vas te calmer ! rugit-il en l'attrapant par les poignets et en la maintenant fermement.

– Lâche-moi tout de suite ! gronda-t-elle les mâchoires serrées. Et disparais ! Fous le camp avec elle. Je ne veux plus jamais te revoir ! Dégage !

Laurent parut un instant décontenancé. Il la libéra et recula jusque dans l'entrée, comme s'il se laissait le temps de réfléchir, d'évaluer la situation. Il se passa la main dans les cheveux d'un geste nerveux, rejetant en arrière ses mèches noires et lisses. Ce geste tapa sur les nerfs de Léa, justement parce qu'avant, elle adorait le voir faire ça. Il était si beau, si sensuel. Son torse nu, ses hanches fines moulées par un jean délavé : tout dénotait la gravure de mode. Ses grands yeux noirs veloutés, ses traits fins, ses cheveux coupés courts dans le cou, longs sur le front, balayés sur les côtés. Il aurait pu faire la pige à n'importe quel mannequin. Il était beau, parfaitement beau, et cette constatation ne fit que plus mal à Léa. Les paroles de sa meilleure amie lui revinrent subitement en mémoire.

"Il est trop beau, Léa. Quand on se tape un mec comme ça, il faut s'attendre à ne pas le garder. Tu vas vivre tout le temps en te demandant combien de temps tu auras le privilège de le garder ? C'est ça ? Ben t'as pas fini ! C'est le genre de type sur lequel toutes les gonzesses vont se retourner, dans la rue, dans les restos... Tu ne pourras pas aller quelque part avec lui sans qu'il se fasse allumer, draguer... Tu crois que tu vas supporter ça longtemps ?"

A l'époque, elle s'était fâchée avec Aline. Elle lui avait rétorqué qu'elle ne réagissait comme ça que par jalousie, que tous les deux s'aimaient et qu'elle avait une totale confiance en lui... Tu parles !

– Je vais la raccompagner, ensuite je reviens et on discutera, de gré ou de force. De toute façon tu n'as pas le choix : je suis ici chez moi, au même titre que toi. Tu peux fermer, j'ai mes clés. Tâche de te calmer.

Comme elle ne répondait pas, il ajouta :

– Je suis sincèrement désolé Léa !

– Va te faire foutre ! rétorqua-t-elle le cœur au bord des larmes. Elle avait de plus en plus de mal à les retenir. Tout ce qui lui importait à présent, c'était qu'ils déguerpissent tous les deux.

La blonde avait eu le temps de se rhabiller. Elle traversa le salon d'un pas hésitant, le regard fuyant. La vue du porte-jarretelles revint immédiatement à la mémoire de Léa. A présent, elle portait un jean noir, un tee-shirt très court qui mettait en valeur sa poitrine avantageuse, des chaussures à talons : tout ce qu'il disait détester, pensa Léa amère.

– Ecoutez, j'voulais vous dire, heu...

– Surtout pas ! Casse-toi de chez moi, je ne veux rien entendre ! la coupa Léa sur un ton hargneux.

– Viens, je te raccompagne, murmura Laurent en prenant la blonde par le coude et en l'entraînant vers la porte. Il ramassa au passage, un tee-shirt abandonné sur le bras d'un fauteuil et l'enfila nonchalamment. Chacun de ses gestes, de ses paroles, de ses mimiques, jusqu'aux vêtements qu'il portait, tout était savamment calculé pour le mettre en valeur et le faire paraître le plus sensuel et le plus attirant possible. Ce qui faisait tout son charme devenait douloureusement irritant pour Léa.

A peine eurent-ils passés la porte qu'elle se laissa glisser contre le mur jusqu'au sol et éclata en sanglots, la tête posée sur ses genoux, le visage enfoui entre ses bras. Sa colère s'était muée en une douleur lancinante insupportable. Elle ne sentait plus la chaleur, ne voyait plus le soleil éclairer la cuisine. Pour elle, tout s'était assombri d'un coup. Sa vie avait basculé en quelques secondes, tout son univers s'écroulait. Tout ce en quoi elle croyait, tout ce sur quoi elle s'appuyait venait de disparaître. Elle n'était pas d'une nature très jalouse, elle n'était pas non plus préparée à une telle découverte. Peut-être était-elle trop naïve ? Jamais elle n'avait, ne serait-ce qu'imaginé qu'une telle chose puisse se produire, aussi tombait-elle de très haut. Pour elle, Laurent était l'homme idéal, il ne pouvait pas lui mentir, il l'aimait, la chérissait, était toujours maître de la situation, il avait des principes, il était toujours là quand il le fallait, il ne l'avait jamais déçue... Enfin, jusqu'à maintenant. Bref, il était parfait. Elle ne comprenait pas ce qui avait pu se passer : qu'avait-elle fait, ou pas, pour le pousser à une telle extrémité ? Au fond de son cœur, elle avait toujours eu peur de ne pas être à la hauteur, de ne pas mériter quelqu'un comme lui. Elle s'était toujours sentie commune, ordinaire par rapport à lui. Aujourd'hui, ce qu'elle redoutait le plus s'était produit. La blonde était belle, elle avait un corps parfait, elle avait du chien, elle avait su le conquérir. Et Léa s'était fait piéger sans avoir eu seulement l'occasion de lutter, de défendre sa place. De plus, elle avait réagi avec une violence dont elle se serait crue incapable quelques instants auparavant. Elle s'était conduite en mégère vociférant, jurant, hurlant des insultes. Elle s'était ridiculisée. Ce n'était pas dans ses habitudes d'avoir un parler aussi cru. Elle savait à quel point Laurent détestait les éclats de voix, les scènes de ce genre, la vulgarité... C'était peut-être ce qui, inconsciemment, l'avait poussée à réagir de la sorte. En tout cas, s'il lui restait une seule chance de le récupérer, elle venait de la faire voler en éclat. Cette constatation et la honte de s'être conduite de la sorte firent naître une nouvelle crise de sanglots.

Elle n'aurait pu dire combien de temps elle resta ainsi à pleurer à chaudes larmes. A son retour Laurent la trouva dans la même situation. Il s'accroupit près d'elle et tenta de la prendre dans ses bras, mais elle le repoussa.

– Ne me touche pas, murmura-t-elle d'une voix qui avait perdu toute trace d'agressivité.

– Tu ne vas pas rester par terre toute la soirée. Viens t'asseoir au salon, on va discuter.

Il s'attendait à ce qu'elle le repousse, qu'elle refuse, qu'elle crie à nouveau. Mais non, elle se leva et le suivit. Elle s'installa à genoux dans un coin du canapé. Il y eut un long silence puis Laurent se décida à parler.

– Je suis vraiment désolé, Léa. Je ne voulais pas te faire tant de mal...

– Depuis quand ça dure ? questionna-t-elle d'une voix tendue, sans le regarder.

– ... Un peu plus d'un mois, finit-il par avouer après avoir hésité.

Léa eut un hoquet de surprise, un léger sourire narquois naquit sur ses lèvres : comme elle avait été naïve et aveugle...

– Si je n'étais pas rentrée plus tôt aujourd'hui, je ne l'aurais pas su... Ça aurait duré encore longtemps avant que tu ne m'en parles ?... Je veux dire... Tu tiens à elle ?

– Je ne sais pas... Je crois que j'ai besoin d'un peu de temps pour faire le point...

– Tu vas en avoir plein : je veux que tu t'en ailles, exigea Léa.

Pour la première fois Laurent perdit son aplomb et n'eut plus l'air si sûr de lui. Il se tordait les doigts nerveusement et semblait hésiter.

– Écoute, on pourrait se laisser un peu de temps... Juste pour réfléchir et on prendrait une décision plus tard... On ne peut pas effacer cinq ans comme ça, murmura-t-il.

– Tu y as pensé aux cinq ans quand tu la sautais ?... Et moi, tu as pensé à ce que je pouvais ressentir en apprenant que tu as quelqu'un d'autre ? Puisque ça dure depuis un mois, ce n'est pas que du sexe, n'est-ce pas ? Tu tiens à elle ?

– Oui... Mais je tiens à toi aussi... C'est différent...

– Qu'est-ce qui n'allait pas entre nous ? Qu'est-ce qui te manquait ?... Pourquoi tu n'en as pas parlé avant ? continua-t-elle alors que les larmes coulaient de nouveau sur ses joues.

– Arrête de pleurer, s'il te plaît...

– Lâche-moi avec ça, d'accord ? Je pleure si je veux ! Et d'abord, ça me fait du bien. Tu préférerais que je rie aux éclats et que je te saute au cou ?

– ça me fait mal de te voir comme ça...

– Pauvre chéri ! C'est toi qui souffres ? Tu veux que je te plaigne aussi ?... Ben, il fallait y penser plus tôt ! Réponds-moi : qu'est-ce qui clochait chez moi ?

– Mais rien, répondit-il sur un ton agacé. Ce n'est pas de ta faute, c'est comme ça, c'est la vie... J'ai eu le coup de foudre quand je l'ai rencontrée et j'ai eu envie de vivre autre chose...

– Tu t'ennuyais avec moi, conclut-elle.

– Non... mais on avait une vie établie, avec nos habitudes, notre train-train...

– C'est toi qui aimais la stabilité et les habitudes, s'étonna-t-elle.

– Eh bien, j'ai découvert que je n'aime plus... Et sexuellement... enfin tu sais bien que c'était pas le panard intégral entre nous...

– ... Mais on n'en a jamais parlé... souffla-t-elle, une boule au creux de l'estomac. Tu as toujours refusé d'aborder le sujet...

– Parce que c'est gênant... Tu voulais que je te dise quoi ?

– Alors qu'est-ce qu'on fait ? Tu vas la revoir ?

– J'en sais rien, soupira-t-il.

Il ferma les yeux et laissa tomber sa tête contre le dossier du fauteuil sur lequel il s'était installé en face de Léa. Elle le fixa longtemps, comme si elle voulait incruster son image dans son cerveau.

– Je ne sais pas ce que je veux, avoua-t-il en ouvrant à nouveau les yeux. Je ne veux pas te faire de mal, mais je ne veux pas non plus renoncer à elle. J'ai beaucoup de souvenirs avec toi, cinq ans où tout était parfait... ou presque. Je t'aime beaucoup...

– J'aurais préféré que tu dises je t'aime tout court, murmura-t-elle la gorge serrée en retenant une nouvelle vague de larmes... On aime beaucoup une sœur ou une amie... Alors tout est fini !

— Pas forcément, on pourrait...

— Pas de compromis ! le coupa-t-elle. C'est elle ou moi : apparemment c'est elle, donc tu t'en vas. Je voudrais garder l'appartement...

— Tu ne t'en sortiras pas au niveau loyer et les meubles... commença Laurent.

— Sont à toi, je sais ! trancha-t-elle le cœur lourd. Pour le loyer, je vais me débrouiller le temps de trouver un autre appartement. Je ne te demande qu'une faveur, c'est de me laisser quelques meubles un ou deux mois, le temps de me retourner.

— Et moi, je vais où ?

— Je m'en fous. C'est toi qui as fait le con, pas moi ! Je paie assez cher tes conneries, alors il n'y a pas de raison pour que je prenne tout sur la tronche ! Vas chez elle... Ou sinon je ne pense pas que tes parents refuseront de te loger quelques temps...

— Et toi, tes parents ?

— C'est hors de question. Je reste ici. Tu ne crois pas que tu vas t'en sortir comme ça ? Tu me trompes, je fais mes valises et je te laisse la place ? A moi tous les problèmes ? Je ne pense pas avoir mérité ça ! Tu as tout foutu en l'air, surtout ma vie, alors essaye au-moins d'assumer un peu tes responsabilités !

— ... D'accord ! Je paierai encore le loyer ce mois-ci. Je te laisse tous les meubles, le temps qu'il te faudra...

Il poussa un long soupir de lassitude, se leva, prit un sac de sport dans lequel il jeta quelques affaires pêle-mêle.

— Je ne prends que le minimum, je reviendrai prendre le reste plus tard.

Il voulut s'approcher pour lui déposer un baiser sur la joue mais elle tourna la tête.

– Je ne voulais pas que ça se passe comme ça, Léa. Je ne voulais pas te faire tant de mal. Je suis vraiment désolé... J'espère qu'on pourra rester au-moins amis... Si tu as besoin de quoi que ce soit, n'hésite pas, je serai toujours là pour toi.

Comme elle continuait à pleurer silencieusement en lui tournant le dos, il finit par se résoudre à prendre la porte. Elle avait envie de lui crier que la seule chose dont elle avait besoin, c'était de lui, mais elle savait que c'était inutile. Leur rupture était à présent irrémédiable. Le bruit de la porte d'entrée qui se refermait sur leur histoire, résonna dans sa tête comme un glas. Ses larmes se muèrent en sanglots. Elle se laissa choir sur le canapé, le corps secoué par les spasmes douloureux d'un chagrin insondable.

Le jour se leva sans qu'elle ait cessé de pleurer. Elle n'avait pas fermé l'œil de la nuit. Avec une nouvelle journée, démarrait pour elle une nouvelle vie, morne, solitaire, désespérante... La solitude lui pesait déjà. Elle n'imaginait pas vivre sans lui. A chaque instant, il lui semblait entendre la porte s'ouvrir, entendre sa voix. Elle le voyait partout. Et plus que tout, l'image de Laurent fiévreusement enlacé avec la fille blonde, la torturait inlassablement, lui retournant l'estomac, lui tordant les tripes. Rien ne serait plus jamais comme avant désormais. En quelques heures, elle était passée d'une vie heureuse, promise à un bel avenir, pleine de lumière, à un tunnel de désespoir. Elle se traîna misérablement à la salle de bain. Le miroir lui renvoya le reflet d'un visage épuisé, pâle, où de larges cernes bleus creusaient son regard vert-noisette. Evidemment, le choix entre une grande et jolie blonde qui ressemblait à une poupée Barbie et une petite brune sans attrait, était vite fait ! "Tu n'avais aucune chance, ma pauvre fille !" se dit-elle en grimaçant dans la glace.

Elle se fit couler un bain, mais celui-ci ne lui procura pas le bien-être attendu. Elle aurait voulu se confier à quelqu'un, mais à qui ? Elle avait perdu de vue ses propres amis depuis sa rencontre avec Laurent. Toutes ses fréquentations actuelles étaient celles de Laurent. Qui dans ce cas-là, prendrait le temps de l'écouter, de la réconforter ? Il y avait bien Aline, mais elle habitait à plusieurs centaines de kilomètres aujourd'hui. De plus, Léa n'avait pas envie de l'entendre dire "Tu vois ? *J'avais raison ! Je te l'avais bien dit qu'il te briserait le cœur, ton play-boy ! Il a mis le temps mais il y est arrivé !*" Non, ce n'était pas le moment d'entendre ce genre de sermon. En désespoir de cause, elle appela sa mère.

– Qu'est-ce qui se passe ? s'alarma immédiatement celle-ci en entendant sa voix enrouée par les larmes.

– C'est fini entre Laurent et moi, lança-t-elle en reniflant.

Il y eut un silence au bout du fil puis :

– Enfin, Léa, ne dramatise pas tout ! Vous vous êtes disputés ? ça arrive dans tous les couples. On a l'impression au départ que tout est fini et les retrouvailles n'en sont que meilleures...

– Non, tu ne comprends pas, sanglota Léa de plus belle. C'est vraiment fini ! ça y est, il a pris ses affaires et il est parti. Il faut que je me trouve un autre appartement, des meubles...

– Léa, attends ! Laisse-lui deux ou trois jours et il reviendra… ça peut arriver à n'importe qui de péter les plombs et de regretter ensuite...

– Je ne veux pas qu'il revienne : c'est fini ! Je suis rentré à l'improviste hier après-midi et je l'ai trouvé au lit avec une autre fille.

Il y eut un nouveau silence, plus long que le premier encore, un silence incrédule.

— Qu'est-ce que tu dis ? Laurent avec une autre fille ? Ce n'est pas possible : il doit avoir une explication...

— Oui, il en a une, renifla-t-elle. Il a eu le coup de foudre pour une bimbo blonde et il ne peut pas se passer d'elle. Ce n'est pas de ma faute, c'est comme ça, c'est la vie ! Voilà son explication.

— Oh ! C'est pas vrai, murmura sa mère. Je n'arrive pas à y croire. Jamais je n'aurais cru Laurent capable d'une chose pareille... Ma pauvre chérie ! Je viens te chercher, je ne veux pas que tu restes toute seule à ruminer.

— Non, je prends ma voiture et je viens. Je ne suis quand même pas à l'article de la mort ! J'ai besoin de sortir d'ici, de voir du monde... Tu m'invites pour le week-end ?

— Tu as vraiment besoin que je te le dise ? Je t'attends, mais roule doucement et sois prudente, hein ?

— Mais oui ! A tout de suite...

Chapitre 2

Pendant tout le week-end, ses parents, sa sœur Mathilde de deux ans son aînée, le mari de celle-ci, Jean-François, et leur petite Chloé de deux ans et demi, tentèrent de la dérider, de lui changer les idées, en vain. Elle savait qu'elle pouvait compter sur leur aide les premiers temps mais elle préférait se débrouiller seule.

Le plus dur pour elle fut la première semaine. Tout son entourage commençait à poser des questions et elle en avait marre de répéter qu'elle et Laurent, c'était fini. Oui elle allait bien, elle allait surmonter cette épreuve, etcetera, etcetera... Cela commença bien entendu, par Maître Roussel, le lundi matin.

– Bonjour. Je ne vous demande pas si ça va bien, vous avez une tête de déterrée ! lança-t-il en jetant sa veste sur le portemanteau de l'entrée. Heureusement que vous êtes aussi secrétaire parce que si vous n'étiez qu'hôtesse d'accueil, vous feriez fuir le client !

– Vous pouvez me licencier si vous voulez, parce que je n'ai pas l'intention de faire appel à la chirurgie esthétique ! rétorqua-t-elle impulsivement.

Elle s'en mordit immédiatement les doigts : elle ne voulait pas être désagréable, pas avec lui. Elle le connaissait bien, depuis le temps. Elle savait que sa remarque n'était pas méchante. C'était sa façon à lui de faire de l'humour noir. Seulement, elle n'avait pas l'esprit à en rire aujourd'hui. Le notaire se retourna vivement et la fixa un instant, étonné. Il pénétra dans son bureau, en ressortit cinq minutes plus tard et l'interpella. Elle se rendit donc dans son bureau avec son bloc-notes.

– Vous pouvez poser ça. Je n'ai pas de lettre à vous dicter. Qu'est-ce qui ne va pas ?

– Je suis désolée, je ne voulais pas être désagréable...

– Je ne vous en veux pas. Je voudrais juste que vous vidiez votre sac tout de suite, comme ça on n'en parlera plus... Vous n'êtes pas obligée de me confier vos problèmes, mais quand ça ne va pas, ça fait du bien d'en parler. Je ne suis pas le confident idéal, je sais, ronchonna-t-il. Mais si ça peut vous aider, je sais écouter quelques fois... Je ne voudrais pas tomber dans un paternalisme larmoyant, mais vous avez l'âge d'une de mes filles et je vous aime bien, c'est pour ça que votre état mental me touche. Maintenant, si vous n'avez pas envie de me parler de vos problèmes...

– Mon ami et moi, nous nous séparons, l'interrompit-elle. Je ne le vis pas très bien. Voilà ! Maintenant je vous assure que ma vie privée n'affectera pas mon travail et si c'était le cas...

– Je vous fais confiance sur le sujet, la coupa-t-il. Mais dans le fond, ce n'est pas une si mauvaise nouvelle : vous méritez mieux !

– Je vous demande pardon ? murmura-t-elle incrédule en le fixant dans les yeux.

— Je ne me rappelle jamais des noms ou prénoms des gens qui ne me plaisent pas. Et votre... machin-là, il ne me plaisait pas... Enfin Léa, vous êtes une jeune personne pétillante, pleine de vie, nature. Vous n'avez pas besoin d'une gravure de mode pour vous mettre en valeur ! Au contraire, il vous étouffait... Vous n'avez jamais remarqué que quand il parlait, c'était uniquement pour s'écouter, quand il marchait, bougeait, prenait la pause, il s'admirait ? Ce n'était qu'un fanfaron qui avait besoin d'une poupée d'ornement comme petite femme d'intérieur. Il n'avait que faire de quelqu'un d'intelligent qui ait de la conversation... Il avait juste besoin d'une parfaite potiche qui décore parfaitement son intérieur...

— Je vous trouve un peu dur avec une personne que vous connaissiez si peu. Votre jugement n'est pas fondé, répliqua-t-elle sèchement. Laurent n'était pas du tout tel que vous le décrivez.

— Excusez-moi, reprit-il d'une manière un peu bourrue, en parlant sur un ton plus doux. C'est un peu tôt pour vous livrer le fond de ma pensée. Vous n'êtes pas en mesure de vous rendre compte de ce que je vous dis. L'amour est aveugle et il ne se contrôle pas. Mais vous verrez, avec du recul, que je ne me trompais pas beaucoup. Si vous aviez besoin d'un peu de temps pour...

— Non ! Je n'ai besoin de rien, merci. Et je vous répète que mon travail ne pâtira pas de mes problèmes privés.

— Je vous en serais reconnaissant.

Léa était furieuse en sortant de son bureau, mais elle n'était pas sûre que ce soit contre son patron. Elle aurait dû lui en vouloir de salir l'amour de sa vie. Or, elle n'arrivait justement pas à être en colère contre lui.

Lorsque le téléphone sonna chez elle vers vingt et une heures, elle savait qui l'appelait. Son amie Aline et elle se téléphonaient une fois par semaine. Ce week-end, c'était au tour de Léa de l'appeler et elle ne l'avait pas fait.

– Salut ! Alors ma petite ? Trop occupée pour téléphoner à ta vieille copine ? Tu m'oublies ou quoi ?

– Non, je ne t'oublie pas, ma grande ! (Les diminutifs affectueux qu'elles utilisaient l'une pour l'autre étaient plutôt ironiques, Aline dépassant Léa d'une tête et demi). Mais le week-end a été chargé en événements.

– Vas-y, raconte !

– Non, raconte-moi ce que tu as fait, toi. Quoi de neuf ? parvint-elle à articuler en retenant ses larmes.

Mais Aline ne fut pas dupe et perçut les intonations rauques de la voix de Léa.

– Qu'est-ce qui ne va pas ? Qu'est-ce qui s'est passé ?

Et rebelote ! Entre deux crises de larmes, il lui fallut répéter sa funeste découverte, sa rupture rapide. Elle s'attendait à ce qu'Aline s'écrie le fatidique "*Tu vois ? J'avais raison !*" Au lieu de cela, son amie resta silencieuse et c'est Léa qui formula la fameuse phrase.

– Tu vois ? Tu avais raison !

– Ben franchement, ça me fait rudement chier d'avoir raison ! Au bout de cinq ans, j'avais fini par me convaincre que je m'étais trompée et j'aurais même parié qu'un jour, on aurait fêté vos cinquante ans de vie commune avec vous ! Vous étiez si... Vous paraissiez si bien ensemble... Vous étiez le couple idéal... Tu vois, Fred et moi, on est toujours en train de s'engueuler, de se contrarier... Alors que pour vous, tout allait toujours bien. Vous étiez du même avis, vous aviez les mêmes goûts...

— Comme quoi tu vois, on aurait dû s'engueuler plus souvent. Fred et toi, ça tient !

— Tu te rappelles comment on est sorti ensemble ? lança Aline pour détendre l'atmosphère. Je le trouvais chiant et pot de colle et j'avais décidé de m'amuser avec lui un jour ou deux, tu te souviens ?

— Oui, sourit Léa à travers ses larmes. Tu disais que tu préférerais devenir bonne sœur que passer ta vie avec un type comme lui !

— Chaque fois qu'on se dispute, il me le ressort, pouffa Aline. Chaque fois c'est pareil : *"T'es pas contente ? Fais-toi bonne sœur !"*.

A présent, Léa souriait à l'autre bout du fil, à travers ses larmes : son amie était unique. Elle arrivait toujours à la faire rire, même dans les moments les plus tragiques. Imaginer sa copine en religieuse, tenait du plus haut comique.

— Tiens, tu ne connais pas la dernière ? reprit Aline de plus belle. Il s'est encore trompé sur la date de mon anniversaire : au bout de trois ans ! Le jour de l'anniversaire de sa mère, on était invités à déjeuner. En plein milieu du repas, il m'offre mon cadeau en me disant *"Bon anniversaire, ma chérie !"* Tu aurais vu la tronche de sa mère ! J'ai cru que j'allais m'étrangler de rire.

Cette fois, Léa riait à gorge déployée, rien qu'en imaginant la scène. Frédéric était un garçon très gentil, adorable, mais toujours dans la lune, et d'une distraction incroyable. Il était difficile d'imaginer un homme tel que lui, vivre avec une fille ayant les pieds solidement arrimés à la terre, la tête sur les épaules, sachant toujours parfaitement ce qu'elle voulait. Régulièrement, Aline retrouvait les chaussures de Fred dans le frigo, des pots de crème fraîche dans le coffre à chaussures, des assiettes sales dans la poubelle, ou encore ils étaient invités à trois endroits à la fois, le même jour, à la même heure... La plupart de leurs disputes démarrait à cause de la distraction de Frédéric. Mais tous les deux s'adoraient et finalement se complétaient assez bien.

– Écoute poupette. Fred vient en stage à Besançon tout le mois d'août. Dans dix jours, je suis chez mes parents jusqu'à début septembre. Je vais m'occuper de ton cas ! lança Aline.

– Comment ça, il vient en stage ? Pour son boulot ?

– Oui, c'est son patron qui l'envoie. Il va faire un stage de mécanique de précision ou je-ne-sais-quoi ! Tu vois Fred faire de la précision, toi ? Enfin bref, plaisanta-t-elle, tiens le coup, je serai bientôt là.

Léa se sentit revigorée par la future venue de sa meilleure amie, son amie d'enfance, celle avec laquelle elle avait toujours tout partagé. Tout irait mieux lorsqu'elle serait là.

La semaine qui suivit, Léa rencontra quelques uns des amis qu'elle et Laurent voyaient régulièrement. Ils furent souriants, agréables, courtois. Mais Léa eut tout de même l'impression que quelque chose était cassé. Pas un ne s'enquit de savoir si elle allait aussi bien qu'elle le disait, pas un ne lui demanda ce qu'elle allait devenir, si elle avait besoin de quelque chose. Et surtout, pas un ne lui parla de Laurent, ni en bien, ni en mal. Ils ne risquaient pas de se mouiller. La seule phrase qui revenait chaque fois, quoique différemment formulée, était qu'il fallait comprendre, c'était la vie, cela pouvait arriver à tout le monde. *"Tu as notre numéro de téléphone de toute façon ?"* : Léa entendait par là : *"Si tu pouvais éviter de t'en servir ou de nous mêler à ça !"* Elle savait que leurs sourires n'étaient que des façades, qu'ils avaient autre chose à faire que de se préoccuper de la situation de l'ex de leur ami. Elle ne s'était jamais sentie très proche d'eux. Pour la plupart, ils étaient des *fils à papa* qui n'avaient jamais eu de réels soucis, ni pour vivre, ni pour obtenir quoi que ce soit. Ils sortaient entre eux, dépensaient en une soirée, plus que Léa ne gagnait en une semaine. Plusieurs fois, au début de sa liaison avec Laurent, ils lui avaient fait sentir qu'elle ne venait pas *du même monde*. Laurent avait fini par la convaincre qu'elle se trompait sur eux, qu'ils n'étaient pas tels qu'elle les voyait, qu'elle était victime d'un complexe d'infériorité et que le jour où elle aurait réglé ses problèmes avec elle-même, elle ne regarderait plus les autres du même œil. Aujourd'hui, un gouffre la séparait de ces gens-là mais bizarrement, elle n'en souffrait pas plus que cela. Elle savait qu'elle les perdrait de vue rapidement et n'aurait plus à faire à eux : cette idée la soulageait plus qu'elle ne la désolait.

Même ceux qu'elle considérait comme ses beaux-parents, qui soi-disant la considéraient comme leur propre fille, la déçurent. Elle reçut un coup de fil de la maman de Laurent. Elle qui était si affectueuse d'habitude, fut plutôt froide, lui faisant bien comprendre qu'elle n'avait rien à attendre d'eux.

– Tu sais Léa, c'est la vie. Il ne faut pas en vouloir à Laurent. Ça aurait pu t'arriver à toi aussi, tu sais ? Ce sont des sentiments qui ne se commandent pas. Vous vous êtes rencontrés trop tôt.

– Et vous n'êtes pas choquée de savoir que votre fils a ramené sa maîtresse à la maison ? se défendit Léa.

– Si en effet, il a eu tort et je le lui ai dit ! Mais d'un autre côté, la situation serait devenue invivable si cela avait duré. Le fait que tu les aies surpris a précipité votre rupture. Il valait mieux que ça se termine vite entre vous. Au-moins à présent, les choses sont claires et nettes... Je sais que ça doit être dur pour toi ma chérie, mais d'un autre côté, si vous n'étiez pas destinés à faire votre vie ensemble, il valait mieux que vous vous sépariez encore jeunes, avant qu'il y ait des enfants. Vous pouvez refaire votre vie chacun de votre côté maintenant.

– Vous avez sans doute raison puisque vous le dites, répondit amèrement Léa.

– Tu sais chérie, tu seras toujours la bienvenue à la maison. Tu passes un coup de fil pour prévenir et tu viens. Et si tu as besoin de quoi que ce soit, n'hésite pas à nous appeler, d'accord ?

– Bien sûr, merci, répondit Léa, sans aucune conviction. Elle eut envie de lui répondre que si elle avait besoin de quelque chose, elle avait, elle aussi des parents qui la soutenaient. "*Tu passes un coup de fil pour prévenir et tu viens...*", des fois que Laurent soit là, voulait-elle dire. Léa secoua la tête en souriant amèrement. C'était fou comme les gens pouvaient être hypocrites. Un jour, vous êtes au centre des préoccupations, entourée, choyée... Et le lendemain, le jour où vous en avez besoin, plus personne n'est là. Chacun se détourne gêné, et trouve une excuse pour se défiler, se débiner.

– Qu'est-ce que tu veux ? C'est sa mère. Peut-être qu'à sa place, je ferais pareil. Imagine que c'est toi qui aies trompé Laurent et qu'il vienne s'en plaindre vers moi, je l'écouterais, je l'assurerais que je comprends. Mais je ne pourrais pas te dénigrer et j'essaierais de te trouver des excuses aussi, lui expliqua sa propre mère qui somme toute, n'avait pas tort.

Léa ne tarda pas à trouver un petit studio en plein centre ville tout près du cabinet notarial pour lequel elle travaillait. Ses parents lui prêtèrent l'argent dont elle avait besoin pour se meubler. Oh ! Juste le minimum au départ. Elle n'était pas très exigeante. De plus, elle détestait devoir quelque chose à quelqu'un. Elle n'accepta l'aide de ses parents qu'en leur faisant acter le fait qu'elle les rembourserait jusqu'au dernier centime. Son père eut beau lui faire remarquer qu'elle était leur fille et qu'ils étaient en droit de lui donner un coup de main de la façon dont ils le décidaient, elle ne voulut rien entendre. Son amour-propre lui interdisait d'accepter facilement de l'aide gratuite. Ses parents se plièrent donc en apparence à ses exigences, tout en n'en faisant qu'à leur tête.

Le jour où elle quitta l'appartement de Laurent, il vint lui-même chercher les clés. Il tenta d'arrondir les angles, de la faire parler, de discuter avec elle, mais il se heurta à un mur de silence.

– ça me fait mal au cœur que tout se termine comme ça, lui confia-t-il. J'aurais préféré qu'on reste en bon terme.

– ça te fait mal au cœur ? Sans blague ? Et moi, ça me fait quoi, tu crois ? C'est toi qui me quittes, qui m'as trompée ! C'est moi qui me retrouve seule et abandonnée. Moi, je t'aimais Laurent ! Je t'ai toujours aimé à la folie, tu le sais ! Tu me quittes et tu voudrais qu'on fête ça au Champagne ?

– N'exagère pas Léa. Tu sais, moi aussi je t'aimais, mais...

– Stoppons là la conversation, d'accord ? lui coupa-t-elle la parole. Voilà tes clés, merci pour tout, au revoir et bonne chance !

Elle dégringola les escaliers à toute vitesse, ne voulant pas qu'il voie ses larmes. Elle souhaitait qu'il ne sache pas à quel point elle était affectée, à quel point elle l'aimait. Le fait de le revoir ne lui avait fait que plus mal, lui avait prouvé à quel point elle en était folle. Elle ne l'avait jamais autant aimé qu'à présent. Elle se jura qu'elle éviterait désormais de le croiser. Il ne fallait pas qu'elle le revoie, jamais !

Chapitre 3

Léa jeta un petit coup d'œil amère et mélancolique au calendrier. C'était un triste anniversaire. Aujourd'hui, il y avait exactement un an que Laurent l'avait quittée. Elle pensait qu'avec le temps, elle l'oublierait... Mais son souvenir sommeillait toujours au plus profond d'elle. Elle l'avait dans la peau et ne parvenait pas à le faire sortir totalement de son esprit et de son cœur. Oh ! Elle avait survécu, surmonté l'épreuve comme une grande. Elle s'était fait de nouveaux amis, avait recontacté certains de ceux qu'elle avait perdus de vue, elle sortait. Malgré tout, sa vie était morne, vide. Les plaisirs qu'elle arrachait au quotidien lui semblaient superficiels. Souvent, elle feignait de s'amuser, d'être bien dans sa peau. Elle parvenait presque à y croire, à s'abuser elle-même. Et puis, il y avait des jours comme celui-là par exemple, où tout lui paraissait dénué d'intérêt. La vie qu'elle menait ne lui convenait pas. Elle était vide, triste, morose. Elle avait envie de... Elle ne savait même pas exactement de quoi elle avait envie. Elle aurait voulu changer de peau, de lieu, de personnalité, de physique. Elle aurait voulu tout recommencer depuis le début, prendre un nouveau départ, effacer son passé et recommencer à zéro. Au lieu de ça, elle continuait à faire semblant devant les autres parce qu'elle ne voulait pas qu'ils se fassent du souci pour elle. Elle jouait les battantes, souriante, enthousiaste, pleine de punch et Wonder Woman s'écroulait lamentablement dès qu'elle se retrouvait seule le soir, dans son appartement. Seules Mathilde, sa sœur, Aline et sa propre mère n'étaient pas dupes. Mais pour Mathilde et sa mère, Léa continuait à s'évertuer à feindre d'aller bien, à chanter qu'il n'y avait aucun souci à se faire. Avec Aline par contre, elle craquait, s'épanchait et vidait son sac au téléphone bien entendu, puisque son amie vivait au bord de la mer, dans le sud de la France. Comme si cette dernière l'avait sentie moins bien ce jour-là, elle l'appela.

– Écoute Léa, tu n'as pas pris de vacances depuis plus d'un an. Prends tes congés de l'année dernière plus ceux de cette année et tu descends un mois et demi.

– C'est gentil mais je ne sais pas si...

– Je ne te demande pas ton avis, je te demande de le faire ! Je suis en congés à partir de la fin de semaine : du quinze juillet au quinze août. Ici, il y a le soleil, la mer, les vacances, pleins de copains... ça te changera les idées. Allez, ne dis pas non !

– Je ne suis pas d'une compagnie particulièrement joviale en ce moment... Je ne sais pas si tes copains apprécieront une dépressive pleine de non-joie de vivre, tenta-t-elle de plaisanter.

– Justement ! Je leur fais confiance pour te dérider. On a une bande de joyeux drilles ici, pas piquée des hannetons ! Si eux n'arrivent pas à te dérider, je te procurerai moi-même la corde pour te pendre !

– Tu es trop aimable, ma grande. Tes cadeaux me vont toujours droit au cœur, tu le sais bien, répondit Léa en souriant, sur le même ton.

Quant Aline avait une idée derrière la tête, elle ne l'avait pas ailleurs et elle ne démordit pas de son idée. Léa, sans vouloir se l'avouer, était tentée de partir et tout lâcher pour quelques semaines. Après tout, cela ne pouvait pas lui faire de mal. Ses parents et sa sœur applaudirent sa décision. Du coup c'était décidé, elle partirait. Dés le lendemain, elle posa ses congés.

– Non ! Vous avez décidé de ressusciter ? se moqua gentiment Maître Roussel. Vous n'allez pas aller jusqu'à vous amuser ou rire, n'est-ce pas ? Surtout, faites attention, si on se décoince trop vite, on chope des rides !

– Vous êtes très drôle ! Mais je vous promets de faire attention. Je pleurerai au-moins une fois par jour et je tenterai de me suicider une fois par semaine, plaisanta-t-elle.

– Bonne résolution ! renchérit-il. Il ne faut pas perdre les bonnes habitudes. Si vous me reveniez trop gaie, je ne vous reconnaîtrais pas... Et à mon âge, il vaut mieux me ménager !

Elle quitta le bureau le vendredi soir, passa sa soirée à boucler ses bagages. Elle partit le samedi matin à cinq heures trente. A treize heures, elle traversait le petit village méridional où son amie s'était installée. Elle se sentit envahie par un bien être et une joie intenses, sentiments qu'elle n'avait pas éprouvés depuis longtemps. Elle roulait vitres grandes ouvertes. Il faisait très chaud mais contrairement à chez elle, un petit air marin rendait l'air non seulement supportable, mais même exceptionnellement délassant. Elle se sentait déjà mieux. Elle n'était pas venue ici depuis des lustres. Laurent préférait quitter la France pour les vacances. Si bien que sa dernière visite à Aline remontait à plus de deux ans. Elle se gara sous le figuier qui, tel un gardien, veillait sur la petite maison provençale de son amie. Elle sortit de la voiture, étendit ses muscles endoloris et respira à pleins poumons l'odeur unique de cette région, mélange de thym, de lavande et d'un petit quelque chose qui n'existait qu'ici. Le chant des cigales était assourdissant, comme si elles étaient venues de toute la région pour l'accueillir.

– Il était temps que tu arrives, on allait boire l'apéro sans toi ! lança joyeusement Aline de son accent chantant, qui arrivait à grand pas, simplement vêtue d'une courte robe fluide à fines bretelles aux tons chatoyants.

Léa sentit son cœur s'emballer, comme à chaque fois qu'elle retrouvait sa "grande". Les deux amies tombèrent dans les bras l'une de l'autre et s'étreignirent longuement.

– Peuchère ! Tu m'as manqué, tu le sais ? murmura Aline émue.

– Comment va ma poupette ? s'écria un grand jeune homme blond au teint mat, qui s'avançait à son tour. Dis ! C'est parce que je n'ai pas mes lunettes ou quoi ? Tu as maigri, tu es pâle, tu as les yeux cernés… Il était temps qu'on te prenne en main, je crois !

– C'est pas chez moi que je vais bronzer, ça c'est sûr, sourit-elle en se tournant vers lui. Par contre toi, tu ne dois pas travailler beaucoup dans ton bureau pour être noir comme ça, le charria-t-elle.

A son tour, Fred la serra dans ses bras et l'entraîna jusqu'à la terrasse qui surplombait la plage.

Sur la table trônaient trois verres encore vides, une grande cruche d'orangeade dans laquelle nageait une flopée de glaçons, un broc d'eau glacée, du Pastis, du Muscat, des grignotteries. A quelques mètres, un barbecue donnait de la couleur à une ribambelle de saucisses, merguez, chipolatas. Rien que leur odeur suffit à ouvrir l'appétit de Léa.

– Oh, c'est génial ! J'arrive ici, je me sens déjà mieux ! ça sent bon le soleil et la mer...

– Tu as bien roulé ? Pas de problème sur la route ? Tu es partie à quelle heure ? questionna Aline.

– Je suis partie à cinq heures et demi mais ça va, il n'y avait pas trop de circulation.

– Tu ne veux pas appeler tes parents ?

– Si, je vais le faire... Mais tu as changé de cuisine, non ? s'écria Léa en entrant par la porte-fenêtre.

– On s'est fait installer une cuisine intégrée cet hiver. Il y avait longtemps que j'en avais envie !

– C'est chouette, elle est vraiment superbe !

– Je te sers un Pastis ?

– Deux même, sourit Léa. Je suis ici pour faire la fête, non ?

Après avoir rassuré ses parents, Léa rejoignit Fred et Aline attablés devant leur apéro. Ils discutaient de tout et de rien lorsque le bruit d'une voiture dont le pot d'échappement ne devait plus être en très bon état, se fit entendre.

– Voilà Max, sourit Fred. Je vais te présenter l'un de mes meilleurs amis...

– Et un clown de première, renchérit Aline. Si tu ne ris pas avec lui, je ne pourrai plus rien faire pour toi !

– Salut la compagnie. Ne vous levez pas, je vous en prie, je ne fais que passer, lança à la cantonade le fameux Max.

Il était brun, pas très grand, les cheveux ébouriffés, les yeux noisette pétillants de gaieté, un sourire engageant. Toute sa physionomie dégageait une certaine joie de vivre qui attirait instantanément la sympathie. Il faisait partie de ces gens avec lesquels on se sent immédiatement à l'aise, simple, bon vivant, agréable. Il salua d'abord Aline et Fred, puis se tourna vers Léa.

– Je parie que vous êtes la copine d'Aline que je dois faire rire !

Léa, justement répondit par un petit éclat de rire étonné.

– Bon, ben ça m'a pas l'air très difficile ! C'est fait, au revoir, merci ! s'amusa-t-il, feignant de faire demi-tour. Non, je plaisantais. Je me présente Georges Henri Charles Maximilien : Max pour les intimes.

– Léa tout court ! Je suis enchantée, lança-t-elle le sourire aux lèvres.

– Je suis à vos pieds, répondit-il du tac au tac.

Elle lui tendit la main, qu'il prit et qu'il baisa en toute cérémonie. Ce qui eut pour but de la faire de nouveau sourire.

– Tu déjeunes avec nous ? lui proposa Aline.

– Non, je ne voudrais pas déranger, sourit-il en s'asseyant à table. Je ne suis pas venu pour ça. C'est pas parce que j'ai le ventre vide que tu dois te sentir obligée de me nourrir... Bon ! D'accord, si tu insistes !

Sans avoir attendu sa réponse, Aline qui le connaissait bien lui avait déjà sorti une assiette.

Le repas fut des plus gais. Max ne loupait pas une occasion de faire un jeu de mots, de plaisanter. Rien ne lui échappait. Au bout d'une heure, Léa et lui semblaient se connaître depuis des années. Celle-ci était surprise d'être si à l'aise avec quelqu'un qu'elle ne connaissait que depuis si peu de temps. Elle n'avait jamais ressenti cela avec aucune des fréquentations de Laurent. Elle pouvait se permettre de plaisanter avec lui sans arrière pensée, sans ambiguïté aucune. Ce type était vraiment étonnant.

Les garçons s'éclipsèrent rapidement après le dessert, ce qui laissa tout le temps nécessaire aux deux filles pour débarrasser la table. Léa s'installa dans la chambre d'amis, prit une bonne douche qui ne la rafraîchit d'ailleurs que quelques minutes. Elle allait se changer lorsque deux petits coups furent frappés à sa porte.

– Léa, tu es décente, ou nue ?

Elle reconnut la voix de Max, ce qui l'a fit sourire.

– Nue !

– J'arrive !... reprit-il alors qu' aucune réaction ne lui était parvenue de derrière la porte.

– Tu as la clé ? parce que j'ai pris la précaution de fermer...

– Ah la maline : je me suis fait avoir !... Je plaisantais, je voulais juste te dire que si tu es encore nue, enfile un maillot de bain, ... ou pas ! On va se baigner.

Léa ne put retenir un éclat de rire : Laurent n'aurait pas apprécié ce genre d'intervention...

Quand elle les rejoignit, Fred et Max étaient déjà dans l'eau, Aline l'attendait. Face à la chaleur de l'air, l'eau paraissait fraîche, aussi les filles se mouillèrent progressivement, tout en douceur, enfin jusqu'au moment où Max vint précipiter le mouvement en les arrosant généreusement.

– Alors, où tu en es dans ta petite tête ? questionna enfin Aline, lorsqu'elles se retrouvèrent seules, allongées sur le sable chaud.

- Bof ! Toujours pareil... J'ai ma petite vie bien routinière. Dodo, Boulot...

– Tu n'as même pas eu le moindre flirt ?

– Avec qui ? Personne ne me plaît. Chaque fois que je fais connaissance avec un mec, il me parait fade, sans intérêt, presque idiot à côté de Laurent. Je n'ai pas encore rencontré quelqu'un qui me donne envie de l'oublier.

– Eh ! Ton Laurent, tu te l'es plutôt mis sur un piédestal, mais je te ferais remarquer que la seule personne qui l'intéressait, c'était lui-même. C'est pour ça que ça a duré avec lui : parce que tu étais suspendue à ses lèvres... D'accord il était mignon, mais bon ! On ne mourrait pas de rire avec lui : au niveau bout-en-train, bonjour l'angoisse !

– Avec toi, parce que tu ne l'appréciais pas. Mais tous les deux, on s'est pris des bonnes parties de fous-rire et très souvent, le défendit ardemment Léa.

– Admettons, soupira Aline, mais quand même, avec du recul, avoue que tu te faisais chier avec ses copains ! Ils jouaient tous aux petits bourgeois parvenus. C'était à celui qui arrivait à péter le plus haut... Même toi, tu ne te laissais plus aller comme avant...

– C'est faux ! Moi, je suis restée moi-même. C'est vrai que ses copains n'étaient pas des furieux bout-en-train ... Pourquoi tu rigoles ? s'étonna-t-elle alors qu'Aline était en proie à un fou-rire solitaire.

– J'imagine Max, arrivant à une de vos soirées : *Alors Avoriaz, cette année ? Tu as surfé ?* lança-t-elle avec une emphase exagérée. *Ah, non, moi j'étais à Tignes cette fois, Avoriaz devient trop ringard ! Même le peuple y va,* continua-t-elle. *Et ta Porsche, toujours la même ? Tu plaisantes, je l'ai changé pour une BM dernier cri...* Et notre Max qui arrive là au milieu : *Ben moi heu, j'ai une Ford Fiesta de quinze ans. Bon, j'ai refait l'embrayage cet hiver mais là, le pot d'échappement vient de péter. Et puis, je ne fais pas de ski parce que j'ai peur de m'exploser les deux chevilles. Quand au surf, Ben... y a pas assez de vagues dans la Méditerranée, alors je fais de la planche à voile !*

Léa se laissa gagner par le fou-rire communicatif d'Aline. Les larmes coulaient sur ses joues tellement elle riait. Le fait d'imaginer Max chez Laurent était en effet, totalement hilarant. Ils avaient dû naître sur deux planètes différentes. Aline hurlait de rire alors que Léa la suppliait de se taire tellement elle éprouvait de difficultés à reprendre son souffle.

– Eh Ben ! On n'attend plus Max pour rigoler ? lança ce dernier en les rejoignant, amusé de les voir en plein fou-rire. Eh ! Pour quelqu'un qui déprime, elle est vachement triste, ta copine !

La remarque de Max ne fit que relancer leur fou-rire de plus belle. Enfin, de longues minutes plus tard, elles parvinrent à reprendre leur sérieux.

– Pfffouu, soupira Léa. C'est pas possible de déprimer, ici. Pas moyen d'être triste, feignit-elle de ronchonner en s'essuyant les yeux. J'en ai mal au ventre et aux mâchoires.

– ça fait un an que tu aurais dû venir, lança Fred. Tu n'aurais peut-être pas cette tête de déterrée !

– Je te remercie, répondit Léa en feignant de se fâcher. Au-moins, toi, tu sais me remonter le moral.

– Fred a toujours su parler aux femmes, pouffa de nouveau Aline.

En fin d'après-midi, ils allaient remonter sur la terrasse lorsqu'un groupe de cinq ou six personnes en approche, les interpellèrent de loin.

– Voilà toute la bande, s'exclama Fred. On est bon pour un barbecue géant ce soir.

– Du coup, tu vas connaître tout le monde en une seule fois, lança Aline à Léa.

– Qui est-ce ?

– Toute la bande de joyeux drilles dont je t'ai parlé au téléphone. Tu verras, ils sont super-sympas.

– Ils sont tous en couples, grommela Léa.

– Presque, Max est célibataire. Quant à eux : il y a deux couples solides et un qui est... disons instable. Je t'expliquerai, termina Aline alors que le groupe arrivait à leur hauteur. Tout le monde se salua joyeusement. Aline fit les présentations : elle commença par Joël, un jeune homme blond, l'air plutôt bon chic, bon genre, très souriant et Claudia sa femme, pas très grande, les cheveux courts, frisés et châtains, l'air malicieux et plein de gaieté ; Eric, grand brun aux yeux bleus, bien foutu avec un sourire qui tenait de la perfection et Mélanie sa copine, la plus grande des filles, aux cheveux blonds, longs et ondulés, aux doux yeux marrons foncés et au sourire sympathique...

– Et derrière toi, Sophie et Manu, termina Aline pas mécontente qu'ils soient les derniers.

Léa fit volte-face et se heurta à un regard gris-bleu-vert indéfinissable. Elle en eut quelques instants le souffle coupé. Il se tenait à quelques pas d'elle et la détaillait impudemment, un léger sourire narquois aux lèvres. Il semblait géant par rapport à elle. Peut-être était-ce parce qu'il était si grand qu'elle se sentit soudain si petite, si vulnérable... Le cœur battant la chamade et les jambes en coton elle ne sut un instant, comment se comporter face à lui. Elle n'arrivait pas à comprendre ce qui lui arrivait. Il l'impressionnait au plus haut point. Torse nu, il portait un short en jean troué et effiloché qui paraissait presque blanc tant il était usé et qui ne pouvait que mettre ses jambes musclées en valeur. Le drap de bain bigarré qui pendait sur son épaule faisait ressortir sa peau tannée par le soleil. Ses cheveux longs sur les épaules et dans le cou, devaient être châtains au départ, mais paraissaient décolorés par le soleil, offrant des mèches de toutes les nuances, allant du châtain doré au blond clair. De longues mèches barraient son front et tombaient sur ses yeux clairs, les rendant plus brillants, comme pailletés d'or. Son torse et ses bras musclés trahissaient une activité plutôt sportive que bureaucrate. Son nez droit aquilin, de grandes rides de chaque côté de sa bouche lorsqu'il souriait, donnaient à son visage un côté viril, taillé à la serpe mais pas dénué de sensualité. Il n'était pas vraiment beau mais possédait un charme magnétique d'une force exceptionnelle. A ses côtés se tenait Sophie, grande, mince, taille mannequin, les cheveux blonds relevés en une natte africaine, l'air hautain et pas concerné du tout. Elle semblait plus jeune que les autres et surtout plus sophistiquée... Son air arrogant dénotait dans le groupe. Son visage était d'une réelle beauté certes, mais d'une beauté froide. Après quelques secondes d'hésitation, Léa se décida à les saluer. Sophie répondit d'un petit sourire forcé alors que Manu, d'une voix chaude, profonde et amicale lui souhaita la bienvenue en lui faisant la bise. Lorsque ses lèvres touchèrent sa joue, Léa eut l'impression de recevoir une décharge électrique et recula brutalement. Gênée, elle espéra qu'il ne s'était aperçu de rien et baissa les yeux tout en se sermonnant intérieurement. Qu'est-ce qui lui arrivait ? *Tu te conduis comme une jeune bécasse qui sort du couvent, abrutie* ! se morigéna-t-elle.

Sophie lança négligemment son drap de bain sur le sable et sans un mot pour personne, se dirigea directement dans l'eau.

– Wouah ! Elle a l'air de bonne humeur ! Qu'est-ce qu'elle a ? lança Aline d'un ton abrupte, à l'adresse des deux autres filles.

– Elle fait la gueule comme ça depuis le début de l'après-midi, rétorqua Mélanie indifférente, en souriant à Léa. Il ne faut pas faire attention !

— Charmante, ta copine ! lança Max sur un ton des plus sérieux. On dirait une porte de grange. Elle n'a pas eu son coup de quéquette ou quoi ? T'assures plus, Manu ?

Tout le monde sourit à sa remarque. Il n'y avait que Max pour dire tout haut ce que tout le monde pensait tout bas sans froisser les gens. Manu lui-même, échappa un petit rire.

— Ce n'est pas une porte de grange, c'est une porte de prison, plaisanta-t-il sur le même ton. Et non, elle n'a pas eu son coup de quéquette... Je n'ai pas eu le temps de me coucher cette nuit, alors elle fait un peu la gueule, expliqua ce dernier en souriant.

— T'es chié quand même, osa Aline. Tu vas voir le jour où elle va vraiment se fâcher et claquer la porte...

Manu se contenta de la fixer de son sourire narquois, un instant. Léa sentit son cœur lui descendre sur l'estomac.

— Vaya con Dios ! lança-t-il en accompagnant ses paroles d'un geste ample, comme s'il l'invitait à partir.

— ça tombe bien, reprit Max, mon deuxième prénom est justement Dios !

De nouveau, Léa ne put réprimer une envie de rire. Elle baissa la tête, secouant sa longue chevelure noire mouillée, comme pour montrer l'absurdité de la remarque de Max. Lorsqu'elle releva la tête, son regard fut captivé par celui de Manu. Pendant une seconde qui lui parut une éternité, ils se fixèrent et elle ne put rien faire pour échapper à son regard. Enfin, les joues rougissantes, elle baissa les yeux. Se levant d'un bond pour faire diversion et pour masquer son trouble, elle lança à Aline :

— Je retourne à l'eau, tu viens avec moi ?

Aline la suivit. Le souffle court, il tardait à Léa d'être totalement immergée dans la grande bleue car tant qu'elle marchait, elle sentait le poids du regard de Manu sur elle et cette sensation ne faisait qu'accentuer son trouble.

– Alors ? Qu'est-ce que tu en penses ? lui lança Aline.

– De quoi ?

– Tu sais de qui je parle ! J'ai surpris vos regards.

– Sincèrement, je ne sais pas de quoi tu parles...

– Écoute, je n'ai pas de conseil à te donner, mais... Laurent était un enfant de cœur à côté de lui !

– Merci pour le renseignement, mais pourquoi tu me dis ça ? s'insurgea immédiatement Léa.

– J'ai remarqué la façon dont il t'a regardée. Méfie-toi de lui : il a un charme fou !

– J'avais pas remarqué ! plaisanta à demi Léa. C'est vrai qu'il est... troublant, mais quand même... En plus, il est accompagné...

– Sophie ? Elle ne va pas beaucoup le déranger si c'est pour une ou deux nuits, fais-lui confiance ! C'est pas une gonzesse qui va lui poser problème !

– Oui ? Eh bien ce genre de mec, j'ai déjà donné, merci ! ronchonna Léa.

– Justement, c'est pour ça que je te dis que ton Laurent, c'était un agneau à côté du loup-garou Manu !

Pour mettre fin à la discussion et éteindre le feu qui brûlait ses joues, Léa plongea. Elle nagea en apnée jusqu'à ce que ses poumons menacent d'éclater.

Chapitre 4

Tout l'après-midi, Léa s'évertua à éviter non seulement Manu, mais aussi son regard. Cela ne lui fut pas trop difficile car ce dernier, le premier moment de curiosité passé, ne semblait plus se souvenir de son existence. De plus, il ne tenait pas en place. Quand il n'était pas dans l'eau, à éclabousser tout le monde, il jouait au ballon avec les garçons sur le sable, ou encore prenait un malin plaisir à jeter à l'eau Aline, Claudia ou encore Mélanie. Il ne tenta pas la même chose ni avec Sophie, ni avec Léa. L'une faisait la gueule et il ne connaissait pas suffisamment l'autre...

Max vint tenir compagnie à Léa. Il s'évertua à la faire rire en commentant ce qu'il voyait sur la plage. Tout le monde en prit pour son grade, les chiens comme les humains, le tout arrosé d'une dose d'humour plutôt acide.

– Max, on fait un volley ? l'interpella Fred.

– Non, j'ai dû me fouler un orteil en shootant dans un grain de sable, j'ai mal ! lança-t-il le plus sérieusement du monde en se retournant à plat ventre pour leur tourner le dos.

Occupée à rire de sa dernière remarque, Léa ne vit pas arriver Manu.

— Tu es sûr que c'est l'orteil que tu t'es foulé ? sous-entendit ce dernier de sa belle voix grave alors qu'il venait chercher le ballon tombé tout près d'eux. Sinon pourquoi tu te mettrais à plat ventre ?

Léa rougit en comprenant son allusion. C'était ridicule, elle était loin d'être d'une nature prude et coincée. Mais elle ne put empêcher ses joues de ressembler à de petites tomates. Furieuse contre elle-même, elle feignit de remettre de l'ordre sur son drap de bain pour pouvoir leur tourner le dos.

— Alors là, bravo ! rugit Max, feignant la colère. Tu es d'un spirituel, ça fait peur !

— Ce n'est pas de la spiritualité, pouffa Manu, ça s'appelle te casser la baraque... Eh ! On va se passer de lui, il est trop occupé, sous-entendit-il à l'attention des autres.

Puis passant près de Léa, il se baissa à sa hauteur et lui lança à mi-voix de façon à ce que Max entende :

— Méfie-toi, il sait se montrer irrésistible !

— Ce n'est pas grave, je suis incorruptible, le provoqua involontairement Léa d'une voix faussement sûre d'elle.

— On parie ? sourit Manu en la fixant une seconde de ses yeux rieurs.

Il s'éloigna immédiatement, mais ces quelques mots avaient suffi à faire s'emballer son cœur. Elle s'en sentait presque essoufflée.

— Faut pas lui en vouloir, feignit de le défendre Max. Il est né comme ça... Il a même essayé de se taper la sage-femme ce jour-là !

Léa échappa un petit éclat de rire.

— En fait, il n'y a que toi qui sois célibataire dans le groupe ? questionna-t-elle plus sérieusement.

— Comme Manu… momentanément, répondit-il pince sans rire, des fois oui, des fois non. En fait, mon humour n'a pas encore trouvé une nana qui le supporte longtemps, du coup il se fait jeter et moi avec !

— Mais Manu n'est pas célibataire ? s'étonna-t-elle d'un ton faussement désintéressée.

— Disons qu'il ne l'est plus depuis quelques temps et qu'il le sera sans doute de nouveau, dans pas longtemps.

— Sophie sait que ses jours avec lui sont comptés ? s'étonna-t-elle.

— Sophie a dix-neuf ans, c'est encore une lycéenne, une gamine, quoi ! expliqua Max. C'est une petite bourge qui veut se montrer. Elle veut un mec qui en jette, qui ait une belle voiture, qui ait un certain charisme... Manu est connu à des kilomètres à la ronde. Le samedi soir, il y a des queues dans toutes les cabines téléphoniques autour de chez lui. Du coup, les Télécom sont emmerdés, je ne t'explique pas !

— Sérieusement, il a une belle voiture, Manu ? pouffa Léa.

— Bien sûr ! Il a une Porsche : une vieille qu'il retape régulièrement, mais c'en est une quand même... Si tu veux, reprit Max le plus sérieusement du monde, Sophie aurait pu tout aussi bien, s'acheter un chien de concours, genre lévrier Afghan. Tu vois le genre ? Un champion du monde... Le problème, c'est qu'il n'aurait pas pu conduire la voiture ni payer le resto, alors elle a pris Manu.

Cette fois, Léa pouffa de rire et ne put s'arrêter, même lorsque les autres les rejoignirent.

— Qu'est-ce qu'il t'a encore sorti ? interrogea Aline amusée.

D'un signe de tête, Léa lui fit comprendre qu'elle ne pourrait pas lui répondre avant un moment. Enfin, elle parvint à se calmer.

– Alors ? reprit Fred.

– Des conneries, comme d'hab ! répondit Max, volant au secours d'une Léa plutôt gênée, les protagonistes s'étant assis à quelques pas d'elle.

– Il n'y a vraiment que les gens qui ne te connaissent pas que tu fasses encore rire, rétorqua Sophie acerbe.

– Toi, j'essaierais même pas, rétorqua Max. J'aurais peur de te faire péter le trou du cul !

Cette fois ce fut Manu qui ne put s'empêcher de pouffer de rire. Les uns tentaient de masquer leur sourire, les autres de se retenir de rire, mais Sophie ne fut pas dupe.

– Apparemment il n'y a que comme ça que tu sois capable de péter le cul de quelqu'un, rétorqua-t-elle agressivement, tentant à son tour de se montrer aussi spirituelle qu'eux !

Sa remarque ne fit qu'accentuer le fou-rire de Manu.

– ça s'appelle de l'impuissance, approuva Max qui lui-même, ne pouvait plus se retenir de rire.

– Waouh, comme ça vole bas… tenta de se calmer Manu.

– Et toi, quand tu auras fini de te foutre de ma gueule, tu me feras signe, ragea Sophie contre ce dernier.

– Eh, du calme ! Je ne me fous pas de ta gueule. Décoince un peu, laisse-toi aller, rigole, ça déstresse, lui conseilla-t-il en tentant de reprendre son sérieux.

– C'est ça ! Toi, ça ne te ferais pas de mal de stresser de temps en temps !

– ... D'abord, je ne permettrais à personne de péter le cul de ma nana sans ma permission...

Il put à peine terminer sa phrase tant le fou-rire le reprit. Et cette fois, Max l'accompagnait. Aline, Mélanie et Claudia riaient en tentant de se cacher. Léa, elle, assise un peu en retrait, avait relevé ses genoux et la tête entre ses bras, faisait mine de dormir. Seules, les vibrations de son dos, trahissaient son rire.

– Ben, bon fou-rire, à la prochaine ! clama Sophie hors d'elle. Et maintenant qu'il y a une nouvelle tête, oublie-moi et occupe-toi plutôt d'elle ! cracha Sophie à l'adresse de Max.

– C'est ce que j'essaie de faire... put à peine articuler Max tant il riait.

Manu s'était laissé tomber sur le dos et se tordait de rire.

– Oh quel con ! lança-t-il en essayant de reprendre son souffle. T'en loupes pas une, toi !

– T'aurais pu essayer de la retenir, lui reprocha Aline qui avait bien du mal à retrouver son sérieux. La pauvre, elle vient de s'en prendre plein les dents !

– Tu parles ! Ce soir elle est de nouveau chez moi, conclut Manu

– Malheureusement ! termina Max à sa place, tout en riant... Regarde la faux-cul : elle se cache, mais elle rigole aussi, té ? s'adressa-t-il à Léa.

– Moi, je ne la connais pas : mettez-vous à ma place, se défendit Léa en relevant la tête, le sourire encore aux lèvres.

Sur ce, elle se leva et ramassa ses affaires, sous le regard insistant de Manu.

– Tu rentres ? questionna Aline.

– Oui, je vais prendre une douche... Et puis, je ne veux pas prendre le risque de me faire péter le cul le premier jour, ne put-elle s'empêcher de lancer en riant.

De nouveau, tout le monde se remit à rire.

– Elle a un drôle d'accent mais de l'humour quand même, remarqua Manu moqueur.

– On ne peut pas tout avoir, lui sourit Léa.

Elle tourna très vite les talons et s'éloigna pour éviter le piège de son sourire moqueur.

Ce fut le signal du départ. Tout le monde se sépara. Rien n'était prévu pour le soir même. Léa n'en fut pas mécontente. Elle commençait à ressentir la fatigue du voyage. De plus, quelques heures sans Manu à proximité ne lui feraient que du bien.

– Vous vous voyez souvent, tous ensemble ? questionna Léa.

– Tu veux savoir si on voit souvent Manu ? la chahuta Aline un brin ironique.

– Oh, eh ! Lâche-moi avec lui, c'est pas mon type.

– L'été en général, on se voit tous les week-end et quelques fois les soirs de la semaine. On mange souvent ici parce que nous sommes les seuls à avoir une résidence sur la plage. Les autres vivent en ville. Mais, soit on partage les frais, soit on paye chacun son tour… En hiver, on se voit un peu moins…

– C'est génial d'avoir une bande d'amis comme ça, dans laquelle tu as l'air d'être bien intégrée… pour dire qu'ils étaient les amis de Fred au départ… Moi, les amis de Laurent ne m'ont jamais vraiment considérée comme l'une des leurs.

– Oh tu sais, ce n'était pas gagné au départ. Ici, les gens semblent accueillants de prime abord mais ce n'est qu'une façade. Il leur a fallu du temps, surtout aux filles, avant de me faire confiance et de devenir mes amis… Même Max et Manu qui sont des amis d'enfance de Fred, ses meilleurs amis même, ont gardé leur distance un moment…

– Vous avez l'air de bien vous entendre maintenant, en tout cas.

– Maintenant oui, mais ça n'a pas toujours été le cas. Avec Max, il n'y a aucun problème. Lui, on le voit pratiquement tous les jours. C'est quelqu'un de génial... Enfin, quand on s'est habitué à son humour. Joël et Claudia sont vraiment très sympa, très gentils. On s'entend à merveille avec eux, ils sont simples, joyeux, bons vivants, agréables, tout quoi ! C'est le genre de couple avec qui, pour s'engueuler, il faut vraiment y mettre de la mauvaise volonté.

– Et Eric et Mélanie ?

– Eux aussi sont très sympa. Disons qu'Eric est un peu... frimeur. C'est le genre qui donne souvent des leçons, qui a tout vu, qui connaît tout... Enfin, il s'est calmé depuis quelques temps. Ça me gêne un peu de dire ça, parce que dans le fond, il ne le fait jamais méchamment, il est toujours là quand on a besoin de lui, c'est quelqu'un de bien. Mélanie, elle, est un peu lunatique. Quand elle est bien lunée, tout va bien, on rigole, elle est extra. Quand elle est mal tournée ou qu'elle n'apprécie pas quelqu'un, c'est une vraie peste qui adore balancer des fions.

– Et ça arrive souvent qu'elle soit mal lunée ?

– Ça dépend ! Maintenant qu'on se connaît bien, quand elle commence, je fais pareil. Une fois qu'elle s'est pris une ou deux réflexions, elle comprend et s'arrête toute seule. Au début il y a eu des frottements, mais à présent, quand ça arrive, elle s'excuse et on n'en parle plus.

– C'est pour ça que tu dis "ça n'a pas toujours été le cas" ?

– Non, ce n'est pas pour ça. En fait, il y a deux ans, il y a eu une brouille entre Eric et Manu. Manu sortait avec Mélanie et Eric la lui a piquée.

– J'y crois pas ! Il s'est fait souffler une nana ? jubila Léa. Et il tenait à elle ?

– A cette époque-là, oui… Enfin, il semble qu'il tenait pas mal à elle. Maintenant c'est passé mais il y a encore des ambiguïtés quelques fois !

– C'est à dire ? demanda Léa plus intéressée qu'elle ne voulait bien se l'avouer.

– C'est Mélanie qui l'a quitté, mais c'est elle qui est jalouse. A mon avis, on a loupé un épisode. Il s'est passé quelque chose entre eux mais personne n'a l'air de savoir, à part Max peut-être… Tu vois, par exemple Mélanie ne supporte pas les nanas de Manu et pour Sophie, c'est le bouquet. Elle ne peut pas l'encadrer, d'où quelques bons mots de temps en temps, tu vois le genre ?

– ça met de l'ambiance. Et Manu, tu crois qu'il a encore des sentiments pour Mélanie ?

– Non, je ne pense pas. Il s'en est très vite remis. En fait, si tu veux mon avis, Mélanie l'a largué par amour propre avant que ce ne soit lui qui le fasse. Mais elle était encore accro, même quand elle s'est mise avec Eric au début. A présent, ça a l'air de marcher entre eux. Ce qui n'empêche pas Eric d'être méfiant et jaloux envers Manu.

– ça ne s'est pas senti, en tout cas !

– Pas aujourd'hui, mais de temps en temps, les vieilles rancœurs ressortent.

– Il faut dire, à la décharge de Mélanie, que Sophie n'a pas l'air très sociable, nota Léa. Je trouve qu'elle et Manu ne vont pas ensemble !

– Apparemment elle doit se débrouiller au lit, commenta Aline en riant. Parce que c'est étonnant que Manu supporte ce genre de nana aussi longtemps. Ils sont ensemble depuis quinze jours.

– Wouah, quel exploit ! se moqua Léa.

– Tu rigoles, mais c'en est un pour lui.

– Remarque, physiquement, c'est un canon, cette fille... Manu doit jubiler de se balader avec une bimbo à son bras...

– C'est pas le genre de Manu de paraître. Lui, il aime se sentir bien avec une nana et surtout, il faut qu'elle assure au pieu !... C'est pour ça que je te dis qu'elle doit assurer sexuellement... Parce qu'il a du mal à supporter son côté "*pétasse*" justement. Il lâche de temps en temps des propos qui prouvent qu'il en a un peu marre.

– Du genre ?

– Du genre, elle est trop jeune, pas assez mature, elle n'a pas beaucoup d'humour, elle n'a pas beaucoup de points communs avec lui, elle n'a pas une conversation très riche... Bref ! Il se fait un peu chier avec elle, quoi ! Et tu as bien vu tout à l'heure ? Il n'a même pas essayé de la défendre.

– Tu m'étonnes ! Moi à sa place, je n'aurais pas digéré que mon mec se foute de ma gueule comme ça.

– Toi, à la place de Sophie, tu n'aurais pas essayé de la faire fermer à Max, parce que ça, c'est prendre un risque. Toi, tu aurais ri et l'incident était clos. Quelque part, elle l'a cherché, rectifia Aline.

– En fait, Manu n'a pas envie de se caser. Il veut s'amuser avant tout, c'est ça ? conclut Léa.

Aline eut une moue dubitative.

– Je ne sais pas, tu vois ? lança-t-elle sceptique. Une fois, Manu avait bu plus que de coutume et il a dû éprouver l'envie de se confier et comme j'étais là... Il m'a dit qu'il attendait la femme de sa vie. Il dit qu'il est persuadé qu'il ne sera vraiment amoureux qu'une seule fois, que ce sera cette fille et pas une autre. Soit il la séduira, l'épousera et lui fera des enfants et tout ira bien dans le meilleur des mondes, soit il finira sa vie célibataire et malheureux. Il attend celle qui le fera vraiment craquer. En attendant, il vole de gonzesse en gonzesse.

— Avoir des enfants ? Manu ? Serait-ce un romantique caché ? se moqua Léa.

— C'est difficile à croire de prime abord, n'est-ce pas ?

— Tu m'étonnes ! Je ne l'imagine pas du tout dans le rôle d'un père. Je pense plutôt qu'il va jouer au Casanova jusqu'à la quarantaine. Là, il se casera pour la forme et continuera à butiner par-ci, par-là. Ce genre de mec ne se calme jamais !

— Tu es amère et cynique, ma chère ! On dirait que tu ne crois plus en rien. Tu ne vas quand même pas finir vieille fille ?

— Je l'envisage très sérieusement, tu sais ? Tu vis libre, tu fais ce que tu veux quand tu veux, sans jamais avoir à te préoccuper de l'avis de quelqu'un d'autre, sans avoir de compte à rendre à personne. Tu te tapes un mec de temps en temps pour l'hygiène…

Aline éclata de rire.

— Pour l'hygiène ? T'en as de bonnes, toi ! Tu ne crois pas qu'un jour, t'auras envie de te réveiller dans des bras chauds et musclés ? Quand quelque chose ne va pas, avoir une épaule sur laquelle s'appuyer et pleurer, tu sais, ça n'a pas de prix.

— Il y a les amis pour ça, n'est-ce pas ? souffla Léa qui commençait à être gagnée par le cafard. Ce qui n'a pas de prix maintenant, c'est ma tranquillité…

— La preuve : tu déprimes à plein tube et tu trouves ta vie morne et vide. Tu vas finir par péter les plombs. Les émotions fortes, ça fait du bien de temps en temps.

— Oui et ça peut faire très mal aussi… Je n'aurai plus jamais confiance en un mec, alors pourquoi m'empoisonner la vie avec un seul ?

— Tu dis ça jusqu'au jour où tu tomberas vraiment amoureuse...

— ça m'est déjà arrivé, c'est fini ! Moi aussi, j'ai toujours pensé que je ne serai amoureuse qu'une fois. J'ai loupé mon tour, voilà.

— Et bien, tu vois ? Tu as déjà un point commun avec Manu, plaisanta Aline.

— Très drôle ! Surtout, s'il arrivait par malheur que je tombe amoureuse d'un type comme lui, étrangle-moi !

Aline éclata de rire de nouveau, mais eut une moue sceptique.

— Ne dis pas de connerie. Imagine que ça arrive : je ne pense pas être capable de t'étrangler... Il ne te plaît pas ? Franchement ? Pour l'hygiène ? plaisanta-t-elle en reprenant son terme.

— Si c'est vraiment une bombe sexuelle et si j'étais vraiment sûre qu'il n'y aurait pas de lendemain, je me le taperais bien, oui ! C'est ça que tu veux entendre ? Seulement, je ne suis pas sûre de moi... Alors je préfère éviter. Il est trop... expérimenté pour moi, sourit Léa, l'air indifférent. Au fait ? Ce n'est pas toi qui m'as conseillé de m'en méfier ?... qui m'as dit que Laurent était un enfant de chœur à côté de lui ?

— Je t'ai conseillé de ne pas tomber amoureuse de lui, mais je trouve que "pour l'hygiène", il est le candidat idéal... D'accord, je plaisantais, reprit Aline en voyant le visage choqué de sa copine. Mais tu n'es pas faite pour vivre seule Léa, pas avec un Manu, d'accord... Mais tu n'es pas le genre de nana à passer de mec en mec : je te connais trop bien... Surtout à l'époque où on vit ! "pour l'hygiène" : excuse-moi, mais... bien couvert alors, sourit-elle. Maintenant tu dois tirer un trait, recommencer à vivre pour toi... Vivre vraiment : ça veut dire avoir des émotions, chialer, rire, hurler, avoir peur, avoir envie de déplacer des montagnes...

– Ben pas ce soir, je suis un peu crevée, tu vois ?

La conversation était close, Aline n'eut pas besoin d'un dessin.

Malgré la fatigue qui la gagnait, Léa eut du mal à s'endormir. Une paire d'yeux clairs et un sourire ravageur ne cessaient de la harceler. Tout en sombrant dans un profond sommeil, elle nota quand même que c'était le premier soir où elle s'endormait sans avoir vraiment pensé à Laurent.

Chapitre 5

Ce fut la chaleur qui réveilla Léa : elle était en sueur. La pénombre de la chambre, le chant des cigales, le bruit des vagues et les cris des enfants au loin sur la plage, lui mirent du baume au cœur. C'était vraiment les vacances... Et pour la première fois depuis longtemps, elle se sentit... bien (Elle n'osa pas penser "heureuse"). S'étirant comme une chatte, elle décida de se lever. Quand elle jeta un coup d'œil à sa montre, elle émit un hoquet de surprise, il était midi vingt et personne ne l'avait appelée. Elle s'enroula dans un drap de bain, emporta un short en jean, un tee-shirt joliment décolleté et bondit dans la salle de bain. Dix minutes plus tard, sa longue chevelure noire encore mouillée, elle fit son apparition sur la terrasse.

Son cœur fit un bond presque douloureux dans sa poitrine et s'affola. Le premier regard qu'elle croisa fut celui rieur, clair et merveilleusement brillant de Manu. Attablé aux côtés de Fred et Max, il faisait face à Aline qui se retourna.

– C'est nous qui t'avons réveillée ? s'enquit son amie.

– Non, mais vous auriez dû ! Vous avez vu l'heure qu'il est ? feignit-elle de se fâcher tout en essayant de maîtriser ses émotions.

– Depuis quand est-ce que tu n'avais pas dormi comme ça ? lui sourit Fred.

– A peu près un an, répondit-elle sur le même ton.

– Eh bien, il était temps ! Ça va pas, non, de faire des bringues qui durent si longtemps ? Tu veux vieillir avant l'âge ? plaisanta Max sur le ton de la colère, en se levant pour aller aux toilettes.

Léa lui sourit moqueusement.

– Tu veux un café ou l'apéro ? interrogea Aline.

– Je vais avoir l'air bête si je bois un café pendant que vous savourez votre pastis, non ?

– Je vais t'en préparer un...

– Laisse, je peux y aller...

– Viens t'asseoir, il est chaud, ordonna Aline.... Fred, téléphone ! s'écria-t-elle depuis la cuisine.

Léa et Manu se retrouvèrent seuls sur la terrasse et elle s'en sentit vaguement mal à l'aise.

– Il est quand même gonflé, murmura Manu en fixant Léa.

– Qui ? s'étonna-t-elle.

– Celui qui t'a empêchée de dormir pendant un an.

– Je ne te le fais pas dire, ironisa-t-elle.

– Où il est en ce moment ?

– ... Disparu... répondit Léa en détournant les yeux vers la plage.

– Je suis désolé... commença Manu.

– Ben tu n'y es pour rien, sourit-elle tristement. Aline ne vous a rien dit à son propos ?

– Non ! Peut-être à Max, mais pas à moi... En fait, c'est ça qui te manque, tenta-t-il de plaisanter. Quelqu'un en chair et en os mais qui ne t'empêcherait de dormir que quelques heures....

– Et Sophie ? Tu l'empêches souvent de dormir quelques heures ? rétorqua Léa qui, le cœur battant des records de vitesse, cherchait à cacher son trouble.

Manu se mit à rire, d'une belle voix grave et profonde.

– C'est ce qui s'appelle se faire remettre à sa place... Sophie va bien, merci pour elle, lui répondit-il en souriant moqueusement.

– Apparemment, personne ne l'empêche de dormir en ce moment, ironisa-t-elle.

– Hier soir si ! ironisa-t-il. Il nous faut bien des plages de récupération... J'avais raison : elle n'a pas mis longtemps à revenir... La pauvre ! C'est ce que tu penses, n'est-ce pas ?

– Non, je...

– Oh si ! Je le lis dans tes yeux. On t'a déjà dit que tu as un regard très expressif ?

Léa rougit légèrement et fixa un point virtuel sur la table, époussetant quelques miettes. Elle était incapable de trouver quelque chose à lui répondre. Le plus agaçant pour elle, c'était de se sentir à sa merci, de sentir son cœur taper si fort, d'être troublée au point de ne pouvoir soutenir son regard. Elle se donnait l'impression d'être une petite souris observée par un aigle. A la moindre erreur, il ne la louperait pas.

– On vous a laissé seuls tous les deux ? Quelle erreur stratégique ! s'écria Max qui revenait à table.

Léa l'accueillit avec soulagement et lui offrit l'un de ses plus beaux sourires. Par contre Max et Manu se fixèrent un instant en silence. Leurs regards trahissaient une sorte de complicité entendue, mêlée de défis provocateurs. C'était comme s'ils venaient de se dire silencieusement *"que le meilleur gagne"*. Léa se demanda un instant s'ils s'étaient déjà disputés les faveurs d'une fille et si oui, qui l'avait emporté. Manu, certainement ! La réponse s'imposait d'elle-même.

— Eh ! lança Fred qui les rejoignit, c'était Joël au téléphone. Il y a un toro-piscine ce soir en ville, on y va ?

— Je propose que vous alliez faire les kakous dans l'arène pendant que je veille sur les filles, proposa Max tout sourire.

— Si Sophie vient, tu seras plus en sécurité dans l'arène, lança Manu ironique.

Sa réflexion eut pour effet de faire pouffer de rire tout le monde.

— Pourquoi tu restes avec elle, Manu ? questionna Aline. Tu n'arrêtes pas de lui en mettre plein les dents !

— S'il n'y avait que dans les dents... sous-entendit Max.

— Ben justement parce que je ne lui en mets pas que plein les dents, poursuivit Manu en riant... Non, pardon, je suis désolé, se rattrapa-t-il très vite. C'est pas cool...

— Vous êtes d'un romantique, les mecs ! lança Aline.

— Bon, on y va ou pas ? Il faut que je rappelle Joël, reprit Fred.

— Moi, je ne suis pas très d'accord, coupa Aline. Chaque fois vous faites les cons, c'est quand même dangereux...

— Dangereux ? Tu plaisantes ? s'écria Manu.

— Eh ! La dernière fois, ça m'a coûté un jean, un tee-shirt et Fred a eu des bleus pendant trois mois ! rétorqua Aline.

— Six mois ! rectifia Fred moqueur, on n'est pas loin de Marseille.

— Toi, rigole ! Je te préviens : tu te bousilles quoi que ce soit, t'iras pleurer vers ta mère !

– Alors elle, elle est catégorique, se moqua Manu, ce n'est pas Sophie ! Si seulement elle m'envoyait chez ma mère de temps en temps : je mangerais des petits plats...

– Pourquoi ? Elle ne cuisine pas ? sourit Aline.

– Elle ne sait même pas faire de l'eau chaude ! l'accabla Manu.

– Mais qu'est-ce que tu lui trouves ? se moqua Max. Elle gueule tout le temps, elle n'a pas d'humour, elle sait pas faire la cuisine...

– Elle a un visage d'ange, un cul d'enfer, poursuivit Manu en riant, et elle a dix-neuf ans !

– Rectification : j'ai capté... sourit Max.

– Bon, quand vous aurez fini de parler de vos histoires de fesses, on pourra peut-être prendre une décision pour ce soir, coupa court Aline.

– Qu'est-ce que c'est qu'un Toro-piscine ? s'enquit Léa. Une sorte de corrida ?

– Mais t'as un accent d'où ? lança Manu moqueur qui, décidément n'était pas décidé à la lâcher. Tu es Suisse ? Belge ?

– Non, mais pas loin. Je suis du Doubs : Besançon, Sochaux... Tu vois ? sourit Léa.

– Ah ! C'est où il fait froid, où il pleut tout le temps et où Aline traîne toujours Fred une fois par an ? plaisanta Max en feignant de frissonner.

– Ils ont le soleil en option là-haut, se mit à rire Manu. C'est pour ça qu'elle est blanche et petite !

– C'est pas vrai ! En été il peut faire très chaud là-haut d'abord ! Mais je n'ai pas le temps de me dorer la pilule au soleil les jours où il y en a, commença Léa d'un air fâché. Et ensuite, tout ce qui est petit est mignon. Sans compter toutes les économies que je fais en matière de fringue : plus la taille est petite, moins c'est cher !

Manu et Max éclatèrent de rire.
– Bien envoyé ! pouffa Aline.
– Eh ! Elle a raison : un bikini, une mini-jupe ça suffit comme tissu, la taquina Max. Regarde les défilés à la télé : moins y'a de tissus, plus on regarde !
– S'il faut ressembler à Naomi Campbell pour attirer les regards, alors continuez à regarder la télé, répondit Léa avec une grimace
– Naomi Campbell ne m'a jamais attirée, se moqua gentiment Manu. Par contre Claudia Schiffer... Elle a presque le même teint que toi !
– C'est tout ce qu'elle doit avoir de moi, alors ! remarqua Léa sur le ton de l'autodérision, en plus elle est blonde…
– Léa a un grave problème relationnel avec les blondes en général, plaisanta Aline espiègle.
Cette dernière la fusilla du regard avant de tourner la tête, croisant celui rieur de Manu. Un instant, leurs regards se croisèrent. Captivée par ses yeux aux reflets dorés, elle en eut le souffle coupé.
– Bon ! Un Toro-piscine, c'est une petite arène dans laquelle on lâche des vachettes qui portent des bouchons au bout des cornes, expliqua Fred à Léa pour couper la conversation et mettre fin à son supplice. Au milieu de l'arène, il y a une piscine faite de bottes de paille, relativement rudimentaire. Ce sont des personnes volontaires du public qui descendent dans l'arène pour faire le spectacle et il y a des jeux. Il faut faire péter des ballons sur les cornes des vachettes ou y accrocher des anneaux ou encore faire passer la vachette dans la piscine…
– Tu vois ? lança Aline agacée, le genre de truc duquel ils sortent trempés, sales, déchirés, quand ils ne se sont pas fait piétinés…

– Mais c'est une bonne partie de rigolade, contrecarra Manu. Ça dure une heure ou deux, on se défoule à fond, ensuite on finit la soirée ailleurs.

– Et Sophie ? Tu crois qu'elle va venir ? le charria Max.

– D'une part, elle risque de se salir sur les tribunes de fortune, plaisanta Manu. D'autre part, je ne pourrai plus l'approcher tellement je serai sale. Et pour finir, c'est l'anniversaire de son papa ce soir et donc, je sors en célibataire : ça fait trois raisons pour lesquelles elle ne viendra pas !

– Ouais ! s'écria Max, comme un enfant. On va au toro-piscine, on va au toro-piscine !

La décision était prise. En attendant, Aline garda les deux congénères à déjeuner. Léa lui donna un coup de main pour préparer des salades bien fraîches pendant que Fred faisait griller des escalopes sur le barbecue.

– Apparemment, tu ne lui es pas indifférente, lança Aline.

– Arrête avec ça tout de suite, rugit Léa.

– Tiens, tu ne m'as pas demandé de qui je parlais, remarqua Aline espiègle.

Léa rougit violemment et détourna la tête. Se tournant vers son amie, elle articula :

– Je ne veux plus t'entendre me parler de lui : ce n'est pas mon genre... En plus, chaque fois qu'il m'adresse la parole, c'est pour m'enfoncer, alors...

– Au contraire ! Tu lui serais indifférente, il ne t'adresserait même pas la parole. Crois-moi, je le connais bien. Il t'ignorerait complètement. Le fait qu'il te charrie au contraire, prouve que quelque part tu l'intéresses !

– Ce n'est pas réciproque... En plus, je n'ai rien à voir avec Sophie.

– Sophie est sur le déclin. Dans quelques jours elle va disparaître de la circulation : tu vas voir ce que je te dis !

– Une autre prendra sa place, puis une autre...

– Ça pourrait être toi ? Juste pour les vacances.

– Certainement pas ! Ni pour une nuit, ni pour les vacances, ni jamais, enragea Léa. C'est le même genre de mec que Laurent. Je sais trop bien que je ne peux pas avoir une relation avec un mec comme lui, comme ça, simplement pour m'amuser et c'est le dernier mec sur terre duquel je voudrais tomber amoureuse...

– C'est ce que je voulais te faire dire, capitula Aline. Tu vois, si tu as déjà peur d'en tomber amoureuse, c'est que tu as déjà fait la moitié du chemin. Alors méfiance !

A son grand étonnement, Léa ne se mit pas en colère et ne répondit pas : ce qui eut le don de l'inquiéter. Elle observa son amie quelques instants : celle-ci semblait réfléchir, les yeux tournés vers la terrasse et plus loin, vers l'horizon.

– Il a un regard tellement... murmura-t-elle, une telle prestance, il a de la classe... C'est le genre de type que tu ne peux pas ignorer. Même quand tu ne le vois pas, tu sens sa présence... Il m'énerve et il m'attire en même temps, avoua-t-elle à mi-voix.

– C'est bien ce qui me semblait... Remarque, qui n'attire-t-il pas ? raisonna Aline.

– Toi !

– Maintenant, oui ! Mais je t'avouerais que les premières fois où je l'ai rencontré, il m'a fait craquer. Je n'ai jamais été amoureuse de lui, mais je crois que si j'avais pu me le taper, je l'aurais fait. Ensuite, il faut croire que j'aime vraiment Fred, parce que ça m'a passé.

Léa posa ses grands yeux écarquillés de surprise sur Aline et allait lui faire part de son étonnement quand la tête de Manu passa par la fenêtre.

– Eh ! C'est cuit ! Ne passez pas par Genève pour nous rejoindre, ça va être froid ! lança-t-il en imitant l'accent trainant de Léa.

– Très drôle, sourit cette dernière. Nous on aurait dit : passez pas par G'nève pour nous r'joindre, ça veut être g'lé !

Sa remarque fit jaillir un éclat de rire de la part de Manu : un superbe rire de gorge...

– J'adore... murmura-t-il en lui adressant un clin d'œil.

La table avait été dressée à l'ombre d'un immense platane qui la protégeait des rayons les plus violents du soleil. Le petit vin rosé de Provence coulait à flot, si bien que Léa se sermonna intérieurement. Elle sentait l'alcool lui monter à la tête et riait de plus en plus facilement. Elle refusa d'ailleurs que Max ne la serve une fois de plus.

Eric et Mélanie les rejoignirent alors qu'ils entamaient le dessert. Apparemment ils étaient déjà au courant des projets de la soirée.

– J'irais bien me taper un coup de planche à voile, proposa Eric en fin d'après-midi.

– J'irais bien me taper un coup de blanche à poil, reprit derrière lui Max déclenchant une nouvelle vague d'hilarité.

– T'en as une ici ? questionna Manu.

– Une blanche ou des poils ? répondit Max.

– Une planche, abruti !

– Oui, vu que mon appart donne sur un jardin, je laisse les deux miennes ici... mes planches à voile ! précisa-t-il soudain en riant. Fred en a une, Eric aussi, ça fait quatre, c'est bon.

Du coup, tout le monde se rendit au bord de l'eau. Les filles barbotèrent un moment, puis les garçons décidèrent de leur apprendre le maniement des engins à voile. Manu, coupant la route à Max, fut le premier à arriver près d'Aline et Léa.

– On fait un tour ?

– Eh ! Tu laisses ma copine tranquille, feignit de ronchonner Fred qui les rejoignait.

Du coup, Léa ne put éviter le regard amusé de Manu. Secrètement, elle espérait que Max l'interpelle. Elle se serait sentie plus en sécurité avec lui. Or Eric, en semi-professionnel, était déjà parti au large. Mélanie s'était approchée de Manu. C'est alors que Max s'interposa et lui proposa ses services d'une voix suffisamment forte pour que tout le monde l'entende. Celle-ci n'eut d'autre alternative que d'accepter, bon gré, mal gré. Quant à Léa, elle fut condamnée à attraper la main que Manu lui tendait. Elle s'installa au bout de la planche et Manu prit le large. Involontairement, elle croisa le regard vexé de Mélanie et se sentit soudain mal à l'aise. Elle chassa vite cette mauvaise impression. Après tout, elle n'était pas censée être au courant de leur ancienne relation. Manu avait lui aussi, capté le regard de Mélanie et jeta un sourire amusé à Léa.

– J'ai comme l'impression de gêner, lança-t-elle. J'aurais eu meilleur temps de monter sur la planche de Max...

– *Meilleur temps* ? se mit à rire Manu, ça veut dire quoi dans ton patois ?

– T'es sérieux ? T'as jamais entendu dire ça ?

– Ah non, s'esclaffa-t-il, ici tu n'entendras jamais cette expression...

– Ça veut dire : j'aurais mieux fait de partir avec Max, précisa-t-elle en riant à son tour.

– Oh que non ! sourit Manu. Pour la paix de la tribu, il vaut mieux que ce soit elle qui soit avec Max. Il ne s'est pas interposé innocemment.

Lorsqu'ils furent suffisamment éloignés du bord de l'eau et des autres planches, Manu laissa tomber la voile.

– Eh ! Tu ne crois tout de même pas que je vais te balader comme ça ? lança-t-il tout sourire. Allez debout, à toi !

– C'est dommage : pour une fois que j'avais l'occasion de bronzer, ironisa-t-elle.

– Justement, tu vas brûler. Si tu veux bronzer, il faut bouger…

– Sincèrement je n'y connais rien et je n'ai jamais seulement essayé…

– Je vais t'apprendre : tu te lèves… doucement ! ordonna-t-il debout, en équilibre sur la planche. Voilà, tu viens vers moi...

La planche oscillait dangereusement et Léa, peut-être encore sous l'effet de l'alcool, se mit à rire.

– Ne ris pas : on va tomber, la prévint Manu. Donne-moi la main… Léa arrête !

Elle riait de plus en plus fort, sans raison : pour une fois qu'elle se sentait si bien… Son rire devint communicatif. Manu l'imita et bientôt, tous deux tombèrent à l'eau. Elle riait encore lorsqu'elle revint à la surface. Sans la moindre difficulté, Manu remonta sur la planche, se baissa, lui tendit la main et la hissa près de lui. Il lui montra comment positionner ses pieds pour obtenir un maximum d'équilibre. Puis il ramassa la corde à nœuds qui lui permettrait de monter la voile et la lui tendit.

– Maintenant, tire !... Ne te penche pas en avant, tu vas tomber. Voilà, reste droite et tire la corde vers toi.

– Mais je ne peux pas : elle est trop lourde !

Ce disant, elle perdit de nouveau l'équilibre et tomba à l'eau.

– Tu veux faire de la planche ou te baigner ? riait-il moqueusement, en la hissant de nouveau.

– Lève-moi la voile s'il te plaît. Elle est trop lourde, sourit-elle en prenant plaisir à être simplement près de lui. En plus la barre est trop haute, se plaignit-elle.

– *Et la neige elle est trop molle pour moi* ! se moqua Manu reprenant une phrase culte du film "Les bronzés font du ski". La planche n'a pas été prévue pour une naine !

– Eh ! Tu sais ce qu'elle te dit, la naine ? rétorqua-t-elle tout en riant.

Alors qu'il se tournait vers elle pour répondre, elle le poussa violemment de l'épaule. Il perdit l'équilibre mais eut le réflexe de l'attraper par le bras, l'entraînant avec lui. Quand elle refit surface, il lui mit la main sur la tête et l'enfonça sous l'eau. Puis quand elle remonta, il la maintint, la main sur l'épaule, le visage au ras de la surface. Elle s'agrippa à son poignet en riant.

– Arrête, aide-moi !

– Alors, tu ne recommenceras plus ? sourit-il.

– J'essaierai, lança-t-elle en riant. Lâche-moi.

– Ce n'est pas la bonne réponse !

– Manu, s'il te plaît : je vais vraiment me noyer, feignit-elle de le supplier tout en s'étranglant de rire.

Il la lâcha, remonta sur la planche tout en l'aidant. Cette fois, il leva la voile, lui montra ou mettre ses mains sur la barre pour la manœuvrer et faire bouger la planche. Ils firent un bon bout de chemin, puis Manu reprit :

– Maintenant, il faut faire demi-tour…

– Comment ça, demi-tour ? s'alarma-t-elle. Moi, j'y arrive bien comme ça, je continue tout droit.

– Non, se moqua-t-il en riant, on tourne. Alors regarde ! Tu tiens le mât ici, tu passes un pied de l'autre côté... doucement ! Tiens le mât ! Pas comme ça...

Plouf ! De nouveau, ils finirent tous les deux à la baille, à rire comme des tordus. L'instant avait quelque chose de magique. Elle se sentait si bien avec lui. Cette constante sensation de danger en sa présence avait disparue. Au contraire, elle se sentait en sécurité, à l'aise comme si elle le connaissait depuis des années. De nouveau, il remonta sur la planche, l'aida à le rejoindre et ils prirent la direction de la plage. Mine de rien, le temps passait très vite. Léa ne progressait pas beaucoup, mais les fou-rires eux, se succédaient. Ils se rendirent compte que les autres étaient tous revenus sur la plage, y compris Eric.

– Bon, on va rentrer maintenant, murmura Manu, comme à regret.

Elle en ressentit un petit pincement au cœur. La récréation était finie, il fallait revenir sur la terre ferme. Perdue dans ses pensées, elle se prit un pied dans la corde et perdit l'équilibre vers l'avant, en direction du mas. Par peur qu'elle ne tombe sur l'armature, Manu la rattrapa au vol par la taille et la serra contre lui quelques secondes. Le contact de sa peau dure et chaude contre elle, l'odeur musquée de son torse, les muscles bandés de ses bras, la force de ses mains, l'électrisèrent. Un violent frisson secoua sa colonne vertébrale. Une douleur lancinante mais fugace naquit dans son ventre... L'espace d'une seconde, leurs yeux s'accrochèrent. Le souffle court, Manu ne souriait plus, ses yeux s'étaient troublés et brûlaient comme des braises, ses lèvres sensuellement entrouvertes l'appelaient. Elle ferma les yeux, attendant son baiser, quand une vaguelette les déstabilisa, tous deux plongèrent en même temps dans l'onde bleue, les rafraîchissant, refroidissant leur corps et leurs idées.

Quand elle remonta à la surface, le charme était rompu. Le visage de Manu avait recouvré son expression souriante et moqueuse, comme si rien ne s'était passé, comme si elle avait rêvé.

– Ça va ? lança-t-il en souriant et en lui tendant la main.

– Je crois que je ne suis pas faite pour la planche à voile, répondit-elle pour cacher son trouble. J'arrête !

– Monte, je te ramène au bord.

– Non, merci. J'ai meilleur temps de rentrer à la nage : on n'est pas loin, et ça me fera du bien, plaisanta-t-elle.

Elle ne voulait surtout plus qu'il la touche, elle voulait l'éviter et faire en sorte que ce qui venait de se passer ne se reproduise plus. Elle sentait encore son cœur battre la chamade, ses joues la brûler et une petite douleur lancinante entre les cuisses. Cela n'avait duré qu'une fraction de seconde, mais elle avait eu terriblement envie de lui. Elle avait l'impression d'avoir été foudroyée par un désir sauvage, intense, comme jamais elle n'en avait ressenti... pas même pour Laurent. Cette sensation la terrorisa. De son côté, il ne chercha pas à la convaincre. D'un petit saut souple tel un félin, il se retrouva debout sur sa planche, leva la voile comme s'il s'agissait d'un petit bout de bois et la planche lui obéit immédiatement. En quelques minutes, il fut sur la plage.

Elle ne mit pas beaucoup plus de temps pour la rejoindre.

– T'en as tellement marre de Manu que tu es rentrée à la nage ? l'apostropha Max en riant.

– Je ne suis décidément pas faite pour la planche à voile, sourit Léa.

– C'est la planche qui n'est pas faite pour elle, il faudrait lui en trouver une pour enfant, à sa taille, se moqua Manu.

Elle se tourna pour lui faire face et de nouveau, il eut ce regard brûlant, qui la déstabilisa et mit le feu à ses sens. Galvanisée, elle baissa les yeux et tourna la tête sans répondre. Il lui semblait que tout le monde pouvait entendre battre son cœur tant il tapait fort. Relevant la tête, elle croisa le regard mi-ironique, mi-menaçant de Mélanie qui la fixait depuis un moment. Celle-ci eut un sourire moqueur et se tourna vers Manu.

– Au moins elle a un point commun avec Sophie... Je crois plutôt qu'il faut qu'elle change de professeur. La prochaine fois, essaye Max, lança-t-elle à Léa. Il est beaucoup plus pédagogue !

Le ton de sa voix ne trompa personne. Aline, Fred et Max la dévisagèrent tous en même temps. Quant à Manu, il lui décocha un regard menaçant. Eric, lui, leur tourna le dos, comme s'il n'avait rien entendu, mais les muscles tendus de son dos trahirent son état d'esprit. Afin d'alléger l'atmosphère, Fred lança le départ pour l'apéro.

– Merci mais nous on y va, lâcha Eric sur un ton impérieux. On vous retrouve tout à l'heure devant l'arène.

– Ben, pourquoi tu... commença Mélanie.

– On y va, j'ai dit ! articula Eric en lui lançant un regard empli de colère froide.

Personne n'osa s'opposer à sa décision, pas même Mélanie qui le suivit sans un mot.

De nouveau attablés pour l'apéritif, Fred commenta :

– A mon avis, ils ne viendront pas ce soir, ils vont s'engueuler comme du poisson pourri.

– Et pourtant j'ai fait ce que j'ai pu pour éviter ça, sous-entendit Max.

– Attends ! Tu ne vas quand même pas dire que c'est de ma faute ? s'écria Manu. J'ai rien dit, j'ai rien fait, j'étais même pas là.

– En fait, c'est moi qui sème le trouble, j'ai l'impression, lança Léa.

– Non, c'est elle qui merde ! Elle n'a qu'à savoir ce qu'elle veut, ronchonna Manu.

Chapitre 6

Comme prévu, Aline, Léa, Fred, Max et Manu rejoignirent Joël et Claudia sur place. Mélanie et Eric ne tardèrent pas non plus à montrer leur nez. A la mine fermée de Mélanie et l'attitude distante d'Eric, Fred sut qu'il ne s'était pas trompé. Il y avait de l'eau dans le gaz.

Ils s'installèrent tous sur les bancs des premiers rangs. Les garçons laissèrent passer la première demi-heure de spectacle avant de se décider. Il était vrai que les personnes volontaires semblaient peu téméraires et il ne se passait pas grand chose malgré les encouragements du speaker.

– Allez, le jeune avec le tee-shirt blanc, là ! Viens la chercher la vachette ! N'aies pas peur, regarde, elle t'attend !... Eh, les gars ! Un peu de nerfs ! Elle s'ennuie notre Fleurette ! Venez un peu lui caresser les cornes ! Vous n'êtes pas très virulents ce soir !... Eh ! Dans le public, il n'y a que des freluquets et des poules mouillées ? hurlait l'animateur. Allez ! Bougez-vous ! Venez épater vos copines...

A part quelques petits gestes de bravoure pour lesquels le public s'enthousiasmait immédiatement, les actions se faisaient rares.

– Bon ! Vous allez mettre de l'ambiance ou quoi ? lança Claudia à l'adresse des garçons.

– Tu peux pas te taire, non ? ronchonna Aline. T'aimes bien que ton mec aille se dégueulasser et se tremper là-dedans ?

– Ah ouais ! J'adore ça ! J'adore qu'il me foute les jetons ! s'écria Claudia en donnant un coup de coude à Max.

– Elle est folle ! conclut Aline en riant.

– Bon, on y va ? lança Manu en se levant.

Fred, Max et Joël bougèrent, mais pas Eric.

– Tu ne viens pas ? s'étonna Max.

– Non ! J'ai pas besoin d'aller faire le cake au milieu pour épater la galerie, répondit Eric en jetant un regard de travers à Manu.

Celui-ci ne répondit pas immédiatement, mais ses lèvres s'étirèrent en un petit sourire ironique.

– Moi si ! ironisa-t-il en souriant. Et encore, je ne me mets pas torse nu parce que j'ai peur que mon fan-club n'envahisse l'arène !

– J'ai des réunions importantes demain. Je ne m'imagine pas arriver au bureau avec des bleus partout. Toi, c'est différent avec ton job, rétorqua Eric volontairement blessant.

– C'est vrai, répondit Manu, gardant aux lèvres son petit sourire ironique agaçant. Si je me fais égorger, ça ne me gênera pas de ne pas pouvoir porter de cravate !

– Bon ! On y va ? relança Max pour couper court à la rixe orale qui démarrait.

Mélanie regardait dans le vide comme si elle était ailleurs. Aline, Claudia et Léa discutaient ensemble, feignant de ne pas se préoccuper de ce qui se disait, mais n'avaient pas perdu un mot de la joute verbale.

– Qu'est-ce qu'ils font tous les deux dans la vie, au fait ? questionna Léa à mi-voix.

– Eric est assureur, il travaille dans un cabinet en ville. Manu est employé de Mairie : il est animateur sportif. Il travaille au centre multi-sport municipal, donne des cours de musculation, de tennis, de squash, de natation. Et il s'occupe des gosses le mercredi : entraînement de sports collectifs en salle et entraînement des équipes de natation. Et pendant les vacances scolaires, il est deux jours par semaine sur la plage, soit en tant que maitre-nageur surveillant, soit en tant que prof de planche à voile.

– Ah ! Je comprends pourquoi il maîtrise si bien son sujet et pourquoi il est si bronzé et si musclé sourit Léa. Ça ne m'étonne plus qu'il soit foutu comme ça, s'il ne fait que du sport toute la journée…

– C'est un peu ce que lui reproche Eric. Il est jaloux du côté sportif et physique de Manu, mais d'un autre côté il ne rate pas l'occasion de lui mettre dans la tronche son salaire et son poste à responsabilité, expliqua Claudia.

– Il l'attaque là où il peut, sourit Aline. Eric aime bien se mettre en avant, qu'on le remarque… Avec Manu, il a du mal à s'imposer…

Elles reportèrent leur attention sur l'arène. Avec un enthousiasme grondant, l'animateur venait d'annoncer l'arrivée d'un groupe de courageux.

En effet, l'entrée des quatre nouveaux protagonistes donna un nouveau souffle au spectacle. Les cris et encouragements du public en témoignèrent. Autant les premiers se montraient frileux et trouillards, autant les nouveaux arrivants faisaient preuve de témérité et même de clowneries. Ils avaient décidé de s'amuser et ils s'en donnaient à cœur joie. Non seulement ils excitaient la vachette – et le public par la même occasion – en la frôlant, la touchant, feignant de glisser au dernier moment – le public hurlait d'effroi – mais en plus, ils tentaient de faire passer leurs propres copains dans la piscine ou de lancer la vachette à leurs trousses, rivalisant de stratégies plus marrantes les unes que les autres.

Galvanisée par l'ambiance folle dans le public, Léa sentait le rythme de son cœur accélérer chaque fois que Manu faisait une imprudence, chaque fois que la vachette le frôlait ou qu'il trouvait refuge au-dessus des barrières au moment même où les cornes allaient le toucher. Les mains crispées sur le banc, elle retenait des cris d'effroi. Les jeux se succédaient, il y avait de plus en plus de monde dans l'arène car la spontanéité et l'enthousiasme des quatre compères avaient donné envie à d'autres de venir se frotter aux vachettes qui changeaient à chaque jeu, certaines plus nerveuses que d'autres. Joël, Max et Fred avaient déjà traversé plusieurs fois la piscine et étaient trempés jusqu'à la ceinture. Seul Manu y avait encore échappé. Par deux fois, il avait réussi à garder l'équilibre en courant sur les bords. Aussi, le but principal de ses trois compères était devenu de le faire passer, voire tomber dans l'eau... Les filles, en bon public, criaient, riaient, encourageaient l'un ou l'autre... Même Mélanie s'était décoincée. Seul Eric restait taciturne.

La vachette la plus nerveuse et la plus grosse venait d'entrer dans l'arène. L'animateur avait prévenu qu'il s'agissait là du clou du spectacle et offrait cette fois, une bouteille de champagne à celui qui toucherait ses cornes. La tension monta dans les tribunes. Fred, puis Joël, qui étaient pourtant rompus à ces joutes, furent touchés tour à tour par les cornes de la vachette en furie, l'un au pied, l'autre à la cuisse, mais sans gros bobos. Cela suffit à faire jaillir du public, des cris d'effroi. L'arène était plus vide qu'auparavant, les protagonistes mesurant un peu plus les risques.

– Regarde ! lança soudain Aline à Léa. Regarde l'autre con, où il a mis son gosse !

Un père de famille avait en effet, assis son fils de deux ans, peut-être trois, sur la barrière. Or, pour éviter les coups de cornes, les jeunes se jetaient souvent sur le haut des planches qui la composait et par deux fois, le petit faillit prendre un coup. Dans la minute qui suivit, la vachette tapa de tout son élan dans la barrière, à quelques mètres de là. Avant que son père n'ait pu réagir, le petit fut projeté dans l'arène. Affolé par les cris du public et de sa famille, le gamin se releva et courut dans la mauvaise direction en pleurant, attirant l'attention de la vachette sur lui. Étrangement, la peur glaça et paralysa tout le monde. Il n'y eut plus un bruit, comme si chacun retenait son souffle, s'attendant à ce que le pauvre gamin soit projeté en l'air. Max et Manu réagirent en même temps. Mais si Max n'était pas très éloigné, Manu était à l'opposé de l'arène. Max se mit à courir et à hurler en direction de la vachette. Celle-ci fit demi-tour dans un nuage de poussière et fonça sur lui. Malheureusement, il se trouvait trop près d'elle et trop loin des planches de protection. La vachette, tête baissée, le percuta et le projeta plus loin. Elle allait le piétiner quand Manu, par derrière, se jeta sur ses cornes pour la freiner. Pendant de longues secondes, la vachette se débattit, tentant de se retourner et de l'encorner. Manu, les talons dans le sol, luttait pour l'immobiliser. Il fut traîné sur quelques mètres avant de parvenir à tordre la tête de la bestiole presque jusqu'au sol et à l'immobiliser. Fred, pendant ce temps, avait couru récupérer le gamin et le rendre à ses parents pendant que Joël accourait vers Max. Par bonheur, il y eut plus de peur que de mal, Max s'était rapidement relevé et en avait eu pour son compte de trouille, mais n'avait été qu'éraflé.

– Tiens-là bien ! hurlait l'animateur. C'est bon, tu peux lâcher, maintenant : tout le monde est à l'abri, continua-t-il.

– T'es gentil, toi ! s'écria Manu ironiquement. J'fais comment là ? Si je lâche, je me fais embrocher !

– Mais non ! T'es rapide ! Tu la lâches et tu gagnes les barrières ! Allez, on l'encourage....

Mais tout le monde retenait son souffle. Joël, Fred et même Max redescendirent dans l'arène dans la direction opposée pour faire diversion et attirer vers eux la vachette lorsque Manu l'aurait lâchée. Plusieurs autres gars les rejoignirent. Manu jaugea la distance qui le séparait de la barrière la plus proche. D'un coup, il la lâcha et détala. La bête furieuse mugit rageusement et démarra sur ses talons. Au moment où il bondit au-dessus de la palissade en bois, la vachette la percuta de plein fouet, fendant une des planches. Il était moins une. Un tonnerre d'applaudissement et de sifflement retentit en l'honneur de Manu, encouragé encore par l'animateur au micro.

– Ouais ! On l'applaudit bien fort ! Y fallait le faire ! Bravo !... Maintenant, je vous demande d'attirer notre Esméralda (c'était le nom de la vachette) vers la porte du box, elle en a assez fait pour ce soir !... Eh ! Tu peux venir chercher ta bouteille de champagne, lança-t-il encore à l'adresse de Manu... Et toi aussi, là, avec le tee-shirt rouge ! Pas trop de bobos ? (Il s'adressait à Max). Eh bien oui ! ça peut être dangereux ! On les applaudit bien fort encore une fois !

En fait, par sécurité, il valait mieux qu'Esméralda rentre. Une planche avait déjà cédé, la sécurité du public n'était plus assurée.

Léa, seulement alors, reprit sa respiration. Elle avait l'impression de n'avoir pas respiré pendant de longues minutes. Son cœur cognait à coups redoublés dans sa poitrine à lui en faire mal et elle ressentait un nœud à l'estomac. Elle se rendit compte que des petites gouttes de sang perlaient au creux de ses mains tant elle avait eu les poings serrés. Elle avait eu peur pour Max, mais plus encore pour Manu, plus qu'elle n'aurait pu s'en croire capable et plus qu'elle ne voulait bien se l'avouer. De plus, elle avait eu le temps de voir le sang couler d'une des mains de Manu. D'ailleurs, si Max et Fred venaient déjà dans leur direction, Manu et Joël n'étaient pas avec eux. Un frisson d'angoisse lui secoua l'échine.

– Tu es toute pâle, lui souffla Aline. Ça va ?

– Ils m'ont fait peur ces deux cons, murmura Léa. Je comprends ce que tu voulais dire ce matin, quand tu disais que c'était dangereux. Il y a un poste de secours prévu au cas où ?

– Oui, mais comme en général, personne n'en a besoin, il est réduit au strict minimum...

– La preuve, Manu s'est blessé quand même !

– Mais non, tu parles ! Il est...

– Je te dis que si : il avait la main en sang !

– Tu crois ? J'ai pas vu... commença Aline.

Les autres les rejoignaient déjà.

– ça va, Max ? s'enquit Claudia.

– Oh ! Je pense que je vais survivre quelques heures. Je vais sûrement mourir dans la nuit, mais c'est pas grave. Laissez-moi, amusez-vous ! lança-t-il dans une tirade à la Shakespeare qui fit rire tout le monde.

– Fred, ton pied, ça va ? s'enquit Aline. Et Manu ? Où il est ?

– Ouais, j'ai rien, répondit celui-ci. Mais Manu est au poste de secours avec Joël, il s'est ouvert la main.

– Grave ? s'enquit Mélanie subitement inquiète.

– Ben... ça avait l'air assez profond en tout cas, répondit Max

– Voilà ce qui arrive quand on veut jouer au super héros, ironisa Eric moqueur.

– Écoute, s'il n'avait pas été là, je me faisais piétiner et je finissais à l'hosto, répliqua Max qui, pour une fois, ne plaisantait pas. Tu faisais quoi, toi, ton cul posé sur le banc ?

– Eh ! C'est pas moi qui ai voulu venir à ce genre de connerie, reprit Eric.

– Bon, ça suffit ! s'écria Mélanie qui sentait la tension monter.

– Non, c'est moi qui en ai eu l'idée, lança Joël, qui arrivait avec Manu, mais t'étais pas obligé de venir...

– Tu t'es bien sonné ? C'est grave ? s'inquiéta Max, en jetant un coup d'œil à la main bandée de son ami.

– Non ! Quelques points, c'est tout, répondit Manu. T'es allé chercher les bouteilles ? Qu'on n'ait pas fait tout ça pour rien ?

Max approuva en souriant et les lui montra.

– Ben au-moins, t'auras une excuse pour ne pas aller bosser demain, reprit Eric, toujours aussi agressif.

– Comme tu me l'as fait remarquer tout à l'heure, ce ne sont pas quelques bleus ou égratignures qui vont me faire me mettre en maladie. Je n'ai pas de réunion importante moi, demain. Et je peux très bien travailler d'une main, ce qui n'est pas le cas pour toi : tu serais emmerdé pour te tourner les pouces avec un seul !

— C'est vrai qu'avec ce que tu gagnes, t'as intérêt à ne pas être en arrêt trop souvent, tu ne pourrais plus mettre d'essence dans ta Porsche, attaqua Eric.

— Bon ! Cette fois, ça suffit ! s'énerva Mélanie. T'as décidé de me foutre la soirée en l'air ? T'as réussi ! Tu vas continuer à être con longtemps ou tu as l'intention de te calmer ? Parce que si tu dois faire chier le monde toute la soirée, moi je me casse !

— Je ne sais pas ce que tu as, continua calmement Manu d'une voix froide et sèche, mais je ne vais pas continuer à gober tes sarcasmes toute la soirée. Nous, on a envie de passer un bon moment, de s'amuser, de rire. Si tu as décidé de tout gâcher, il vaudrait mieux en effet, que tu te casses tout de suite. Va tirer un coup, va te purger, va au chiotte, va où tu veux, mais lâche-moi avant que je ne m'énerve vraiment !

Eric tourna les talons et s'éloigna rapidement. Mélanie soupira de colère et s'apprêtait à le suivre quand Manu la retint par le bras et partit à sa place sur les pas d'Eric.

— Bon allez, tenta de le retenir Claudia. Vous n'allez pas recommencer !

— On va juste avoir une petite discussion, après ça ira mieux, assura-t-il en s'éloignant.

— Mais qu'est-ce qui lui prend, à Eric ? s'étonna Claudia en se tournant vers Mélanie.

— Il me repique sa crise de jalousie, ragea Mélanie. Je commence à en avoir marre. Chaque fois qu'on se voit tous plus souvent, ça recommence.

— C'est peut-être à toi de faire attention à ce que tu... commença Max.

— Quoi ? le coupa Mélanie. Je ne peux plus plaisanter avec Manu, ni même le regarder ou lui parler sans que l'autre pique sa crise !

– Vu le contexte avec Manu, tu devrais faire attention... tenta Aline.

– C'est moi qui l'ai quitté, s'écria Mélanie. Si j'avais voulu rester avec lui, je l'aurais fait. Mais non ! J'en largue un pour aller avec l'autre et c'est l'autre qui est jaloux. Merde alors ! Je vais tout larguer et me barrer une bonne fois pour toutes...

– Mais non, ça va s'arranger, regarde, ils reviennent déjà tous les deux, prophétisa Joël.

– Bon, je m'excuse, commença Eric, mais je suis un peu fatigué et sur les nerfs. Alors vous avez raison, je ne vais pas gâcher la soirée, je rentre. On s'appelle... Tu viens ou pas ? continua-t-il à l'adresse de Mélanie.

Mais celle-ci tournait la tête et ne lui répondit pas. Sans attendre plus, Eric tourna les talons. Manu s'approcha alors de Mélanie et l'entraîna un peu à part.

– Allez, ne gâche pas tout pour une broutille, vas-y, murmura-t-il d'une voix douce. Vous allez vous réconcilier et tout sera oublié demain.

– Non. Cette fois, j'en ai marre !

– S'il est jaloux, c'est qu'il tient à toi. Tu veux quoi d'autre comme preuve ? A toi de faire en sorte qu'il le soit moins. Allez, ne fais pas l'abrutie et rejoins-le. C'est un ordre ! continua-t-il.

Elle leva enfin les yeux et tous deux se fixèrent un moment. Finalement, Mélanie lança un "*bye-bye tout le monde. A la prochaine*" et elle rejoignit Eric à sa voiture.

– Qu'est-ce que tu as dit à Eric ? questionna Max quand Manu les eut rejoint

– Que je ne voulais pas de sa gonzesse, qu'il pouvait se la garder et surtout qu'ils arrêtent de m'emmerder tous les deux !

– Bon ! Qu'est-ce qu'on fait ? On rentre ou on se finit quelque part ? lança Fred.

– Moi, j'ai pas envie de rentrer, répondit Max.

– Moi, non plus, reprit Aline. Vous savez quoi ? J'irais bien dans un parc d'attraction ou une fête foraine…

– Oh ouais ! s'écria Léa pleine d'enthousiasme. Ça fait des années que je n'y suis plus allée.

– Alors go ! On va au Luna Park, lança Fred.

Ils se changèrent derrière les voitures. Car lorsqu'ils allaient à un Toro-piscine, ils n'oubliaient jamais d'amener des vêtements et des chaussures de rechange.

– Allez, dit Manu. On va tirer une ou deux peluches.

– Tant que c'est pour ne tirer que des peluches, sourit Aline, grivoise, déclenchant un rire général.

– Qu'est-ce qu'on ne ferait pas pour faire plaisir aux gamines, reprit Manu.

Léa allait se rebiffer quand elle croisa son regard moqueur. Au lieu de ça, elle se mit à rire.

– J'espère bien rester gamine le plus longtemps possible, rétorqua-t-elle.

– C'est déjà foutu, la contra Max. Si tu n'es plus allée dans une fête depuis des années.

– Comment ça se fait ? Il y a souvent des fêtes foraines, là-haut, non ? s'étonna Aline.

– Oui, mais Laurent détestait alors...

– Alors si Laurent détestait… se moqua Manu ironiquement.

Cette fois, Léa lui décocha un regard meurtrier qui ne fit qu'accroître son sourire moqueur. Ce qui fit enrager Léa deux fois plus. Elle eut envie de le frapper, de faire disparaître cette lueur moqueuse et malicieuse dans ses yeux. Et puis d'abord, pourquoi accordait-elle tant d'importance à ce qu'il disait ? C'était agaçant à la fin.

Chapitre 7

A l'entrée du parc d'attraction, les filles s'arrêtèrent devant un étalage de vêtements et de bijoux d'influence indienne. Alors que Léa touchait le tissu chamarré d'une jupe ample, longue et fluide, Aline lui murmura :

– Elle est vraiment chouette. Tu devrais te la prendre.

– Tu plaisantes ? Laurent disait que je suis trop petite pour ce genre de vêtement : ça me fait ressembler à un tonneau…

– Et avec tes yeux à toi, t'en penses quoi ? lui souffla soudain Manu dans l'oreille.

Elle fit volte-face et l'interrogea du regard.

– Qu'est-ce que toi, tu en penses ? Elle te plaît ? insista-t-il.

– La question n'est pas là : ce genre de chose ne me va pas !

– Gring ! (Il imita le bruit d'une sonnerie) ça n'était pas la bonne réponse, répliqua-t-il. Ça, c'est la réponse de Laurent...

– Qu'est-ce que tu en sais ? Tu ne l'as pas connu ! Et de quoi je me mêle ? s'énerva-t-elle.

– Je l'ai vu dans tes yeux, reprit-il. Tu ne réagis pas par rapport à ce qui te plait ou ce que tu as envie mais par rapport à ce que ton Laurent en pensait... Il ne faut pas vivre avec le passé, c'est malsain. Il faut que tu te lâches, que tu fasses ce que tu as envie, que tu portes ce qui te plait et tant pis pour l'avis des autres...

– Merci docteur ! Je vous dois combien pour la consultation ? articula-t-elle en le toisant du regard.

Elle rageait intérieurement mais ne voulait pas lui laisser deviner ses sentiments. Elle était furieuse, terriblement furieuse... Justement parce qu'il avait raison et que ça la rendait folle de rage qu'il n'ait pas tort.

Pendant qu'ils discutaient en s'éloignant, Aline avait fait le tour de l'étalage et le reste de la troupe s'était éclipsée.

– J'ai été psy dans une vie antérieure, reprit-il en souriant. Tu ne la prends pas ?

– Non !

– Tu as tort, je suis sûr qu'elle t'irait très bien !

– Eh bien justement, je n'en veux pas...

– Il t'a coincée ce mec, tu le sais ? Tu ne vis pas pour toi, tu vis à travers lui... C'est pour ça que tu as perdu toute assurance...

– La leçon est finie ? questionna-t-elle ironique. On est sûr de soi quand on a de quoi l'être : quand on est grand, beau, fort, intelligent, riche !

– C'est sûr que quand on est moche, vieux, bête, pauvre et malade, c'est moins facile, pouffa-t-il de rire. Et en plus si t'es noir et que tu vis dans le Mississippi...

Léa ne put retenir un petit éclat de rire.

– Comment veux-tu que je sois sûre de moi alors que je suis naine, blanche et que j'ai une gueule de déterrée ? lui lança-t-elle en reprenant ses propres termes, ce qui déclencha son hilarité.

– Et que tu as un drôle d'accent à couper au couteau, s'amusa-t-il en riant.

– Ah oui ! Je l'avais oublié celui-là !

– Bon ! C'est vrai que dans ton cas, ce n'est pas gagné, feignit-il de parler sérieusement.

– ça c'est sûr ! Je ne suis pas une poupée Sophie... euh, Barbie je voulais dire ! se reprit-elle en rougissant et en se maudissant d'avoir échappé une telle remarque.

– ... Ça s'appelle un lapsus révélateur, répliqua-t-il laconiquement en plantant ses yeux dans les siens.

Elle tourna immédiatement la tête à la recherche d'un secours éventuel, le cœur battant à ses tempes. Elle se serait battue. C'est alors qu'elle remarqua l'absence de leurs comparses : ils avaient discuté en marchant et avaient perdu de vue le groupe.

– Où sont passés les autres ? demanda-t-elle soudain.

– Sûrement pas loin, n'aies pas peur, railla-t-il.

– Peur de toi ? frima-t-elle en riant. Je ne pense pas courir un gros risque...

– Tu en es sûre ?... Encore une preuve que tu es drôlement sûre de toi, sourit-il... Pour moi, il y a deux catégories de filles... reprit-il plus sérieusement cette fois.

– Les canons et les boudins, tenta-t-elle de plaisanter pour cacher son trouble grandissant.

– Non ! Sinon il faudrait une troisième catégorie : celles qui ne sont ni des canons, ni des boudins et on mettrait quatre-vingt pour cent des femmes dans cette catégorie, corrigea-t-il... Non : il y a les filles avec qui on aime sortir, se montrer, passer un bon moment, les poupées Sophie... Et celles vers lesquelles on revient toujours quoi qu'il arrive et qu'on garde à la maison...

– Parce qu'on préfère les cacher, lança Léa en riant.

– Non ! s'exclama-t-il de nouveau. Tu es terrible, toi ! Parce qu'on ne veut pas se les faire taper par un autre...

– Quand on est sûr de soi, on a moins de risque de se faire taper sa partenaire, non ? ironisa-t-elle.

– C'est faux, ça n'a rien à voir. D'abord, quand il s'agit d'assurance de soi, c'est l'apparence qui compte... Personne n'est jamais totalement sûr de lui tout le temps. D'autre part, on peut être sûr de soi et se faire taper sa nana par quelqu'un qui lui, n'est pas sûr de lui, mais qui a autre chose... au bon moment.

– Même toi, tu n'es pas toujours sûr de toi ? fit-elle incrédule.

– Même moi ! Mais j'essaie de faire en sorte de ne jamais le montrer. C'est pour ça que je te dis que seule l'apparence compte. Quand tu cherches du boulot, par exemple. Si tu arrives toute timide, recroquevillée dans ton coin, que tu hésites, tu es foutue. Si tu arrives, l'air nonchalant, très sûre de toi, c'est gagné !

– Faux ! Si tu es en concurrence avec une poupée... Barbie, hésita-t-elle – et je parle pour moi – tu n'es pas sûre d'être choisie, même si tu es sûre de toi. Je le sais, ça m'est déjà arrivé ! Et j'avais mille fois plus de compétences que la nana qui m'a soufflé le poste : elle n'avait pas la moindre notion de secrétariat, pas la moindre expérience. Seulement, elle était mignonne comme tout...

– C'est qu'il t'a mal regardée, murmura Manu.

Le ton grave et profond de sa voix suffit à embraser Léa toute entière. Elle eut l'impression que ses joues, son cœur, son corps entier prenaient feu. Elle n'osa pas poser son regard sur lui, elle ne savait plus comment réagir. Son trouble devait crever les yeux. Mon Dieu, elle aurait voulu disparaître dans un trou de souris. Le souffle court, elle tenta de se concentrer sur la recherche du reste du groupe. Elle ne voulait plus rester seule en sa présence.

Soudain il prit sa main et l'entraîna vivement vers un stand. Avant même qu'elle n'ait eu le temps de réagir, elle se retrouva dans un palais des glaces.

– C'est vrai que tu n'as pas grand chose pour toi, lança-t-il en riant, face au reflet de Léa dans une glace déformante. Elle semblait faire un mètre de haut pour deux cents kilos au bas mot, son tour de taille ne devait pas faire loin de deux mètres.

Elle éclata de rire en regardant son reflet à lui.

– C'est vrai que seules les apparences comptent, pouffa-t-elle.

Il n'avait pas lâché sa main et elle ne s'en rendit même pas compte. Ils riaient tous deux comme des enfants, s'entraînant mutuellement d'un miroir à l'autre. Comme dans l'après-midi, elle eut la sensation de vivre un moment unique, un moment à part, hors du temps. Elle n'avait plus vraiment envie de retrouver les autres.

– Si j'avais emmené ma poupée Sophie ici, elle ne s'en serait jamais remise, pouffa Manu.

Mais cette remarque rompit le charme pour Léa. Il pensait à elle. Cette constatation lui fit mal. Et cette douleur qui naissait en elle lui fit peur. Il était le dernier homme sur terre sur lequel elle devait craquer...

– Au contraire, dommage qu'elle ne soit pas venue ce soir, rétorqua Léa. Elle t'aurait vu sous un autre angle !

Manu la dévisagea longuement avant de lancer d'une voix agacée.

– Sophie n'a aucun humour : elle n'avait rien à faire avec nous !

– *Mais tu vas la retrouver tout à l'heure* ! eut-elle envie de lui lancer.

Elle se mordit les lèvres pour se retenir. Que lui arrivait-il ? Elle devenait ridicule. Elle voulut faire demi-tour pour sortir de ce lieu magique qui rendait tout irréel. En se retournant, elle hurla de surprise. Max se tenait à quelques centimètres d'elle et faisait une grimace terrible dans l'un des miroirs qui les entouraient. Léa partit d'un fou-rire nerveux incontrôlable. Rien ne put la calmer. Elle sortit du palais en riant aux éclats et tomba nez à nez avec Claudia, Aline, Fred et Joël, qui amusés, la regardaient rire sans comprendre.

– C'est tout l'effet qu'on lui fait, lança Max en sortant à son tour, le sourire aux lèvres.

Manu le suivait en souriant étrangement. A mi-voix, il lança à Max :

– Merci de ton intervention !

– ça s'appelle "te casser la baraque", sourit ce dernier en reprenant les termes de Manu la veille, sur la plage. Je savais bien que je te rendrais la monnaie à un moment ou à un autre…

– Ben, j'aurais préféré à un autre, sourit Manu. Si j'avais su, je t'aurais laissé te faire piétiner par la vachette !

Seule Aline entendit ces quelques mots. Lorsque Léa se fut calmée, elle croisa plusieurs fois le regard mi-amusé, mi-mystérieux de son amie, ce qui la mit mal à l'aise.

Ils se baladèrent un moment parmi les nombreuses attractions, jouant des coudes par moment, tant il y avait foule. C'était la pleine saison, les campings étaient pleins à craquer et les touristes pullulaient partout. Quand Aline put se retrouver près de Léa, à l'abri des oreilles indiscrètes, elle lui glissa :

– Alors ? Vous étiez passés où, tous les deux ?

– Qu'est-ce que tu essaies d'insinuer ? s'alarma Léa.

— C'est étrange comme j'ai l'impression que vous vous appréciez beaucoup.

— Tu es ridicule, on parlait de Sophie.

— Et cet après-midi sur la planche à voile, entre deux fou-rires, vous parliez d'elle aussi ? la taquina Aline. Je vous ai observés un bon moment, vous aviez l'air si bien ensemble...

— Je suis surveillée ? J'y crois pas ! se révolta Léa.

— Ne le prends pas mal, je prends soin de toi, je ne t'ai pas à moi si souvent, s'amusa Aline. Simplement, si tu veux te le taper, pas de problème, tu es sur la bonne voie, mais fais attention. Ne vas pas trop loin avec lui. Ne tombe pas amoureuse d'un type pareil, il va mettre ton petit cœur en pièces !

— Mais tu n'y es pas du tout. D'abord mon petit cœur, il est déjà tout cassé. Et c'est vrai qu'on a passé un bon moment ensemble sur la planche à voile. On a bien rigolé. Ce soir, quand on vous a perdus, on était en train de se disputer. Il m'énerve de me donner des leçons comme ça... Et puis, il ne me considère que comme ta copine, il ne me regarde pas en tant que proie potentielle. Je ne suis pas son genre. Il ne s'est pas gêné pour me le faire comprendre.

— Eh ! Tu n'as pas à te justifier, rétorqua Aline. Et puis, quand tu regardais la fameuse jupe, qu'il s'en est mêlé, il a bien dit qu'il lisait dans tes yeux ? ça, c'est la preuve qu'il te regarde... Et encore, ce n'est pas le terme juste : il ne te quitte pas des yeux.

— Attends, regarde-moi bien ! Tu vois le moindre point commun entre moi et les filles qu'il se tape ?

— Justement, Sophie commence à lui sortir par les trous de nez... Et puis il n'a pas un style préféré. Elles ne ressemblaient pas toutes à Sophie.

— Parfait ! Et je serais le numéro combien ?

– La vérité, c'est qu'avec toi, je trouve qu'il est différent...

– Bon, arrête tout de suite...

– Léa, regarde-moi en face et jure-moi qu'il ne t'attire pas du tout !

Léa secoua la tête avec exaspération. Max, se glissa entre les deux et les prit chacune par un coude, coupant ainsi tout essai de conversation privée.

– Les filles, je meurs de soif. Je vous offre à boire ?

Ils réussirent avec peine à trouver une grande table sur la terrasse d'un snack.

– Eh ! N'empêche, regarde ! lança Fred en enlevant son espadrille et en mettant son pied sur la table. J'ai failli être gravement blessé !

Une éraflure rouge virait au bleu sur sa cheville.

– Attends, regarde la mienne ! s'écria Joël en détachant le bouton de son jean.

– Joël ! Qu'est-ce que tu fais ? hurla Claudia affolée.

– Ben, j'montre ma cicatrice ! rétorqua Joël... sur ma cuisse ! Et en plus, je ne suis pas à poil, j'ai un caleçon.

Tout le monde pouffa de rire en imaginant les non-dits, à tel point que tous les gens autour se retournèrent. Joël ne se dégonfla pas et montra la griffure rouge qui allait de son genou au haut de sa cuisse. Plus ils riaient, plus l'un d'entre eux en rajoutait, chacun à tour de rôle.

– Eh moi ! Regarde ! lança à son tour Max en levant son tee-shirt.

Un bleu ceignait ses côtes et une large écorchure traversait son dos de part en part !

– Eh ! Tu t'es quand même bien fait arranger, murmura Manu.

– Bon alors ! C'est pas moi qui ai la plus belle ? répliqua Max.

– On compare ses cicatrices de guerre ? lança une voix féminine glaciale qui fit taire la conversation d'un coup.

Sophie, en robe moulante claire et fleurie, se tenait les mains sur les hanches, face à un Manu au sourire moqueur. Elle portait ses cheveux relevés en une sorte de chignon savant d'où s'échappaient de longues mèches blondes. Des boucles d'oreille d'une fantaisie qui devait faire son prix, assorties au collier et au bracelet qu'elle portait, étincelaient dans la nuit. Ainsi éclairée par les lumières artificielles de la fête, elle ressemblait à une nymphe, elle était vraiment de toute beauté, songea Léa avec un pincement au cœur. Dommage que ses yeux soient aussi froids.

– Je vois qu'on s'amuse bien… Je dérange peut-être ? Et ta main ? Tu as essayé de la mettre au cul de qui pour qu'elle ressorte dans cet état ? ragea-t-elle.

– Ben tu vois ? Elle fait de l'humour ! s'écria Max moqueur. Tout arrive à qui sait attendre !

– Toi, ta gueule !

– Evite d'être vulgaire, Sophie, ça nuit à ton auguste personne, lui conseilla Manu sur un ton froid.

Son regard menaçant démentait son sourire. Sa remarque en rappela une autre à Léa… Encore un point commun avec Laurent, pensa-t-elle amèrement.

– Tu ne devais pas venir me chercher, il y a maintenant deux heures ? siffla-t-elle.

– J'ai oublié, répondit tout simplement Manu.

– Heureusement qu'il y a des gens sur lesquels je peux compter, reprit-elle en montrant du doigt deux garçons et une fille qui semblaient tout droit sortis d'un catalogue de mode.

– Eh bien, tu vois ? Tout s'arrange ! sourit Manu.

Mais face au regard de glace qu'elle dirigea sur Léa, Manu dut craindre qu'elle ne s'attaque à la nouvelle. Il se leva brusquement, s'excusa, prit Sophie par le coude et s'éloigna avec elle.

– Adieu Marie-Anne-Sophie, chantonna Max.

– Penses-tu ! répliqua Joël, il va se faire pardonner et c'est reparti…

– Tu rigoles ? lança Claudia en riant. Ça fait plus de quinze jours qu'il est avec elle : elle est périmée, il a dépassé la date de consommation, il va passer à quelqu'un de plus frais.

Aline se contenta d'observer Léa du coin de l'œil. Cette dernière regardait s'éloigner Manu avec une pointe de douleur dans les yeux. Quand elle croisa le regard d'Aline, elle émit un petit sourire exaspéré.

Le temps qu'ils commandent à boire, Manu revenait déjà et seul.

– Alors ? Comment s'est passée la rupture ? susurra Max.

– Bien, sourit Manu. J'ai laissé Barbie avec Ken. Moi, j'ai passé l'âge de jouer à la poupée...

–... Barbie, termina Max à sa place. Maintenant, il va s'attaquer aux poupées gonflables.

– Ça tombe bien, en parlant de poupées gonflables, il paraît qu'ils sortent une série avec Naomi Campbell, Cindy Crawford... plaisanta Manu.

– Et Claudia Schiffer ? lâcha involontairement Léa.

Manu et elle échangèrent un sourire moqueur et complice. C'était bizarre comme elle se sentait déjà mieux. Les autres ne comprirent pas l'allusion, mais Max et Aline échangèrent un regard entendu à leur propos.

La nuit était déjà avancée quand ils regagnèrent les voitures. En passant devant le palais des glaces, Manu lança tout haut :

– Dommage : j'aurais bien voulu emmener Sophie ici !

– Déjà des regrets ? railla Léa l'air désintéressé, alors que son cœur battait plus vite.

– Non, j'aurais juste voulu voir sa tête lorsqu'elle se serait observée dans un de ses trucs !

De nouveau, tous les deux se mirent à rire.

– Vous avez vu l'heure ? s'écria Max. Y'en a qui vont tirer la gueule, demain matin... Tu vas bosser, toi, malgré ta main ?

– Bien sûr ! Je ferai gaffe, c'est tout !

– T'es sur la plage, demain ?

– Non, je suis au centre, en muscu.

– Il y a des tarés qui font du sport en salle par cette chaleur ? souffla Claudia.

– Ben oui, c'est climatisé... Et il n'y a pas de temps idéal pour faire du sport, ma chère ! Les vacances sont des moments privilégiés pour se refaire quelques muscles bien placés, plaisanta Manu. Si le cœur vous en dit, on a un cours d'abdo-fessier...

– Ah non merci, sans façon, se mit à rire Aline. J'en fais toute l'année et là, je suis en vacances... A moins que Léa ?

– Je ne fous pas les pieds de l'année dans une salle de sport, je ne vais pas commencer pendant mes vacances, sourit celle-ci.

– Tu vois ? C'est pour ça qu'elle est naine, rétorqua Manu en riant.

Arrivée chez Aline, Léa n'avait pas sommeil. Elle s'installa sur la terrasse où l'air commençait à peine à se rafraîchir. Ici, c'était le meilleur moment de la journée. Les yeux perdus sur la ligne d'horizon, humant l'air marin à plein nez, elle se berçait au rythme du ressac de l'eau sur la plage... Bon Sang, comme elle se sentait bien, ici !

– Et là, arrive un beau prince charmant dans sa vieille Porsche rouge, murmura Aline en s'approchant.

– T'es pas au lit, toi ? sourit Léa.
– Fred dort. Moi, j'ai le temps, je ne bosse pas. Et toi, pas sommeil ?
– Non, pas du tout du tout !
– Tu rêves à qui ? sourit Aline.
– A quelqu'un qui restera un rêve, soupira Léa... Il me fait complètement craquer, finit-elle par avouer après quelques secondes d'hésitation.
– Je sais, ça crève les yeux, répondit simplement son amie.

Elles restèrent longtemps silencieuses, puis Aline la questionna.

– Tu n'en es pas amoureuse, mais pas loin, n'est-ce pas ?
– Oh non, rétorqua Léa alors qu'elle était loin d'être aussi sûre d'elle qu'elle le prétendait. En fait, reprit-elle, c'est uniquement physique... J'ai envie de lui comme jamais j'ai eu envie d'un mec. Mais c'est tout, ça n'a rien à voir avec les sentiments...
– Waouh ! Alors vas-y ! Prends ton pied, sourit Aline. Mais fais gaffe quand même à ne pas tout mélanger.
– C'est bizarre la vie : j'aime toujours Laurent, c'est malgré moi, j'l'ai dans la peau... Mais avant d'avoir rencontré Manu, j'étais persuadée que le sexe marchait forcément avec les sentiments, qu'on ne pouvait pas vraiment dissocier les deux, qu'on ne pouvait pas avoir envie de quelqu'un qu'on connaît à peine. Or, je n'ai jamais désiré Laurent comme je désire Manu, avoua Léa. Chaque fois qu'il s'approche de moi, voire qu'il m'effleure, je ressens comme...
– Comme ?
– Une décharge électrique... Quelque chose de très fort... Je crois que ça me fait peur.

– Peur de quoi ? Que les sentiments suivent ou que tu ne puisses pas lui résister au moment voulu ?

– Oui, approuva Léa. C'est ça : j'ai l'impression qu'il peut m'avoir quand il le veut et que je ne serai pas en mesure de faire quoi que ce soit pour m'y opposer... Parce que j'en crève d'envie... Quand on était sur la planche à voile cet après-midi, on rigolait, on plaisantait... Et il y a eu un moment où j'ai glissé, il m'a retenu... On s'est retrouvé dans les bras l'un de l'autre... Et il y a eu quelque chose, l'espace d'un centième de seconde... Un regard brûlant, une sorte de sensualité, quelque chose de torride...

– Et qu'est-ce qui s'est passé ? questionna Aline, toute excitée.

– Rien, on a perdu l'équilibre, on est tombé dans l'eau. Quand on est remonté à la surface, il était redevenu le Manu moqueur que tu connais. C'est comme si le charme avait été rompu...

– Et si le charme n'avait pas été rompu ? Qu'est-ce qui se serait passé ? supplia Aline.

– Je ne sais pas... Mais c'était un moment à part... Je crois qu'il aurait tenté quelque chose, je lui aurais cédé sans même en prendre conscience... C'est ça qui me fait peur... parce que je suis loin d'être un bon coup...

– Pourquoi tu dis ça ? se mit à rire Aline.

– Laurent me l'a reproché... Je suis coincée sexuellement, il paraît... En fait, c'est vrai... sexuellement, ça n'a jamais été transcendant avec lui... Alors tu vois ? Avec Manu, ça ne durerait pas plus d'une nuit...

– Ben au contraire, si tu as envie de lui comme tu n'as jamais eu envie de Laurent, ça veut dire que tu t'éclaterais peut-être vraiment avec Manu...

– Ou ce serait un véritable fiasco...

— Bof... Manu a la réputation d'être une véritable bombe sexuelle... Le problème, c'est les sentiments. Tant qu'il n'y aurait que du sexe, ça ne poserait pas problème... Mais j'en doute. Je t'ai observée ce soir... Tu as eu vraiment peur pour Manu au toro-piscine et quand Sophie est arrivée, si tu avais pu voir ton propre regard... Moi, c'est ça qui me fait peur...

Léa ne répondit pas, elle tentait de mettre de l'ordre dans ses idées. C'était vrai qu'elle avait ressenti de la jalousie quand ils parlaient de Sophie, c'était vrai qu'elle était prise d'une irrésistible envie de se jeter dans ses bras et de les sentir se refermer sur elle quand elle le voyait, c'était vrai qu'elle avait abominablement envie de sentir ses lèvres sur les siennes, que son cœur se mettait à battre la chamade, que son sang ne faisait qu'un tour lorsqu'il apparaissait... Elle ferma les yeux, comme pour endiguer le flot d'émotions qui l'envahissait. Mais pour rien au monde, elle ne l'aurait admis.

— Et dire que tu n'es là que depuis hier, reprit Aline en riant.

— Je devrais peut-être repartir au plus vite, sourit Léa.

— Ah non ! Pour une fois que tu viens... Cède-lui, la conseilla son amie. Tu passes trois, quatre ou cinq semaines avec lui et tu rentres chez toi regonflée à bloc.

— Trois semaines ? plaisanta Léa. Tu me crois capable de battre le record ? Et je rentre chez moi prête à me suicider avec la corde déjà au cou ?

— Ben non, si ce n'est que sexuel entre vous, la taquina Aline.

— Aujourd'hui, c'est physique, d'accord... Mais où est-ce que j'en serai quand j'aurai couché avec lui ? Et admettons que je tienne trois semaines... Je ne suis pas sûre de ne pas tomber amoureuse de lui, tu me suis ?

– Je suis sur tes talons... Mais finalement, que tu sois malheureuse à cause de Laurent, ou malheureuse à cause de Manu, où sera la différence ? Sinon le fait d'avoir pris ton pied trois semaines avec le deuxième. Malheureuse pour malheureuse, autant t'amuser entre deux peines de cœur !

– Comme tu y vas... Toi au-moins, tu as de la morale, pouffa Léa.

– Pour ce que ça t'apporte, la morale... Tu ne vas pas t'obstiner à une vie d'abstinence parce que tu as peur de tomber amoureuse ? La vérité, c'est que tu as peur de vivre. Avec Laurent, tu étais presque morte : il t'a étouffée. Tu ne vivais plus qu'à travers lui. Manu, lui, te propose de réapprendre à vivre....

– Et à souffrir...

– Ça va ensemble. C'est rare de vivre vraiment sans jamais souffrir, philosopha Aline. Médite bien sur ce que je t'ai dit et passe une bonne nuit. Elle porte souvent conseil.

Chapitre 8

La routine avait repris pour les hommes. En effet, Fred, Max et les autres avaient repris le travail le lundi matin. Aline profita de la présence de Léa pour donner un coup de neuf à sa maison. Elles firent le ménage et nettoyèrent l'habitation du sol au plafond tout en discutant de tout et de rien. L'agréable, dans la petite villa, c'était que quand la chaleur devenait insupportable, les filles traversaient la terrasse et allaient piquer une tête dans l'eau fraîche. Cela ne les rafraîchissait pas très longtemps, mais suffisait à leur faire du bien. L'après-midi, elles s'allongeaient sur des chaises longues, lisaient ou faisaient des mots croisés pendant les heures les plus chaudes. En fin d'après-midi, elles se baignaient. Fred les rejoignait alors. Le soir, soit ils dînaient en ville, soit ils sortaient après le repas. Quand le soleil se couchait, il faisait encore chaud mais l'atmosphère était supportable et permettait aux filles de faire les boutiques sur les ports des environs, envahis par les touristes.

Personne n'eut de nouvelles de Manu de toute la semaine. Léa n'en parlait pas mais se rongeait les sangs.

Elle espérait, sans vouloir se l'avouer, une visite, un coup de fil, un signe... en vain. Max, lui, était passé tous les soirs de la semaine. Plus elle passait du temps avec lui, plus Léa l'appréciait. Il ne manquait jamais une occasion de la faire rire, tout en étant attentionné. Un soir cependant, il fit certaines allusions à une éventuelle évolution de leur relation, allusions qui mirent Léa mal à l'aise. Elle ignora les non-dits, jouant à celle qui n'avait pas compris. Il n'insista pas mais le malaise de Léa, lui, ne disparut pas pour autant.

Tous les soirs Fred allait se coucher sur les coups des onze heures, minuit, et les filles restaient seules sur la terrasse, à discuter... C'était un moment privilégié qu'elles affectionnaient tout particulièrement. Le Jeudi soir Léa s'autorisa à parler de son petit problème à Aline.

– J'ai peur que Max n'essaie d'aller plus loin avec moi... Je l'aime bien, mais comme un véritable ami. Je ne voudrais pas qu'il se fasse des illusions sur moi et qu'il soit déçu.

– C'est l'éternel problème avec Max, soupira Aline. On l'aime bien comme un ami... Il t'a dit quelque chose ?

– Non, pas vraiment... Disons qu'il a fait deux ou trois petites allusions de temps en temps. Je les ai volontairement ignorées mais maintenant, je ne suis plus aussi à l'aise avec lui, expliqua Léa. Tu crois qu'il plaisantait ou qu'il espère vraiment quelque chose de moi ?

– Ce n'est pas facile à dire avec lui. Apparemment, il y aurait une petite compétition entre Manu et lui... Maintenant, est-ce qu'il espère coiffer Manu au poteau ou est-ce qu'il a vraiment le béguin... ?

– Comment ça ? sursauta Léa en entendant le prénom fatidique.

Aline lui parla des remarques de Manu à l'adresse de Max lorsque celui-ci avait fait irruption dans le palais des glaces. *"Ça s'appelle te casser la baraque..."*

— C'était une pointe d'humour parce que le jour où je suis arrivée, quand les gars jouaient au ballon et que je discutais avec Max, Manu s'est approché et lui a sorti une vanne. Max a fait semblant de se fâcher et Manu lui a dit : "*ça s'appelle te casser la baraque*". Je pense que Max a juste voulu reprendre sa boutade...

— Non ! Il a dit à Manu : "*Je savais bien que je te rendrais la monnaie à un moment ou à un autre.*" Et Manu a répondu : "*J'aurais préféré que ce soit à un autre*". Moi qui les observais, je peux te dire qu'ils se sont défiés du regard. Et visiblement, Manu n'a pas apprécié que Max, et même nous, intervenions à ce moment-là. C'est pour ça que je t'ai demandé ce que vous faisiez tous les deux.

— Je crois que ton imagination te joue des tours, murmura Léa les sangs en révolution.

— Pas moi... Mais si Max commence à vraiment te draguer, mets les choses au point dès le départ. Ça vaut mieux, même s'il est un peu déçu, que de le laisser espérer et qu'il prenne une baffe par la suite... De toute façon il n'est pas dupe. Il y avait une sorte de complicité, de non-dits entre Manu et toi dimanche soir. A moment donné, Max m'a lancé un regard éloquent...

— C'est à dire ? s'enquit Léa qui sentait les battements de son cœur accélérer.

— Il m'a lancé un regard qui voulait dire : "ça y est, il y a quelque chose entre eux ! " En tout cas, moi je l'ai compris comme ça. Et Max n'est pas débile, il sait très bien qu'il n'a aucune chance contre Manu. Du coup, ne lui cache pas la vérité. Dis-lui vraiment ce que tu ressens.

– Je crois que vous vous trompez tous les deux. Si vraiment Manu s'intéressait à moi, il aurait donné de ses nouvelles cette semaine. La vérité, c'est qu'il n'a rien à faire de moi.

– Ce n'est pas ce que pense Max.

– Tu en as parlé avec lui ? s'étonna Léa.

– Oui. Je lui ai dit que ça m'étonnait que Manu n'ait pas donné signe de vie alors qu'il avait l'air de te prêter attention. Max m'a répondu que si Manu ne comptait que "*te sauter*" – ce sont ses termes – il aurait donné signe de vie. Par contre, s'il arrivait qu'il se rende compte que tu comptes plus que ça pour lui, ça lui ferait certainement peur. Il aime trop son indépendance. Ça expliquerait qu'il te fuie !

– Vous avez une imagination débordante, fit semblant d'en rire Léa. A mon avis, il a rencontré une autre blondasse sexy dans sa salle de gym et il ne se rappelle même plus que j'existe.

– Ça pourrait être une explication… Je ne sais pas pourquoi je doute de cette version.

Le week-end démarrait pour les travailleurs dès leur sortie du boulot le vendredi. Tout le monde se retrouva donc sur la terrasse d'Aline et Fred pour l'apéritif. Tout le monde, sauf Manu.

– Qu'est-ce qui lui arrive ? demanda innocemment Fred. C'est rare qu'on n'ait même pas un coup de fil de la semaine.

– Il a dû remplacer Sophie, lança nonchalamment Mélanie, en jetant un coup d'œil masqué à Léa.

Elle en eut pour ses frais car cette dernière prit sur elle pour ne pas dévoiler ses pensées les plus secrètes. Elle plaisantait avec Max et fit mine de rien.

Ils décidèrent de dîner au restaurant puis d'assister à un concert Rock en plein air sur un des stades de la ville. Le groupe qui se produisait n'emballa guère Léa.

Il était plus bruyant que mélodieux et puis elle n'avait pas la tête à ça. Max s'en rendit compte. Aussi, discrètement, il l'entraîna à l'extérieur du stade.

– Je t'offre un verre dans un coin paradisiaque, lui affirma-t-il.

– Attends, j'aurais dû dire à Aline...

– Laisse-tomber, Aline comprendra. Tu n'as de compte à rendre à personne.

Il n'avait pas tort. Il lui prit la main et l'entraîna à travers la foule jusque sur le vieux port. Là, ils traversèrent un petit restaurant et se retrouvèrent sur une terrasse sur pilotis à la lumière tamisée. Des petits palmiers en pots en délimitaient l'espace. Ils s'installèrent dans un coin calme. L'endroit était enchanteur. Ils commandèrent chacun une grosse coupe glacée tout en plaisantant sur les bienfaits de ce genre de dessert sur la silhouette féminine.

Léa se sentait vaguement mal à l'aise. Il lui semblait que le regard de Max avait changé, sa façon de plaisanter aussi... Lorsqu'il prit sa main sur la table, elle la retira avec douceur et tenta de mettre le sujet qui lui tenait à cœur sur le tapis.

– Écoute Max, je... je suis désolée, mais...

– Je sais, sourit ce dernier affectueusement. *Je t'aime bien, mais pas suffisamment pour passer le pas. Je te considère comme un ami...* termina-t-il à sa place.

– Justement, souffla-t-elle mal à l'aise, je t'apprécie trop pour vouloir... te faire du mal. Je préfère être franche avec toi... Même si on commençait quelque chose, ça n'irait pas loin et...

– C'est étrange, murmura Max. Pourquoi ne suis-je pas étonné ?

– Je ne me sens pas encore capable de me lancer dans une nouvelle relation avec un homme. Je crois que j'ai besoin de vivre seule encore un moment... Avec Laurent...

– Je sais ce qui s'est passé. Aline m'a raconté... Ce n'est pas qu'elle soit indiscrète, c'est qu'elle se faisait du souci pour toi et comme je suis un peu son confident... Ce qui m'embête le plus, Léa, ce n'est pas que tu... ne veuilles pas entamer une relation intime avec moi.... hésita-t-il. Ça, je l'avais compris dès le début... Non ! Ce qui me tracasse... C'est que tu sois prête à passer le pas avec Manu... Et ne crois pas que je dise cela par jalousie, ajouta-t-il très vite... Je ne suis pas fou amoureux de toi... Je t'apprécie énormément, comme une amie et j'ai peur de ce qui risque de se passer...

– Tu te trompes... Je ne suis pas prête à sauter le pas, comme tu dis !

– Alors tu n'en es pas loin, affirma-t-il... Tu as le droit de m'envoyer sur les roses si tu trouves que je dépasse les bornes et que je me mêle de ce qui ne me regarde pas, sourit-il... Je connais bien Manu, depuis mon plus jeune âge... Il est tout sauf un remède aux peines de cœur !

– Je me doute de ça, sourit-elle, mais il n'y a rien entre lui et moi.

– Et il n'y aura rien ? Même s'il insiste ? ironisa Max.

Il planta ses yeux dans les siens et attendit d'elle une réponse franche. Elle ne répondit pas et baissa les yeux.

– D'accord ! Il m'attire énormément... Mais je peux, moi aussi, décider de m'amuser avec lui !

– Tu n'es pas ce genre de fille : ça crève les yeux. Je ne t'imagine pas *jouer à Manu* ! Même et surtout avec lui...

– Qu'est-ce que tu veux que je fasse ? Je ne tombe que sur des mecs comme ça ! C'est comme s'ils m'attiraient comme des aimants. Est-ce que je dois devenir none pour les éviter ?

– Renverse les rôles si tu veux en garder un !

– C'est à dire ?

– Ne te soumets pas, soumets-le... Ne lui montre pas qu'il a de l'importance pour toi. Donne-lui l'impression que tu te fous de l'avenir, de ce qu'il pense, de votre relation. Il s'en va ? N'essaie pas de le retenir. Il drague une autre fille ? Drague un autre mec. Tant qu'il ne sera pas sûr de toi, tant qu'il y aura un risque pour lui de te perdre, il se battra pour te garder. Et avant qu'il ne s'en rende compte, il se sera attaché à toi... Rends-le jaloux mais pas fou de jalousie…

– C'est une vraie stratégie, feignit-elle de se moquer. Mais si tu es si doué, pourquoi est-ce que tu ne te sers pas de ce que tu sais pour te caser ?

– Parce que je n'ai pas trouvé l'âme sœur, répondit-il en riant. Mais le jour où ça arrivera, je mettrai en pratique toutes mes théories... En fait, avoir des théories, c'est facile. Ce qui est difficile, c'est de les adapter à la personne qui te fait face, parce que personne ne se ressemble vraiment.

– Alors comment tu sais ce qui retiendrait Manu ?

– Lui c'est différent, je le connais depuis des années... C'est pour ça que tu vas avoir besoin de moi, sourit-il.

– Comment ça ? En tant que conseiller ? se mit-elle à rire.

– Non, comme pion ! Je vais continuer à te draguer, à faire semblant d'essayer de lui mettre des bâtons dans les roues... Enfin, si tu m'embauches…

– Et toi, tu y gagneras quoi ?

– Quand Manu sera casé, amoureux fou, je pourrai à mon tour, chercher l'âme sœur sans qu'il ne me la fauche à la première occase, plaisanta-t-il.

– En gros, tu veux le mettre sur la touche. Tu me proposes de me servir de toi, pour que tu puisses te servir de moi à ton tour... Il y a juste un petit problème, murmura-t-elle.

– Lequel ?

– Je ne fais pas le poids. Je ne suis pas à la hauteur. Je ne suis pas le genre de femme capable d'accrocher et de retenir un mec comme Manu.

– Erreur ! sourit-il, tu l'as déjà accroché. N'oublie pas que je suis un de ses plus anciens amis.

– Il t'a parlé de moi ? souffla-t-elle le feu aux joues, les yeux brillants.

– Non, il n'a pas besoin de m'en parler. Je le sais.

Léa baissa les yeux, déçue et emplie d'espoir en même temps.

– Léa, reprit Max avec douceur, sois plus sûre de toi !

– Comment veux-tu que je le sois ? Une fois il se fout de moi, l'instant d'après, il me semble entrevoir une petite lueur d'intérêt ; dès que je commence à y croire, je m'en reprends plein la tronche. Ensuite il disparaît sans laisser de trace et je devrais être sûre de moi ?... Si tu veux mon avis, je n'ai aucune chance avec lui. A la limite, s'il n'a rien d'autre à faire un soir, il pourrait essayer de me sauter et on en resterait là. C'est tout ce que je peux espérer tirer de lui, alors...

– Alors ? Tu te trompes. Pourquoi tu crois que tu n'as pas eu de ses nouvelles ?

– Parce qu'il a dû tomber sur une jolie sportive dans son club et qu'il est trop occupé avec elle pour se préoccuper de ses copains, à plus forte raison de moi.

– Moi j'ai une autre explication. Tu sais, s'il avait uniquement envie de te sauter comme tu dis, il l'aurait fait dimanche soir. On ne vous aurait pas retrouvés et tu ne lui aurais rien refusé, n'est-ce pas ?

– Justement, il n'a rien tenté, se résigna-t-elle. C'est bien la preuve que je ne l'intéresse pas.

– Non. Tu l'intéresses, ça c'est sûr. A la façon qu'il a de te regarder, je peux te jurer que tu l'intéresses. S'il a agi comme ça, c'est justement pour éviter d'aller trop vite, de brusquer les choses. Il te prouve par là qu'il te respecte... Et donc qu'il ne se contentera pas de te sauter...

– Et c'est aussi pour ça qu'il ne cherche plus à me revoir, ironisa-t-elle.

– Pour l'instant... parce qu'il se sent en terrain glissant et qu'il a peur de ses propres réactions. Si tu prends trop d'importance trop vite à ses yeux, tu deviens dangereuse pour son indépendance, pour sa tranquillité... Alors il laisse passer quelques jours pour voir si tu lui manques...

– Et je ne lui manque pas ! La discussion est donc close, le coupa Léa. Stop, on arrête cette discussion stupide... Le concert va bientôt se terminer, si on allait rejoindre les autres ?

– Si tu n'as pas de ses nouvelles d'ici la fin du week-end, je m'inclinerai, d'accord ? tenta encore Max. Mais s'il réapparaît, joue le jeu avec moi... Qu'est-ce que tu risques ?

– Quand on joue avec le feu, on risque de se brûler...

– Tu t'es déjà brûlée, tu n'es plus à une brûlure près, si ?

– Si, justement, pouffa-t-elle de rire. Je n'ai pas envie de passer ma vie à me faire du mal.

Alors qu'ils retournaient au stade pour rejoindre le reste du groupe, Léa nourrissait l'espoir qu'il aurait eu l'idée de les rejoindre. Mais il n'en fut rien. Il n'était pas avec eux.

– Tu as parlé à Max ? questionna Aline en la sondant du regard.

– Oui, il n'y a plus le moindre souci. C'est vraiment quelqu'un de fantastique ce mec...

– Sacré Max, sourit Aline. En tout cas, tu peux te fier à lui : c'est vraiment un ami.

La journée suivante, Max, Léa, Fred et Aline partirent pique-niquer dans les calanques et visiter un peu le coin. Jamais Léa n'avait imaginé lieux plus merveilleux. L'eau au creux des falaises ressemblait à une mer de saphir ou d'émeraude selon l'éclairage du soleil et les fonds sous-marins. Les rochers, tels des pierres précieuses bleu-marine, parsemaient l'onde de tâches irrégulières. De petits chemins escarpés, bordés de bruyère, de thym, de genêts, les menaient dans des criques aux plages de sable fin, toutes plus pittoresques et enchanteresses les unes que les autres. La promenade aurait été parfaite s'il avait été là, songea Léa. Ils rentrèrent en fin d'après-midi pour prendre une douche et se changer. Ils décidèrent à l'unanimité de dîner dans un restaurant, n'importe lequel, pourvu qu'il ait une terrasse et qu'ils puissent manger dehors. Alors qu'ils allaient partir, Joël les appela pour leur proposer de les rejoindre plus tard dans la soirée, Eric, Mélanie, Claudia et lui, au "Paradise" : une sorte de boite de nuit en plein air dont la piste de danse se terminait sur une terrasse qui surplombait la mer. Ce night-club jouxtait un immense camping : aussi la clientèle était-elle un peu plus relaxe au niveau tenue vestimentaire et ambiance, que dans une véritable boite de nuit du centre ville. Tous s'enthousiasmèrent pour cette idée. Tous les quatre quittèrent la maison pour le restaurant sans que Manu ait daigné montrer le bout de son nez.

Chapitre 9

Léa but plus qu'à l'accoutumée. Elle paraissait enjouée, gaie, mais au fond d'elle-même, une pointe de déception la rongeait petit à petit. Peut-être était-ce pour oublier *son* absence qu'elle força un peu sur la boisson. Cependant, un petit espoir subsistait : il accompagnerait peut-être les autres en boite. Elle le retrouverait peut-être là-bas. Aussi, quand elle sentit la tête lui tourner légèrement, elle mit un frein à son absorption d'alcool. Elle se sentait bien, juste un peu plus joyeuse que d'habitude et cet état la satisfaisait pour l'instant.

Quand ils arrivèrent au "Paradise", Joël et Eric étaient déjà attablés dans un coin de la piste, ni trop près du DJ, ni trop loin de la piste de danse, et encore moins du bar : la place idéale. Les tables étaient placées en demi-cercles autour de la piste de danse et surélevées en espalier, chaque rang plus haut que le précédent. Ainsi, tout le monde avait vue sur les danseurs. Léa scruta la piste des yeux, elle repéra Claudia et Mélanie qui se trémoussaient sur un air de Zouk. Jetant un rapide coup d'œil au bar et sur les tables occupées, elle dut se résigner. Manu n'était pas de la partie. Cette fois, c'était sûr ! Pour qu'il ne rejoigne pas ses amis un samedi soir, c'était qu'il s'était forcément trouvé une nouvelle copine.

– Manu n'est pas avec vous ? s'étonna Eric.

– Non, on pensait qu'il serait peut-être avec vous, on n'a pas de nouvelles depuis le week-end dernier, répondit Fred.

– A tous les coups, il s'est débusqué une nouvelle gonzesse, ironisa Mélanie.

Son petit coup d'œil moqueur à l'adresse de Léa prouva à celle-ci que la remarque était volontairement cruelle et adressée à elle-seule.

– Ou bien sa main s'est infectée et on l'a amputé au niveau du poignet, plaisanta Max, faisant éclater de rire tout le monde.

– T'es vraiment un enfoiré, pouffa Fred.

– Eh ! Même avec une seule main, il reste dangereux, reprit Max, riant de plus belle.

Léa riait avec les autres. Elle avait pris sur elle de ne pas broncher à la remarque de Mélanie. Celle-ci en avait paru déstabilisée. Elle ouvrait les hostilités, mais Léa ne voulait pas répliquer, cela lui ferait trop plaisir. Elle continuerait à ignorer ses sous-entendus. C'était la seule solution qu'elle avait trouvé pour la contrer sans se la mettre à dos ouvertement devant les autres. Avec un petit sourire, Léa songea que décidément, les blondes ne lui portaient pas chance depuis quelques temps. Peut-être fut-ce par dépit, ou pour s'amuser malgré tout et essayer d'oublier ses soucis une soirée, que Léa avala coup sur coup, plusieurs verres de sangria. Peu à peu, une certaine euphorie s'empara d'elle. Elle ne cessait de rire et de danser, revenait à table pour boire un verre.

Max ne la lâchait que rarement. Il s'était rendu compte de la façon dont elle avait décidé de s'amuser et pour éviter toute *bêtise regrettable*, il s'était transformé en ange gardien.

– Tu devrais calmer un peu le jeu, se permit-il de lui glisser à l'oreille entre deux danses.

– Tu plaisantes ? Pour une fois que je m'amuse, je m'amuse ! rétorqua-t-elle.

– Tu vas être malade, tu vas finir par tomber comme une masse !

– Tu ne sais pas de quoi est capable une Doubiste ! lança-t-elle en riant. Tu vas voir si les filles de l'Est ne tiennent pas la route... Elles peuvent s'accrocher, les midinettes !

– Si tu ressembles à Aline, j'en ai déjà eu un aperçu, pouffa-t-il de rire... Tu fais comme tu veux... Moi ce que j'en dis... c'est pour toi !... Tu sais que certains mecs profitent de l'ébriété de certaines filles pour abuser d'elles ? ironisa-t-il.

– Tu parles pour toi ? le provoqua-t-elle, un sourire aguichant aux lèvres.

– Par exemple ! Mais je ne suis pas le seul...

– Et alors ? Un mec ou un autre, c'est peut-être bon à prendre... Après tout, un an d'abstinence, ça suffit ! plaisanta-t-elle toujours sur le même ton.

– Oh non ! Tu merdes, là ! Si t'étais n'importe qui, une gonzesse que je ne respecte pas, j'en profiterais à fond, ronchonna-t-il. Mais là, je ne peux même pas. Et en plus, tu me forces à jouer les anges gardiens...

– Mon ange gardien ? Toi ? pouffa-t-elle de rire.

Sans lui laisser le temps d'en dire plus, elle l'entraînait une nouvelle fois sur la piste de danse quand Eric le happa au passage :

– Je te le rends tout de suite, lança-t-il à Léa... Max, viens m'aider à porter les bouteilles et les verres, s'il te plait.

Ce dernier s'excusa brièvement envers Léa qui continuait à danser et s'éclipsa. A la fin du morceau, elle s'apprêtait à rejoindre les autres à table quand on la retint par le bras. Un nouveau morceau de zouk commençait.

– Tu danses ? lança un parfait inconnu, plus sur le ton d'un ordre que d'une question.

– Non, je suis fatiguée, répondit-elle un peu sèchement en tentant de se libérer.

Elle n'aimait pas être abordée de la sorte, d'autant plus que l'homme paraissait un peu trop macho à son goût. Mais il ne la lâcha pas, serrant même son bras un peu plus fort.

– Eh, sois cool ! C'est les vacances, rétorqua-t-il arrogant. Ça fait un moment que je t'observe, t'avais l'air de bien t'amuser avec ton petit copain... Mais on laisse pas une fille comme toi toute seule...

– Bon, tu me lâches maintenant ? s'énerva-t-elle.

– Je connais bien les filles de ton genre. Elles se défendent au début mais ne disent pas non longtemps, murmura-t-il d'un air lubrique.

Un frisson d'appréhension secoua l'échine de Léa. La danse l'avait entraînée de l'autre côté de la piste, elle ne voyait plus sa table d'où ils étaient. Elle chercha de l'aide du coin de l'œil, mais son regard ne captait que des visages inconnus. L'homme ne l'avait toujours pas lâchée et ses doigts menaçaient de lui broyer le poignet. Elle n'avait aucune chance de lui faire ouvrir sa poigne par la force. Ses yeux brillaient à présent d'un éclat pervers. Il puait l'alcool à plein nez.

– Tu as un drôle d'accent, tu n'es pas d'ici : une étrangère, fit-il en feignant de s'étonner. Si tu ne veux pas danser, on va boire un verre, viens !

Elle pensa avec terreur qu'il était plus facile pour lui de s'attaquer à une étrangère car elle avait peu de chance de connaître du monde dans le coin. Quand il tenta de l'entraîner, elle se cabra et tenta de lui échapper.

– Connard ! Si tu ne me lâches pas, je vais hurler, le menaça-t-elle alors qu'il l'entraînait malgré elle.

– Vas-y ! Tu crois qu'on va t'entendre ? sourit-il.

Une vague de panique s'empara de Léa. Elle n'avait pas la force de s'échapper et elle eut beau se débattre, personne ne fit attention à elle. Ils dépassèrent la piste de danse et atteignirent une allée quasi déserte, quand elle se débattit plus violemment et hurla. Il s'arrêta, se retourna brusquement et ses doigts écrasèrent brutalement son poignet. Elle cessa immédiatement de se débattre sous le coup de la douleur, laissant échapper un gémissement plaintif. Elle crut qu'il lui avait cassé le poignet. Soudain, un poing passa au ras de son épaule et percuta le nez de l'inconnu d'une telle force qu'il le fit éclater. Aussitôt l'homme la lâcha et tomba sur les fesses. Elle se sentit projetée en arrière. L'autre se relevait déjà, essuyant son visage sanguinolent du revers de la main, les yeux brûlant de haine, il se jeta sur son adversaire qui n'était autre que... Manu. Avant qu'il ne l'ait atteint, le pied de ce dernier percuta une nouvelle fois son visage, puis sa poitrine. L'autre tomba de nouveau à genou mais ne se releva pas. Pour finir, Manu lui asséna un coup de pied dans les côtes, qui lui coupa le souffle et qui le fit basculer sur le sol, dans un grognement sourd.

Les jambes en coton, tremblant nerveusement de la tête aux pieds, le cœur battant à tout rompre, Léa tentait de reprendre une respiration normale. Elle n'arrivait pas à y croire.

— Mais qu'est-ce que tu fous là toute seule ? s'écria Manu légèrement essoufflé et fou de rage, en l'entrainant plus loin. Tu ne pouvais pas rester avec les autres ?

— Non, je ne pouvais pas ! Tu crois que je l'ai suivi jusqu'ici de mon plein gré ? s'écria-t-elle à son tour, la voix étranglée par une peur rétrospective, s'arrachant à sa poigne.

Elle se mordit la lèvre inférieure pour retenir ses larmes et détourna le visage, lui offrant son profil qui se découpait sur la nuit noire à peine éclairée d'un croissant de lune. Elle ne pouvait à se moment précis, se rendre compte de l'effet qu'une telle vision pouvait produire sur lui. Ses longs cheveux noirs, à peine soulevés par la brise, ses longs cils qui ombraient son regard vert, brillant de larmes, ses lèvres rouges tremblantes et ses joues encore pâles de peur. Il la vit frotter machinalement son poignet meurtri. Il s'en empara et le massa doucement.

— Excuse-moi Léa, mais j'ai eu peur, murmura-t-il d'une voix profonde... Quand je l'ai vu se retourner vers toi, j'ai cru qu'il allait te frapper... Ça va ?

— Oui, je crois, murmura-t-elle, la voix éraillée par l'émotion. Son cœur battait toujours aussi fort, mais plus pour les mêmes raisons.

Elle se sentait trembler de l'intérieur. Ses doigts sur son poignet brulaient sa peau. Une larme échappa à l'écran de ses cils et traça un léger sillon sur sa joue. Il vint la cueillir du revers de la main, sur ses lèvres. Il la prit par les épaules et l'attira contre lui. Elle se laissa tomber contre son torse sans avoir la force de réagir. Perdue au creux de ses bras, elle se sentait toute menue contre lui. Un sentiment de sécurité totale s'empara d'elle. Jamais elle ne s'était sentie si protégée, si à l'abri de tout. Il ne pouvait plus rien lui arriver dans ses bras. Ses larmes se mirent à couler sans qu'elle ne puisse les retenir.

– Je ne pouvais rien faire, murmura-t-elle d'une voix presque inaudible. Je n'arrivais pas à lui échapper, ni à le retenir... Je ne suis restée seule que cinq minutes...

Il resserra son étreinte et les lèvres dans ses cheveux, il la rassura doucement.

– C'est fini, calme-toi. Je suis là maintenant...
– Comment tu m'as retrouvée ?
– Max et Fred te cherchaient quand je les ai rejoints, alors je suis parti faire un tour de mon côté. Heureusement que j'ai pris la bonne direction... Tu n'arrêtes jamais de faire des bêtises ?

Elle sourit à travers ses larmes.

– Je ne suis plus à un défaut près !

Quand elle leva les yeux vers lui, son regard brûlant de tendresse l'emprisonna. Comme hypnotisée, elle ne chercha plus à le fuir, le fixant intensément, les lèvres entrouvertes. Il passa une main sous sa nuque, effleurant sa joue, se pencha sur elle et déposa un léger baiser sur sa bouche, doucement, avec infiniment de tendresse, il prit possession de ses lèvres. Son baiser d'abord très doux, devint plus profond. Avec timidité, elle avait d'abord posé ses mains sur son torse, comme pour le garder à distance, mais progressivement, ses mains glissèrent vers ses épaules. La pression de sa main sur sa nuque s'accentua. Presque inconsciemment, elle se pendit à son cou. Comme s'il n'avait attendu qu'un signe d'elle, son baiser se fit plus passionné, lui arrachant un frémissement de plaisir. Il ne cherchait plus à la séduire mais à la posséder. Accrochés l'un à l'autre, ils étaient devenus imperméables à tout ce qui n'était pas eux. Ils étaient seuls au monde. Ni les passants alentour, ni le bruit des cris, des rires, de la musique, plus rien ne pouvait les atteindre. Le souffle court, les joues brûlantes, le cœur percutant sa poitrine à une vitesse folle, elle sombrait dans un tourbillon de sensations divines, se pendant à ses lèvres, s'enivrant de son odeur, le laissant prendre possession de son âme, de son être, laissant ses mains la découvrir, la caresser. Quand elle sentit un obstacle rugueux contre son dos, elle comprit que, sans qu'elle ne s'en rende compte, il l'avait fait reculer jusqu'à un mur. Il la prit par la taille et la souleva légèrement. Il força du genou le barrage de ses cuisses, et s'y insinua, clouant son sexe sur les muscles bandés de sa cuisse. Ce seul mouvement suffit à allumer un brasier dans le bas de son ventre. Elle se pressa plus fort contre lui, se cambrant de toutes ses forces. Encouragé par la passion qu'il sentait naître tant en elle qu'en lui-même, il se mit à bouger légèrement contre elle, excitant encore plus leur désir. Léa lâcha ses lèvres pour chercher son souffle et enfouit son visage dans son cou. Elle sentit ses lèvres effleurer son épaule, remonter jusqu'à son oreille, en mordiller le lobe. Inconsciemment, elle frottait légèrement son sexe sur sa jambe. Un désir foudroyant s'était emparé d'elle, un désir fou tel qu'elle n'aurait jamais osé l'imaginer sans rougir, à lui couper le souffle, à la rendre folle. Le corps tendu comme la corde d'un arc, elle avait l'impression de se liquéfier contre lui. Jamais elle n'avait ressenti autant de désir, d'envie folle. Elle luttait pour ne pas le supplier de la prendre ici, sur place. Lui aussi respirait par saccades et son souffle court brûlait sa peau, la rendant encore plus folle. Lentement, il releva encore sa jambe de façon à ce que ses pieds ne touchent plus le sol, qu'elle soit complètement à cheval sur sa cuisse. Un gémissement de plaisir lui échappa. Il reprit ses lèvres avec force, passant le barrage de ses dents, s'enfonçant en elle comme s'il voulait lui voler son âme. Simultanément, sa main s'insinua entre ses cuisses, maltraitant le jean qui la séparait de son but. Léa eut envie d'hurler. Frémissante, elle échappa de nouveau à ses lèvres et planta ses dents dans son épaule, provoquant chez lui, un long gémissement de plaisir. Elle se tordait contre lui, se contorsionnant sous la pression de ses doigts. A son tour, impatiente, sa main trouva le durcissement qu'elle avait provoqué. Elle s'en empara et le caressa lentement, buvant à ses lèvres un gémissement rauque de sa part. Il perdait pied lui aussi, peu à peu, dans un désir passionné. Elle n'attendait plus qu'une chose, qu'il la pénètre profondément, qu'il s'empare de son corps. Elle voulait le sentir en elle, s'empaler sur lui.

– Léa tu me rends fou, rugit-il contre elle d'une voix rauque, le souffle saccadé. J'ai envie de toi, j'ai besoin de toi tout de suite...

Ses lèvres descendirent sur sa poitrine, libérant un sein du décolleté de son tee-shirt, en titillant le téton avec les dents. Des ondes de plaisir la transperçaient, la faisant vibrer toute entière. Elle emmêla sa main dans sa chevelure épaisse et hirsute comme pour le retenir contre elle...

Soudain il se redressa et la soutenant, il la déplaça dans une zone d'ombre, abritée derrière un poteau. Au même moment, elle reconnut la voix de Joël puis celle de Mélanie. Ils s'arrêtèrent de l'autre côté du poteau, à quelques centimètres d'eux.

Manu s'appuya contre Léa, comme pour la cacher. D'un doigt sur les lèvres, il lui fit signe de ne rien dire. Tous deux, le corps brûlant, cherchaient à maîtriser leur respiration. N'y tenant plus, Manu chercha de nouveau ses lèvres et l'embrassa langoureusement.

– C'est pas possible, retentit la voix de Mélanie. Elle ne s'est pas envolée quand même. Elle s'est barrée et c'est tout !

– Bon, de toute façon, elle est majeure et vaccinée, elle fait ce qu'elle veut, reprit Joël. On n'a qu'à lui lâcher un peu les baskets. Elle n'a pas forcément envie qu'on la retrouve.

– Ben... Elle m'inquiète quand même un peu. Elle était ivre tout à l'heure. Elle peut être malade dans un coin... Ou pire !

– Quoi pire ? Faut pas exagérer quand même. Elle ne m'a pas semblée être ivre morte !

– Elle a quand même dit à Max qu'un an d'abstinence lui suffisait et qu'elle était prête à se taper le premier venu, même Max lui-même s'il le voulait : je l'ai entendue, rétorqua Mélanie en s'éloignant. Encore heureux qu'elle l'ait dit à un type honnête comme lui...

Manu lâcha brusquement les lèvres de Léa et se recula comme s'il avait reçu une décharge électrique. Les dernières paroles de la conversation l'avaient percuté de plein fouet. Mélanie et Joël s'étaient déjà éloignés. Elle attrapa son bras et tenta de le retenir, incrédule.

– Manu, qu'est-ce...

– Il vaut mieux qu'on retrouve les autres, non ? Apparemment ils se font du souci pour toi, trancha-t-il encore essoufflé, en retirant son bras.

Elle le fixait, les yeux hébétés, tremblante encore des caresses qu'il venait de lui prodiguer, sans comprendre ce qui se passait.

– C'est ce qu'elle a dit qui... C'est pour ça que tu me repousses ? murmura-t-elle.

– Je ne te repousse pas, répondit-il plus calmement en inspirant profondément, cherchant à reprendre une respiration normale et calmer le trouble qu'elle avait provoqué en lui... Mais je ne voudrais pas abuser d'une jeune fille ivre qui apparemment, ne sait pas vraiment ce qu'elle veut, ironisa-t-il en l'entraînant en direction de la table où les autres étaient installés.

Léa prit sa remarque comme une gifle. Le souffle coupé, elle ne put même pas répondre tant elle tombait des nues.

– Ah quand même ! s'écria Aline en les voyant arriver. T'étais où ?...

Elle s'arrêta net en s'apercevant de la pâleur de Léa et des traits fermés de Manu. Celle-ci ne chercha même pas à répondre. Se tournant vers Max, elle l'interpella.

– Tu pourrais me ramener s'il te plaît ? Je ne me sens pas très bien, j'ai apparemment trop bu, ajouta-t-elle en lançant un regard éloquent à Mélanie qui ne sut plus où se mettre pendant quelques secondes.

– Je vais te ramener si tu veux, lança Manu sur un ton qui n'admettait pas de refus.

– Non merci, refusa-t-elle en lui faisant face. Max va se faire un plaisir... Je ne voudrais pas vomir dans ta Porsche...

Le regard de Manu se fit glacial. Les mâchoires serrées, il parut faire un effort titanesque pour ne pas réagir. Il y eut un silence de marbre parmi l'assemblée. Personne n'osa poser la moindre question. Max, lui-même parut mal à l'aise : chose rare. Mélanie, elle, tourna la tête. Mais Léa crut apercevoir un début de sourire. Comme la tension était à son comble, Max sortit ses clés de voiture et se leva. Il fit signe à Léa qui salua tout le monde brièvement et s'éloigna à sa suite. Aline, qui observait Léa et Manu à la dérobée, vit les mâchoires de ce dernier se serrer plus encore alors qu'il regardait Léa et Max s'éloigner. Elle se rapprocha discrètement de lui et murmura :

– C'est indiscret de te demander ce qui s'est passé ?

Il ne répondit pas. Bousculant une chaise, il grommela un "bonsoir" et s'éloigna à grand pas.

– Ben bonjour l'ambiance ! lança Claudia. J'ai loupé un épisode ou quoi ?

– Moi aussi, je crois que j'ai loupé quelque chose, murmura Aline pensive.

– J'aurais plutôt cru qu'il essaierait de se la taper plutôt que de s'engueuler avec, s'étonna Eric.

– Il a peut-être essayé et s'est cassé les dents, rétorqua Mélanie. En tout cas, je trouve que l'ambiance entre nous se casse la gueule depuis qu'elle est là !

– Ah oui ? s'énerva Aline. A qui la faute ? A elle, tu crois ?

Elle se retint de dire des choses qui aggraveraient la situation. Heureusement, Fred vint à la rescousse en invitant tout le monde à prendre une nouvelle boisson. Apparemment, pour eux, la nuit n'était pas terminée.

Plus tard, alors que Claudia, Mélanie et Aline se retrouvèrent seules, Mélanie reprit.

– Je sais que c'est ton amie. Je ne voulais pas lui faire du tort. Mais quand même, elle devrait faire attention. Elle donne l'impression de vouloir se taper aussi bien Max que Manu. Elle va foutre la merde si elle continue...

– Je vais te dire une bonne chose Mélanie, commença Aline. Tant pis si tu m'en veux ! Ce ne sera pas la première fois que Max et Manu se disputent une gonzesse. Par contre toi, tu devrais choisir entre Eric et Manu une bonne fois pour toutes. Parce qu'entre tes crises de jalousie pour Manu et tes engueulades avec Eric, c'est plutôt toi qui fous la merde !

– Ben tiens, c'est un peu facile de retourner la situation. Il ne s'agissait pas de moi ce soir... se défendit Mélanie l'air innocent.

— Tu ne l'aimes pas, ma copine, n'est-ce pas ? Mais pas parce qu'elle ne te plaît pas, parce que Manu est attiré par elle. Je me trompe ?

— Non mais attends, qu'est-ce que tu veux que ça me fasse ? sourit hypocritement Mélanie.

— Eh oh ! Vous n'allez pas vous engueuler vous aussi ? s'interposa Claudia. Il y a déjà eu assez de disputes comme ça pour ce soir !

Léa se sentait affreusement frustrée, déçue, furieuse. La gorge et les poings serrés, elle ruminait silencieusement sa rancœur. Elle savait qu'elle devait se méfier de ce mec. Au lieu de ça, elle se laissait séduire et lui avait donné la possibilité de l'humilier. Elle se maudissait presque autant qu'elle lui en voulait. Elle n'avait pas envie de pleurer, c'était bizarre. En temps normal, après le coup de colère venaient les larmes. A présent, c'était la douleur qui prenait le dessus, une douleur violente qui lui vrillait l'estomac et le reste avec.

Jusqu'au parking où était garée sa voiture, Max ne pipa mot. Ils avaient déjà fait la moitié du chemin quand il s'autorisa à se tourner vers elle. La tempe appuyée contre le montant de la portière, elle regardait fixement à l'extérieur.

— Léa... Qu'est-ce qui s'est passé au juste ?

— Je n'ai pas envie d'en parler maintenant, murmura-t-elle.

— Comme tu veux... reprit-il doucement, mais si tu as envie d'une oreille complaisante... J'avoue que je serais curieux de savoir ce qui a pu mettre Manu dans une fureur pareille... Je l'ai rarement vu dans cet état... Et bravo !

— Bravo pour quoi ? questionna-t-elle, semblant sortir de son état de marasme.

– Je ne connais pas beaucoup de personnes, filles ou mecs, qui auraient eu le courage de s'opposer à lui quand il est dans cet état de nerf... A la façon dont il t'a dit qu'il allait te raccompagner, tout le monde a tremblé, sauf toi... Et puis le "*Je ne voudrais pas vomir dans ta Porsche !*" sourit-il.

Tous les deux se regardèrent, se sourirent d'abord, puis finirent par en rire.

– Bon sang, c'était trop fort ! Je ne connais aucune gonzesse à part toi, qui aurait eu le cran de lui cracher ça à la gueule, lança-t-il en riant... Mais ce qui m'étonne le plus... c'est qu'il n'a pas réagi... enfin, pas comme il l'aurait fait avec quelqu'un d'autre.

– Pourquoi ? Comment il était censé réagir ?

– Ben... Si Sophie lui avait craché à la figure ce genre de chose en public, je suis persuadé qu'elle se serait pris une gifle.

– Alors là, il n'aurait pas intérêt avec moi, le coco ! se révolta Léa ulcérée.

– Je crois qu'il le sait : la preuve...

– Tu crois Manu capable de frapper une gonzesse ? rebondit Léa.

– Je n'ai pas dit ça. Ce n'est pas du tout son genre... en temps normal. Mais là, tu l'as rendu furax. Je l'ai rarement vu aussi en pétard, mais quand c'est arrivé, je peux te dire que tout le monde a reculé...

Comme ils arrivaient chez Aline, Léa prit congés gentiment, mais fermement. Elle avait avant tout besoin d'être seule. Sa copine lui avait prêté une clé de la maison, au cas où elle en aurait besoin, mais elle n'eut pas envie de s'en servir. Elle s'assit dans le sable sur la plage, à quelques centimètres de la limite à laquelle les vagues venaient mourir. Elle essaya de mettre de l'ordre dans ses idées, de faire le point sur ses sentiments, en vain. Tout était si confus en elle... Elle ne ressentait qu'une douleur lancinante, de celles qui sont trop profondes pour qu'une crise de larmes ne les emporte, de celles qui donnent envie d'hurler. Pour le faire disparaître de son esprit, elle tenta de penser à Laurent. Elle fut choquée par ses propres pensées : *son* Laurent avait l'air ridicule à côté de Manu. Elle n'arrivait plus à trouver quelque chose de positif en lui. Seuls subsistaient ses points négatifs. Elle n'arrivait plus à se remémorer les bons moments passés avec lui, parce que même ceux-là lui semblaient fades par rapport à ce qu'elle venait de vivre. Sa façon d'être, de se tenir, de se montrer hautain et plein d'arrogance, tout ce qui forçait son admiration hier, lui semblait tellement futile aujourd'hui. Jusqu'à sa grande beauté que personne ne pouvait nier : elle le rendait fragile et lui conférait quelque chose de féminin à présent. Elle imagina une rencontre entre les deux et dut s'avouer que Laurent n'avait aucune chance de faire le poids contre Manu. Le charisme, le charme, la virilité de ce dernier écraseraient la beauté et l'air un peu précieux de mannequin au top de la mode de son ex.

Quand Aline la rejoignit, elle avait perdu toute notion du temps. Elle aurait été incapable de dire depuis combien de temps elle était là.

– Ça n'a pas l'air d'aller comme tu veux, démarra Aline qui ne savait pas trop comment aborder le sujet avec elle.

– Qu'est-ce qu'il a dit ou fait quand je suis partie ?

– Il a shooté dans une chaise et s'est cassé sans un mot. Il avait l'air fou furieux, sourit Aline.

– Bien fait ! lança Léa, avec une colère enfantine. Je le hais !

Elle finit par raconter à Aline ce qui s'était passé.

– Et tu as vraiment dit ça à Max ? s'étonna Aline.

– Bien sûr que non... En fait si, je l'ai dit... mais pas tout à fait comme ça... et c'était une plaisanterie entre nous deux, ça n'avait rien de sérieux. Max l'avait bien compris, lui.

– Et elle l'a entendu, elle ne devait pas être loin de vous. Elle s'en est servi comme elle a pu, conclut Aline.

– Je ne suis pas sure qu'elle l'ait fait exprès... Comment aurait-elle pu savoir dans quel lieu dire ce qu'il fallait à la minute près ? On était planqués... Mais c'est vraiment pas de bol qu'elle ait parlé au bon moment et au bon endroit, souffla Léa qui, rien qu'au souvenir de cet instant, sentait la chaleur monter en elle.

– Tu parles, ironisa Aline, bien sûr qu'elle l'a fait exprès ! Vous étiez trop occupés pour surveiller les alentours. Elle t'a vue dans ses bras, elle s'est arrêtée là volontairement. Elle a parlé assez fort pour que Manu l'entende... Elle les connait bien, lui et sa fierté. Elle sait où taper !... Je vais même te dire mieux : s'il n'y avait pas eu Joël, elle aurait trouvé une autre solution, mais elle l'aurait fait quand même.

– Et l'autre, s'énerva Léa, il est pas un peu con de prendre la mouche comme ça ? Il avait l'occasion de se taper une nana. Il fout tout en l'air par amour propre ? Il faut croire qu'il n'avait pas vraiment envie de finir la nuit avec moi pour se barrer si vite. Eh bien qu'il aille se faire foutre ailleurs.

– Au contraire, Léa. A mon avis, ce qui l'a vexé, c'est qu'il croie que tu aurais pu te taper le premier mec qui passait par là. Or, le premier mec, c'était lui. Autrement dit, tu ne lui cédais pas parce que tu avais envie de lui, mais parce que tu voulais un mec, n'importe lequel. S'il avait juste voulu tirer un coup, il serait resté. Le fait qu'il se vexe prouve qu'il attend autre chose de votre relation.

– Eh bien qu'il aille se faire foutre, hurla de nouveau Léa.

– Ne te fais pas de souci pour lui. Il reviendra : je suis prête à le parier, sourit Aline.

– Il peut toujours aller se faire voir chez les grecs. Même à genoux, il ira se faire voir.

– D'abord, si tu arrives à le mettre à genoux, je te paie des prunes, s'amusa Aline, ensuite, ça m'étonnerait que tu arrives à le garder à distance longtemps s'il te fait autant vibrer.

Elle se leva d'un bond pour éviter une bourrade de la part de Léa.

Chapitre 10

Elle mit du temps à s'endormir. Du coup, lorsqu'elle ouvrit les yeux, trempée de chaud, il était presque quatorze heures. Sa priorité fut de prendre une douche froide. Elle allait s'excuser envers ses hôtes, de s'être levée si tard, quand elle se rendit compte qu'ils ne l'avaient devancée que d'un petit quart d'heure.

Le dimanche se termina sans que personne ne montre le bout de son nez. Aline, Fred et Léa en profitèrent pour passer une réelle journée de farniente. Ce qui s'était passé avait dû jeter un réel froid dans la bande. Léa se sentait un peu coupable de cet état de fait. Elle se confia à Aline qui en rit.

– C'est pas un truc de ce genre qui risque de nous séparer. Je pense que Joël et Claudia prennent le large pour ne pas s'en mêler. Mélanie va tout faire pour t'éviter un moment, je pense, et c'est tant mieux. Quant à Max, soit il dort encore, soit il cherche à se faire oublier. Et alors ? Profitons-en pendant qu'on reste tous les trois !

Cependant, il n'était pas loin de dix-neuf heures quand le téléphone sonna. Aline répondit.

— Salut Manu ! T'es calmé ? le railla-t-elle.

Léa sentit son cœur descendre dans son estomac. Elle fit un réel effort pour que son trouble et ses émotions ne se remarquent pas, tout en sachant que ses amis n'étaient pas dupes.

— ... Ce n'est pas grave, c'est oublié, continuait Aline en souriant. Léa ? Attends ! Elle était sur la plage tout à l'heure, je vais voir si je peux la trouver, tu patientes ?

Elle appuya sur la touche "Secret" de son téléphone et se tourna vers Léa qui lui faisait des grands gestes.

— Essaie de lui parler au-moins, chuchota-t-elle.

— Non ! Je t'ai dit non ! Dis-lui d'aller se faire foutre, que je suis sortie... Ce que tu veux, mais je ne veux pas lui parler, répondit Léa à mi-voix mais sur un ton ferme.

Elle se leva d'un bond et sortit sur la terrasse pour éviter qu'Aline n'insiste.

— Écoute Manu, rappelle plus tard. Je ne sais pas où elle est, peut-être sous la douche... Non, je ne me fous pas de toi... Eh ! J'y peux rien, moi... non, elle ne veut pas te parler, finit-elle par avouer. Elle est même sortie quand j'ai insisté pour qu'elle te prenne le téléphone... Comme tu veux... D'accord. Vers quelle heure ?

— Qu'est-ce qu'il dit ? demanda Fred curieux à mi-voix, quand Aline eut raccroché.

— Il est chez ses parents mais il voudrait venir tout à l'heure. Quand je lui ai dit que je ne la trouvais pas, il m'a dit "*Tu te fous de ma gueule ? Je sais qu'elle est là, passe-moi la*". Comme elle ne voulait pas, il m'a dit "*Bon, ben si elle ne veut pas parler au téléphone, c'est moi qui viendrai, mais s'il te plaît, ne le lui dis pas !*" Qu'est-ce que je dois faire ? s'interrogea Aline.

— Tu laisses faire les choses, tu ne dis rien, lui conseilla Fred. Après tout, il pouvait prendre la décision de venir sans t'en parler, alors tu fais comme s'il ne t'avait rien dit. Quand il sera là, on avisera, d'accord ?

– Et si on lui laissait le champ libre ? Si on se faisait un petit resto en amoureux ?

– Et plus si affinités ? plaisanta Fred en déposant un baiser sur les lèvres d'Aline.

Elle se contenta de sourire avec provocation. Quand elle rejoignit Léa sur la terrasse, celle-ci, le cœur battant la chamade, la questionna à son tour.

– Il sait que tu ne veux pas lui parler. Je suis désolée mais il m'a d'abord dit qu'il savait que tu étais là et comme il insistait, je n'ai pas pu faire autrement.

– Tu as bien fait, c'est mieux qu'il le sache... Et qu'est-ce qu'il a dit ? murmura-t-elle mi-curieuse, mi-anxieuse.

– Rien, il a raccroché.

Léa se mordit la lèvre. La gorge serrée, elle s'avoua qu'elle aurait voulu qu'il persévère. Il laissait tomber bien facilement. Elle s'en voulut presque d'avoir eu la force de lui résister. Quand à Aline, elle tourna la tête pour cacher son sourire naissant à son amie. La soirée risquait d'être mouvementée, pensa-t-elle. Pourvu que Manu soit convaincant et que tous les deux fassent une croix sur le mauvais côté de leur caractère. Elle savait combien ils pouvaient être têtus chacun à leur façon. Ce serait dommage qu'ils se disputent plus encore. Une réconciliation sur la plage au clair de lune serait plus appropriée.

– Dis, ça t'embêterait si Fred et moi, on allait au restaurant tous les deux, en amoureux ? hésita Aline. Ça me gêne de te laisser seule...

– T'as tellement peur pour moi ? sourit Léa... Au contraire, reprit-elle. Tu me connais ? Tu sais que quelques fois, j'aime me retrouver un peu seule. Ce soir, tu vois, ça me ferait du bien. Ne vous occupez pas de moi, allez-y !

– Tu es sûre que ça va aller ?... Il y a du rôti dans le frigo et...

– Aline arrête ! On dirait ma mère. Sauve-toi ! Et bonne soirée !

Aline souriait encore de son stratagème en rejoignant Fred dans la maison.

Comme Léa était toujours en maillot de bain, elle s'éclipsa pour aller prendre une douche : ce qui lui permit de cacher sa déception à son amie. Elle ne voulait pas lui gâcher sa soirée. Elle se prélassa une bonne heure dans un bain froid et se résolut enfin à s'habiller. Elle enfila un tee-shirt écru ample et court, qui laissait apparaître son nombril et dont l'encolure très large dévoilait une épaule. Elle hésita un moment pour le bas et finit par opter pour une jupe à taille basse, longue, large, légère et vaporeuse, vert émeraude. En jetant un coup d'œil dans le miroir, elle trouva sa tenue plutôt sexy. Ses longs cheveux noirs encore mouillés et ébouriffés tranchaient sur le tee-shirt clair. Celui-ci laissait apparaître son bas-ventre qui commençait à arborer une jolie couleur dorée, mise en valeur par la profondeur du vert de la jupe ainsi que par sa ceinture un peu large qui tombait légèrement sur ses hanches. Aline, en entrant dans la salle de bain, émit un sifflement significatif.

– Là, je suis un mec, je fonds, sourit-elle. Tu as l'intention de sortir ?

– Non, je me fais juste plaisir, j'avais envie de me plaire, plaisanta Léa. La vérité, c'est que j'adore cette tenue mais je n'ose jamais la porter. Alors pour une fois, puisque je serai seule ce soir... et qu'il n'y a que vous deux ici.

– Merci pour Fred ! Et si tu le fais craquer ? feignit de s'indigner Aline.

– Tu sais bien que face à toi, je n'ai aucune chance, sourit Léa. Il ne voit que toi. Même à poil, je crois qu'il ne me remarquerait même pas. Tu paries ?

– Non merci ! J'aime autant ne pas essayer, éclata de rire Aline.

Quand son amie et Fred furent partis, Léa se prépara un en-cas sur un plateau et dîna assise au bord de la terrasse, le plateau posé à côté d'elle, par terre. Elle prit son temps, savourant le coucher de soleil sur la mer. Peu à peu, la plage se vidait des derniers touristes. Quand la nuit fut tout à fait tombée, la plage était déserte. Elle descendit sur le sable, y installa un grand drap de bain. Elle mourrait d'envie de prendre un bain de minuit. Seulement elle était seule et la peur prit le dessus. Elle se contenta d'entrer dans l'eau jusqu'aux chevilles, retenant les longs pans de sa jupe. Il faisait encore chaud et la fraîcheur de l'eau sur ses pieds lui fit un bien fou. La tête baissée, elle revint vers le drap de bain avec l'intention de s'y prélasser un moment. Mais pieds nus, elle dut marcher sur quelque chose de pointu qui lui piqua la plante des pieds. Elle se pencha en avant pour se frotter le pied. Se redressant, elle sursauta. Son cœur fit un bond dans sa poitrine. Manu se tenait à quelques pas d'elle, les mains sur les hanches, dans toute sa splendeur. Il portait une chemise de coton bleu-marine toute légère, ouverte sur son torse bronzé à la peau tannée par le soleil, faisant paraître ses cheveux plus clairs et ses yeux plus bleus que jamais. Un jean presque blanc tant il était délavé, largement déchiré au-dessus d'un genou, tenait presque par miracle sur ses hanches, le bouton qui en fermait la ceinture manquait. Le tout avait un effet des plus sensuels. Une légère coloration apparut sur les joues de Léa quand elle réalisa qu'il avait dû bénéficier d'une vue plongeante dans son tee-shirt alors qu'elle était baissée. Il dut en effet en avoir éprouvé une certaine émotion, parce qu'il la fixa un instant, les lèvres entrouvertes, profondément troublé. Enfin, il mit fin à leur torture mutuelle en daignant parler.

– Je... J'étais venu m'excuser pour hier soir... Léa, je voulais...

– Je ne veux rien savoir, lança-t-elle sur un ton ferme dont elle se serait crue bien incapable, faisant des efforts surhumains pour masquer le léger tremblement de sa voix. L'incident est clos, on n'en parle plus. Ça ne se reproduira plus...

Elle baissait les yeux, évitait de le regarder.

– Qu'est-ce qui ne se reproduira plus ? questionna-t-il d'une voix chaude... Le fait que tu boives plus que tu ne devrais ? plaisanta-t-il, volontairement provocateur.

– Je n'étais pas ivre, ragea-t-elle. Je savais ce que je faisais !

– Vraiment ? murmura-t-il. Alors je suis encore plus désolé !

Léa lui tourna vivement le dos et respira profondément, faisant quelques pas vers l'eau. Pourquoi n'était-elle pas capable de lui faire face et de résister à son propre désir ? Dès qu'il apparaissait, elle se sentait brûler, sa gorge devenait sèche, son cœur tapait si fort qu'elle manquait de s'en sentir mal. C'était intolérable d'avoir toujours l'impression de ne pas maîtriser la situation en sa présence.

– Aline t'a dit que je venais, n'est-ce pas ? reprit-il doucement.

– Non... Pourquoi ? Elle le savait ?... Elle m'a dit que tu avais raccroché, rien de plus.

– Alors tu comptais sortir ? Pour qui tu t'es habillée comme ça ?

– Pour moi, par pur plaisir ! Ça te choque ? le provoqua-t-elle tout en lui tournant toujours le dos. C'est bien toi qui m'as conseillé de me lâcher de temps en temps, sans m'occuper de l'avis des autres !

– Tu me fais penser à Esméralda... en plus petite... Ça ne me choque pas, Ça me rend fou, souffla-t-il soudain d'une voix rauque.

Elle fit volte-face et le fixa, interloquée. Les lèvres entrouvertes, elle le regardait, incrédule. Il osait de nouveau essayer de la séduire après ce qui s'était passé la veille ?... Elle suivit la direction de son regard, sur le bas de son ventre et sentit ses sens s'embraser. Ses yeux brûlaient de désir.

– Tu as envie de moi autant que j'ai envie de toi, Léa. Pourquoi ne pas l'accepter ? murmura-t-il dans un souffle... Si tu veux vraiment que je m'en aille, dis-le tout de suite... Sinon, je ne pourrai plus m'arrêter... Demande-moi de m'en aller...

Le souffle court, elle savait d'ores et déjà qu'elle avait perdu, qu'elle était perdue. Son corps ne lui obéissait plus. Il n'attendait plus que lui. Il s'approchait lentement d'elle, comme pour lui laisser le temps de fuir. Mais elle restait là, immobile, comme paralysée, elle l'attendait. Il prit son visage à deux mains et murmura à quelques millimètres de ses lèvres.

– J'ai envie de toi comme je n'ai jamais désiré personne. Tu es consciente de ce qui se passe entre nous, n'est-ce pas ? On est attiré l'un par l'autre comme des aimants... On vit quelque chose d'exceptionnel, tu en es consciente ?

– Tu dis ça à toutes tes maîtresses avant de les prendre ? tenta-t-elle de lui résister, haletante, tous les sens en émoi.

– Ne gâche pas tout, souffla-t-il. Pourquoi ne pas avouer que tu en crèves d'envie ?

– Et qui va nous interrompre ce soir ? murmura-t-elle.

– Personne ! Même une colonie de vacances qui débarquerait à l'instant ne m'empêcherait pas de te prendre...

– Tu risques d'être déçu, chuchota-t-elle... Je suis plutôt coincée, tu te souviens ?... Je ne suis pas un bon coup...

– Laisse-moi en juger par moi-même... Je doute sincèrement d'être déçu, souffla-t-il d'une voix rauque.

Il jouait avec ses lèvres, les effleurant, les lâchant, les caressant de nouveau, jouant avec ses nerfs.

– Dis-le Léa, murmura-t-il à son oreille. Dis-moi que tu as envie de moi... S'il te plaît !

Il mordillait son oreille, embrassait son cou, massait sa nuque d'une main, alors que l'autre avait glissé sur sa peau et s'était emparée de sa taille, la pressant contre lui. A bout de souffle, à bout de patience, enivrée par l'odeur, la douceur et la fermeté de sa peau, elle baissa les armes. Oui, elle avait envie de lui comme jamais cela ne lui était arrivé. Un reste d'éducation lui soufflait de résister, de ne pas se donner à un homme si facilement, alors que tout son corps la poussait à céder, à prendre ce que la vie lui offrait. Peut-être ne vivrait-elle plus jamais d'étreinte aussi torride. Ne louperait-elle pas une expérience unique en le repoussant ? De toute façon, elle n'avait plus le choix. Sa raison ne lui était plus d'aucune utilité. Chassant ses derniers scrupules, elle chercha ses lèvres, s'en empara avidement, jouant avec sa langue. Elle but à ses lèvres un frémissement d'impatience. Leurs souffles se mêlaient, trahissant un désir trop longtemps retenu. Elle se pendit à son cou, mêla ses doigts à ses cheveux épais, retenant son visage contre elle, cambrant son corps contre lui. Elle sentait la brûlure de ses mains sur la peau de son dos, les muscles de ses bras devenir aussi durs que l'acier. Elle percevait les battements de son cœur qui s'emballait aussi fort que le sien dans sa poitrine, sa respiration saccadée contre elle. L'une de ses mains, descendit sous ses fesses, puis remonta entre ses cuisses, remontant sa jupe, cherchant sa source humide, y pénétrant doucement. Dans un gémissement de plaisir, elle s'arqua contre lui, attrapa son poignet pour l'empêcher de reculer et s'empala profondément sur ses doigts, étouffant ses frémissements dans son cou. Ce fut une explosion de sensations brûlantes. Le sol sembla se dérober sous ses pieds. Elle sentit juste la texture du drap de bain sous elle. Haletant sous ses caresses, elle se retrouva nue sans même s'être rendu compte qu'il l'avait déshabillée. Elle le sentit soudain peser sur elle de tout son poids. Il se souleva légèrement. Comprenant ce qu'il voulait faire, elle lui arracha des mains le préservatif qu'il était parvenu à sortir de son emballage et se chargea de le lui enfiler. Puis elle le dirigea en elle, retenant son souffle. Il enroula une mèche de ses cheveux dans ses doigts et la força à le regarder. Son autre main avait glissé sous ses fesses. Se cramponnant à sa hanche, il la pénétra profondément, laissant échapper un frémissement de plaisir. Le souffle coupé par une vague de plaisir, elle se cambra contre lui, adoptant son rythme, gémissante. Leurs lèvres se joignaient, se séparaient, se cherchaient à nouveau, laissant échapper soupirs, frémissements. Des vagues de plaisirs la submergeaient à une vitesse sans cesse croissante. Elle balbutiait son prénom, le suppliait, s'agrippait désespérément à ses épaules, sombrant dans un abîme de couleur et de sensations à la limite de la douleur. En sueur, elle se sentait brûler, cherchait son souffle, le suppliait encore et encore. A son tour, haletant, il prononça son prénom d'une voix rauque qui ressemblait à une plainte. Comme prise dans un tourbillon, elle s'entendit crier, sombrant dans une sorte de folie, le corps secoué par les spasmes du plaisir, le sentant lui aussi, exploser en elle, la laissant échouée au creux de ses bras, sans force, le visage enfoui dans son cou.

Quand elle ouvrit de nouveau les yeux, sa poitrine se soulevait encore trop rapidement, comme si elle n'arrivait plus à reprendre une respiration normale. Il la couvait des yeux avec une infinie tendresse, caressant doucement ses cheveux.

– Tu es exceptionnelle, tu sais ? murmura-t-il à son oreille, encore haletant.

– Ne te moque pas de moi, s'il te plait… sourit-elle en déposant un baiser sur son épaule. Je n'ai jamais... pris mon pied comme ça, avoua-t-elle.

– Même avec l'autre ? ne put-il s'empêcher de demander.

– Il disait que j'étais coincée, murmura-t-elle. Et je crois même qu'il avait raison, pouffa-t-elle de rire.

– Alors reste coincée comme ça, je t'en supplie, se mit-il à rire... Léa, reprit-il plus sérieusement, il y a quelque chose de très fort entre nous, sexuellement, tu t'en es rendu compte ? Je te désire comme un fou. J'ai rarement connu de filles qui me fassent perdre les pédales à ce point.

– Rarement ? minauda-t-elle en se délectant de chacune de ses paroles.

– Jamais, avoua-t-il en reprenant ses lèvres.

– Même avec Sophie ? murmura-t-elle d'une voix presque inaudible.

– Sophie était un glaçon, comparé à ton volcan, murmura-t-il en effleurant l'intérieur de ses cuisses.

Avec un sourire enfantin, elle se pelotonna contre lui, quémandant sa protection, ses caresses, ses baisers. Son cœur battait toujours aussi fort et elle avait du mal à reprendre son souffle. Elle avait l'impression d'avoir été victime d'un cyclone. Elle se laissait peu à peu envahir par une fatigue lascive, une sorte de bonheur intense retentissait dans son cœur. Elle, la petite jeune fille timide, réservée, effacée, venait de se taper l'un des mecs les plus sexy qui puissent exister. Elle était encore blottie dans ses bras, à l'écouter murmurer des mots doux et tendres. Elle aurait préféré entendre des promesses auxquelles elle n'aurait jamais prêter foi, bien sûr... mais juste avoir le plaisir de les entendre. Elle se serait refusée à croire à ce qu'il aurait pu lui avancer dans un moment pareil. Il ne s'agissait pas de tomber amoureuse d'un type comme lui. Leur relation n'était que sexuelle, ponctuelle et elle devait le rester. Elle était en vacances et repartirait bientôt. Il ne fallait pas qu'elle l'oublie. Sans cesse, elle se répétait ces phrases comme si elle voulait conjurer le sort. Elle était d'accord sur un point avec lui : jamais elle n'aurait imaginé pouvoir ressentir un plaisir aussi intense dans les bras d'un homme. Ils partageaient quelque chose d'exceptionnel. Peut-être étaient-ils faits l'un pour l'autre, vraiment... enfin sur le plan sexuel tout au moins. Soudain, il la prit dans ses bras, la tirant brusquement de ses pensées, et se dirigea vers l'eau.

– Non, Manu, c'est froid ! s'écria-t-elle en se cramponnant à son cou. Arrête, je t'en supplie...

Il se mit à rire et se baissa jusqu'à la plonger jusqu'à la taille dans l'eau. Elle en eut le souffle coupé. Se raidissant contre lui, elle chercha à se hisser hors de l'eau. Haletante, elle le supplia en riant aux éclats, alors qu'il avançait toujours, inexorablement.

– Putain ça meule ! rugit-elle.

– Ça quoi ? s'étrangla-t-il de rire
– Ça meule, y fait frisquet, quoi... ça caille !
Il riait à gorge déployée à présent.
– Je viens de me taper une belge qui n'a pas trouvé la Suisse...
– Ne m'insulte pas ! reprit-elle en riant. Le Doubs n'a rien à voir avec la Suisse et encore moins avec la Belgique, espèce de sudiste... C'est trop froid ! Arrête ! Je vais mourir !
– Je te réanimerai... C'est pour éviter les courbatures, plaisanta-t-il.
Sans crier gare il plongea, la tenant solidement contre lui. Elle n'avait pas eu le temps de retenir sa respiration. Le froid subit, le manque d'air, une sorte de panique mêlée d'excitation s'emparèrent d'elle. Elle tenta de se libérer, mais il la retint sous l'eau. Elle eut l'impression que ses poumons allaient éclater. En proie à une véritable panique, elle se débattit plus violemment. Il s'empara de sa bouche, la força à desserrer ses dents et lui insuffla une bouffée d'air salvatrice qu'elle happa avidement, puis il la remonta à la surface. Elle reprit son souffle en gémissant. Comme tétanisée, elle s'accrochait désespérément à lui.
– Tu es complètement cinglé ! l'accusa-t-elle lorsqu'elle eut retrouvé quelque peu de souffle.
– Ne m'engueule pas où je recommence, s'amusa-t-il en riant et en la serrant plus fort contre lui, afin qu'elle ne puisse pas s'échapper, feignant de recommencer.
Elle se cramponna plus fort à lui, se pendit à son cou et enfouit son visage au creux de son épaule, quémandant une ultime protection, la respiration encore hachée. Comme il la sentit trembler contre lui, le corps secoué de frissons, il consentit à la sortir de l'eau. Il ne faisait pas froid, mais l'air nocturne sur leur peau

mouillée les fit frissonner. En quelques secondes, Manu bondit sur la terrasse, s'empara d'un drap de bain sur le dossier d'un fauteuil et l'enroula autour de Léa. Il la frictionna vivement et lui tendit ses vêtements. A son tour, seulement, il se sécha.

– Si on allait dévorer une énorme glace sur le port avant d'aller chez moi ? suggéra-t-il avec emphase.

– Ça t'a donné faim ? Et pourquoi aller chez toi ? Tu n'as plus de préservatif ? lança-t-elle taquine.

– Oh, c'est d'un romantisme ! J'y crois pas, grimaça-t-il. Puisqu'on en est là, inutile de prendre des pincettes. Je ne te ramènerai pas cette nuit, alors si tu veux prendre des affaires...

– D'habitude un mec essaie de séduire sa partenaire, sourit Léa. Il ne lui dit pas : *On va manger une glace et après se pieute chez moi !*

– On se quoi ? se moqua-t-il en riant.

– On se pieute !... On va au pieu, quoi !

– Ça t'arrive de parler français ?

– Mais je parle français, pouffa-t-elle de rire... c'est vous, avec votre langue d'Oc là, vous ne comprenez rien... Tu me diras, reprit-elle l'air nonchalant, ça vaut mieux comme ça...

– De quoi tu parles ?

– De nous deux : pas de romantisme. On prend notre pied ensemble, c'est tout. Au-moins, on sait tous les deux à quoi s'en tenir...

Si elle affichait un air nonchalant et souriant, il n'était que superficiel. Le cœur battant, elle attendait sa réaction. Elle aurait tant voulu qu'il proteste, qu'il lui dise... Quoi au juste ?... Qu'elle se trompait, qu'il avait des sentiments pour elle ? Qu'il lui fasse une déclaration d'amour ? *Et pourquoi pas une demande en mariage pendant que tu y es !* se sermonna-t-elle alors que Manu ne pipait mot. Son silence était éloquent. Les choses avaient au-moins le mérite d'être claires... malheureusement ! De nouveau, elle prit la résolution de ne pas s'engager trop avant sentimentalement. Il n'était qu'une aventure de vacances, une expérience sexuelle, et il ne devait rester que cela, un agréable divertissement !

Léa prit soin de laisser un petit mot sur la table de la cuisine à l'attention d'Aline : *Je couche chez l'habitant ! Bisous...*

Ils se rendirent sur le port toujours bondé de touristes, déambulèrent dans les allées jonchées d'étalages chamarrés où les vêtements aux couleurs d'été chatoyantes, côtoyaient les souvenirs en céramique, les bijoux et les incontournables "*bureaux-de-tabac-épicerie-vente-d'articles-de-plage-souvenirs*". Ils s'arrêtaient de temps en temps devant la terrasse d'un café, d'un restaurant, sur une esplanade, pour écouter les groupes de musiciens de rock, de Jazz, de variétés, qui animaient la soirée. Ils sourirent devant les caricaturistes ou peintres d'aquarelles qui s'adonnaient à leur art, installés à même le sol. Ils se décidèrent enfin à déguster une énorme glace – une pour tous les deux – sur la terrasse de l'un des plus grands glaciers du coin, se disputant les pépites de chocolat et les morceaux de meringue qui la jonchaient, comme des enfants. Quand ils prirent le chemin du retour, tout doucement, en se promenant main dans la main, la nuit était déjà bien avancée. Léa s'efforçait de ne penser à rien, surtout pas à l'avenir, afin de profiter pleinement de ces instants privilégiés. Elle devait jouir de chaque seconde pour les emporter avec elle, ces bribes de souvenir de bonheur. C'était si bon de marcher main dans la main sans un mot, juste une tendre complicité... Le temps semblait s'être arrêté... Arrivés chez Manu, ils se débarrassèrent de leurs vêtements devenus gênants sans un mot. Leurs regards brûlants de passion suffisaient. Ils s'étreignirent d'abord tendrement, puis plus passionnément. Leur souffle court, leur corps, leur esprit, leurs gémissements se mêlèrent. Plus rien n'existait autour d'eux, les murs, les tabous étaient tombés. Il ne subsistait que deux êtres affamés l'un de l'autre, liés par une force dont ils étaient conscients, mais incapable de l'expliquer ou de lui résister. Ils ne pouvaient plus cesser de se caresser, de s'embrasser, de se perdre l'un dans l'autre. Toutes les fenêtres étaient ouvertes et pourtant ils mourraient de chaud, le corps brûlant à l'intérieur, en sueur à l'extérieur. Tout le reste de la nuit ils firent l'amour, encore et encore. Quand l'un cédait à la fatigue, l'autre ranimait son désir par des caresses, des murmures. Ils savaient d'instinct les gestes, les mots, les caresses que l'autre attendait, comme dans une sorte d'osmose, d'harmonie totale. Quand, épuisés, ils sombrèrent dans un profond sommeil, toujours enlacés, le jour se levait.

<u>Chapitre 11</u>

Ce furent la chaleur étouffante et la sensation de se sentir prisonnière qui réveillèrent Léa. Le bras de Manu la maintenait fermement contre son torse. Elle bougea légèrement de façon à pouvoir le regarder. Endormi, son visage avait quelque chose d'enfantin, de fragile. Il était à la fois attendrissant, à la fois sensuel et attirant. Son corps parfait, ses muscles luisants complétaient le tableau de l'homme idéal... Au niveau physique seulement, soupira-t-elle. Elle effleura sa joue, enroula son doigt dans l'une des mèches blondes qui tombaient dans son cou. Se calant confortablement contre lui, elle était prête à se laisser de nouveau sombrer dans les bras de Morphée, quand l'idée qu'ils étaient lundi la frappa. Manu aurait dû travailler !

Elle le secoua doucement et sourit à son grognement.

– Manu, tu ne devais pas travailler aujourd'hui ? murmura-t-elle.

– Si ! Et alors ? grogna-t-il... Quelle heure il est ?

– Presqu'onze heures !

Pendant quelques secondes il ne réagit pas. Puis soudain il bondit du lit tel un diable de sa boite.

– Quelle heure tu as dit ? Putain de merde ! Je suis en retard ! s'écria-t-il en cherchant désespérément ses vêtements.

A le voir s'agiter comme ça, Léa ne put retenir un éclat de rire.

– Ne rigole pas. Je devais commencer à huit heures, reprit-il en se laissant peu à peu envahir par son rire communicatif.

D'un geste vif, il s'empara d'un téléphone sans fil et tapa nerveusement un numéro. Se passant la main dans les cheveux, il se mordait la lèvre pour ne pas rire.

– Hervé ? C'est Manu... Je sais.... Écoute-moi et arrête de hurler ! Je me suis oublié, ça peut arriver, non ?... Qui m'a remplacé ?... De toute façon, ça ne vaut pas le coup que je vienne pour trois quarts d'heure. Tu me mettras la matinée. Je viens pour quatorze heures... Oui, je le remplacerai quand ça l'arrangera. OK, merci. Bye !

– Ça gueulait ? s'amusa Léa en riant.

– Un peu mon n'veu ! Ils se sont retrouvés à trois pour tenir cinq postes. Il y a un malade, sourit Manu.

– Qui tu as eu ? Ton chef ? Qu'est-ce qu'il t'a dit ?

– C'était un de mes chefs. Selon ce que je fais, je ne dépends pas du même. Ce matin, je devais être au centre sportif. C'est le directeur que j'ai eu au téléphone et je n'ose pas te répéter ce qu'il m'a dit.

– Si, dis-le, allez !

– Il m'a dit que je devrais de temps en temps, essayer d'être autre chose qu'une bite.

– Ah ! resta interloquée Léa. Alors, ça t'es déjà arrivé souvent ?

– Ben, évidemment !

Devant le regard stupéfié, déçu, voire écœuré de Léa, il se mit à rire.

– Mais non, je plaisantais ! Il m'a demandé si j'avais l'intention de venir au boulot avant le week-end prochain... Et ça ne m'est jamais arrivé d'être en retard pour cette raison-là !

– Imbécile, ragea Léa.

Sans lui laisser le temps de réagir, Manu bondit sur le lit et l'enroula dans le drap pour l'empêcher de bouger. Il l'emporta, toute empaquetée jusqu'à la salle de bain, la déposa dans la cabine douche tout en la tenant toujours solidement et ouvrit le robinet d'eau froide à fond. Léa hurla, mais son cri se mua en fou-rire, se joignant à celui de Manu. Elle ne se débattit plus que pour la forme. De toute façon, elle n'avait aucune chance d'échapper à sa poigne d'acier. Une fois séchée, elle rejoignit le salon pour tenter de récupérer ses vêtements éparses. En se baissant, elle émit un léger gémissement et étira ses membres endoloris.

– J'ai mal partout, sourit-elle à sa question muette.

– C'est le manque d'entraînement, répondit-il taquin.

– Ben après un an d'abstinence, c'est possible…

– Un an ? Tu déconnes ? Y'a eu personne en un an ?

– Non, je suis sérieuse…

– Ben il était temps que j'arrive. Tu devrais venir au club : je m'occuperais personnellement de tes muscles, la charria-t-il.

– Je suis sûre que tu prendrais un malin plaisir à me faire souffrir !

– Bien sûr, avoua-t-il. Mais après, j'aurais l'immense privilège de te masser pour remédier à ça.

– Je ne peux pas avoir les massages sans la torture ? le taquina-t-elle.

– Tu ne trouves pas que je suis suffisamment en retard comme ça ? Arrête de me tenter ou tu vas avoir plus mal encore, lança-t-il en lui jetant son fameux et néanmoins splendide sourire moqueur.

La conversation fut coupée par la sonnerie du téléphone. Il décrocha nonchalant.

– Manu ? s'étonna la voix joyeuse d'Aline. Tu bosses pas ? Si j'avais su que tu étais là, je ne me serais pas permis d'appeler.

– Disons que je suis un peu en retard ce matin, se mit-il à rire. Léa t'expliquera.

– Donc tu travailles cet après-midi ? Vous avez déjeuné ?

– Oui je travaille cet après-midi et non, nous n'avons pas encore eu le temps de déjeuner... Et nous mourrons de faim bien sûr, s'amusa-t-il, volontairement provocateur.

– Tu m'étonnes ! Ça creuse l'effort physique, n'est-ce pas ? railla Aline.

– Surtout pour ta copine qui manque d'entraînement...

– Vous venez déjeuner avec nous ? reprit Aline, mais je vous préviens : vous êtes là dans un quart d'heure maximum, parce qu'il y a des gens qui bossent, eux !

– Très drôle ! Vas-y ! Continue ! s'écria Léa quand il eut raccroché, raconte notre nuit avec tous les détails !

– C'est Aline en même temps : ta meilleure amie... Vous allez en parler de toute façon... sourit Manu.

– Ben pas forcément... Mais toi, par contre, je t'imagine bien avec tes potes...

– Eh ! Du calme... J'ai juste plaisanté avec Aline, c'est tout ! Et non, je ne raconte pas tout à mes potes...

Un quart d'heure plus tard précisément, Léa et Manu faisaient leur apparition sur la terrasse d'Aline et Fred. Ils durent bien entendu, faire face au sourire moqueur et éloquent de leurs hôtes.

— Vous avez passé une bonne nuit ? railla Aline.

— Très courte mais très bonne, merci, répondit Manu du tac au tac, sur le même ton, tandis que les joues de Léa rosissaient légèrement.

— Tu as l'air fatiguée, remarqua Aline taquine, alors qu'elles se retrouvaient seules sur la plage l'après-midi, après le départ des deux hommes. Léa se contenta de sourire.

— Vous avez passé une bonne soirée ?... Allez, raconte ! supplia Aline, alors que Léa souriait mystérieusement.

Celle-ci consentit alors à lui narrer sa soirée.

— C'est dingue, quand il est là, quand il me touche, commença-t-elle, les yeux dans le vague sous ses lunettes de soleil, c'est comme si je n'avais plus aucun contrôle sur moi, comme si mon cerveau et mon corps n'étaient plus solidaires. Je raisonne, je me dis qu'il ne faut pas que je craque... Et en fait, je suis déjà dans ses bras et je ne peux rien faire pour résister... Je n'ai jamais eu envie de personne comme j'ai envie de lui... Et je n'ai jamais pris mon pied comme ça... Je n'aurais même jamais imaginé que ça puisse être aussi ... aussi fort...

— C'est génial ! Même avec Laurent ça n'a jamais été comme ça ? s'étonna Aline.

— C'est vrai que je ne t'en ai jamais parlé mais quand on est loin, ce n'est pas toujours facile de se confier sur certains sujets au téléphone. C'était loin d'être le pied avec Laurent sur le plan sexuel... Mais je pensais que c'était comme ça, que ça venait de moi... Même avec lui, on n'en a jamais parlé. La seule fois où j'ai essayé de lui dire que quelque chose n'allait pas, qu'il... Comment dire ?... Que j'attendais plus de lui, que j'avais l'impression qu'il se foutait pas mal de ce que je ressentais moi, qu'il me sautait, prenait son pied, et moi j'avais fait mon devoir, quoi ! Que pour moi, c'était pas génial... Enfin, tu vois ce que je veux dire ?

– Tout à fait ! J'ai connu ça moi aussi, se contenta d'acquiescer Aline. Donc, la seule fois où tu as essayé de le lui dire ?

– Il m'a répondu que j'étais coincée et que tout dépendait de moi.

– Alors tu as culpabilisé et tu n'as plus jamais abordé le sujet, termina pour elle Aline.

– Oui, j'avais tellement peur de le perdre à cause de ça, que je préférais qu'on n'en parle plus, tant pis pour moi... Alors qu'avec Manu, c'est complètement le contraire... Il sait d'office ce que je veux, ce que j'attends, ce que j'aime... Il me donne l'impression que c'est moi et ce que je ressens qui sont importants, tu comprends ?

– Il t'a fait découvrir l'amour, quoi. C'est super ! Tu vois que tu as bien fait, avec du recul, de virer Laurent ? Sans quoi tu n'aurais jamais connu ça !

– L'amour physique oui, soupira Léa.

– L'amour tout court peut-être, la reprit Aline. Ça va ensemble, tout est lié.

– Non, pas avec Manu, soupira de nouveau Léa. On fait bien la part des choses. C'est les vacances, on passe un bon moment ensemble. On prend notre pied, c'est super. Et dans trois semaines maxi, c'est Ciao. A la suivante.

– Ce que tu peux être négative, s'étonna Aline. Laisse-lui le bénéfice du doute...

– Je suis réaliste, pas négative et il n'y a aucun doute sur notre relation. Le côté positif de la situation, c'est qu'elle est claire et nette pour tous les deux. On sait à quoi s'attendre, un point c'est tout. Il suffit de l'accepter.

– Et tu l'acceptes ? s'écria Aline incrédule.

– Je n'ai pas le choix. C'est ça ou rien !

– C'est lui qui t'a dit ça ? De vive voix ? reprit Aline d'une voix aiguë.

– Il l'a sous-entendu donc moi, je l'ai dit ouvertement, comme pour lui demander si j'avais bien compris. Il n'a pas nié, il est resté silencieux.

– Donc, il n'a pas confirmé, protesta Aline.

– Qui ne dit mot, consent, prophétisa Léa.

– Manu, quand il a quelque chose à dire, il le dit. Moi, je le prendrais plus dans le sens "*Cause toujours ma belle, on verra bien ce qui va se passer*".

– Ce qui revient au même !

– Non !... Il est différent avec toi, il agit différemment, il est jaloux... Il n'aurait jamais fait une crise comme samedi soir à Sophie, par exemple. Il tient à toi. Ça crève les yeux. Il a une façon de te regarder qui ne trompe personne. Il...

– Aline ! l'interrompit brutalement Léa. Je sais quel genre de mec il est, d'accord ? Vous m'avez assez mise en garde, Max et toi. Je fais tout mon possible pour rester lucide. Je me conditionne et me répète cent fois par jour que je ne dois pas m'attacher à ce mec, que dans trois semaines je repars... Alors ne gâche pas ma volonté en me mettant des rêves plein la tête, O.K. ? Ce que je vis avec lui est génial. Alors j'essaie d'en profiter au maximum, au jour le jour, pour partir avec pleins de souvenirs.

– Mais Bon sang Léa, t'as pas les boules de parler comme ça, de penser comme ça ?

– Bien sûr que j'ai les boules. Mais je ne veux pas refaire les mêmes erreurs et en même temps, je ne veux pas gâcher les moments que je passe avec lui. J'aurai le temps d'avoir les boules là-haut, toute seule dans mon appart, les longs mois d'hiver... Il n'est pas pour moi, reprit-elle la gorge de plus en plus serrée. Tu vois, il a un point commun avec Laurent, c'est seulement maintenant que je m'en rends compte. C'est toi qui avais raison : ils sont trop bien pour moi. Alors je prends ce qu'on m'offre et basta, en attendant de trouver chaussure à mon pied. Je ne veux pas vivre en me disant chaque jour quand je rentre du boulot, que je risque de le trouver au pieu avec quelqu'un d'autre ou que c'est mon dernier jour avec lui avant la suivante...

– C'est nul ! Je n'essaie même plus de discuter parce que tu es butée, s'emporta Aline. D'accord, j'ai eu raison pour Laurent. Mais toi, il y a une chose que tu n'as pas encore comprise : il n'est pas Laurent, articula-t-elle. Tout ce que j'espère, c'est qu'il arrivera à te convaincre, lui !

– On en reparlera dans un mois, d'accord ? lança Léa en se levant et en se dirigeant vers l'eau.

Elle ne mit pas longtemps à plonger. Lorsqu'elle refit surface, personne, pas même elle, n'aurait put dire si elle pleurait ou si son visage n'était mouillé que par l'onde salée.

En fin d'après-midi, alors qu'elles rentraient toutes les deux prendre une douche, Aline eut une idée.

– T'as pas envie de voir Manu en plein boulot ?

Léa la questionna du regard, un peu étonnée.

– On va au gymnase, il a un cours de *Bodysculpt* le lundi de dix-huit à dix-neuf heures. J'y suis allée quelques fois, c'est pour ça que je le sais.

– C'est quel genre de cours ?

– Le genre où il doit y avoir une quarantaine de nanas. Il nous fait travailler tous les muscles du corps : il commence par le cou, les épaules, les bras, les avant-bras, les abdos, les fesses, les cuisses, les mollets, les chevilles, tout ça avec des sortes d'élastiques qui te font forcer et des poids aux poignets et aux chevilles. C'est vraiment un sport complet... Et Manu, c'est un enfoiré : il nous fait crever. Le cours dure une heure mais quand tu sors, t'es morte de fatigue et t'as mal partout pendant une semaine !

– C'est pour ça que tu n'y vas plus ? s'amusa Léa.

– Si j'y vais encore ! J'ai arrêté pour les vacances. Je vais reprendre en septembre. Par contre je choisis les jours quand ce sont ses collègues qui font cours, en particulier une femme d'une quarantaine d'années.

– Tu évites quand c'est Manu ? pouffa de rire Léa.

– Rigole ! fit mine de s'énerver Aline. Si jamais un jour il t'entreprend, tu verras de quoi je parle. C'est un véritable tortionnaire. Plus il connaît ses victimes, plus il prend un malin plaisir à les faire souffrir... En plus il se retrouve face à quarante nanas dont quatre-vingt pour cent seraient capables de faire n'importe quoi pour un regard de lui. Il en profite... Il part du principe que si tu décides d'aller dans une salle de sport, ce n'est pas pour faire du shopping. Donc c'est à tes risques et périls. Il t'en donne pour ton argent.

– Je parie que c'est un vrai défilé de mode son cours, ronchonna Léa. Elles doivent toutes être grandes, bien foutues et musclées, non ?

– Dans le club, il y a de tout : des boudins, des biens, des vieilles, des jeunes, des célibataires, des mères de famille... Mais dans ses cours à lui, c'est plutôt... le défilé de mode ! convint Aline en souriant. Les nanas sont habillées en caleçon moulant, brassières très courtes... Ça rivalise de chic et de sexy dans les tenues de sport. C'est à celle qui arrivera à lui décrocher un sourire, une remarque, un coup d'œil. Il faut dire que le bouche à oreille, ça marche bien, surtout en période de tourisme. Tu cries sur les toits que le prof de muscu est un mélange de Chris Hemsworth, de Brad Pitt et d'Hugh Jackman, ils font fortune !

– Je n'avais pas pensé à ce genre de comparaison pour Manu, se mit à rire Léa. Chris Hemsworth… pour ses yeux, son corps musclé et ses cheveux longs et dorés, n'est-ce pas ?... Brad Pitt pour son sourire splendide ? continua-t-elle comme Aline acquiesçait. Mais Hugh Jackman ?

– Son charisme, son humour, sa sauvagerie… dans Van Helsing, sourit Aline. Et c'est surtout parce que ce sont nos trois acteurs préférés, ajouta-t-elle en éclatant de rire.

– Bon, alors on y va dans les studios de la Paramount ? sourit Léa.

Elles se garèrent sur le parking de la salle des sports : le bâtiment avait la forme d'un immense demi-cylindre. Elles grimpèrent les escaliers et pénétrèrent dans une sorte de snack-bar complètement vitré. Devant elles, s'étendait le guichet-comptoir-accueil. Sur la gauche des vitres surplombaient les salles de Squash, puis les deux cours de tennis. Léa suivit Aline. Celle-ci choisit une petite table près d'une immense vitre, tout au fond du bar. La baie vitrée donnait sur le fameux cours. En fait, elles étaient assises au-dessus de la tête de Manu. Elles pouvaient voir les jeunes filles souffler et forcer sur une musique endiablée. On n'entendait que la musique ou plus précisément la partie de batterie et la voix de Manu qui tantôt encourageait, tantôt ordonnait, tantôt se moquait. Quand il restait à sa place, il fallait se pencher pour le voir, mais quand il passait dans les rangs, elles pouvaient enfin l'admirer. Aline eut un sourire amusé en suivant le regard de Léa. Lorsque celle-ci s'en rendit compte, elle sourit à son tour.

— Tu l'as vu ? Comment ne pas craquer ? Et maintenant, je comprends pourquoi il y a tant de monde à ses cours. Il fait tout pour…

— C'est vrai qu'il a le don de s'habiller de façon à faire craquer la plus chaste des nones, sourit Aline.

Manu était vêtu d'un short en jean délavé aux jambes effilochées, qui mettait en valeur ses cuisses musclées et bronzées et d'un débardeur bleu turquoise qui mettait en valeur ses épaules larges et ses bras musclés.

Comme l'avait annoncé Aline, le cours était composé aux deux tiers, de jeunes filles aux corps superbes dans des tenues toutes plus sexy et voyantes les unes que les autres. Lorsque Manu passait entre elles, des regards et des sourires fusaient, même quand elles en bavaient. Le tiers restant était composé de filles au corps plus "normal", un peu rondes, pas forcément jolies, mais sympathiques. Elles semblaient plus motivées que les autres et n'avaient l'air d'être là que pour faire du sport et non pour un défilé de mode.

— Dis donc, il y en a une au fond, qui est vachement bien foutue, mignonne et vachement musclée, remarqua Léa.

— Hum ! Mais elle a déjà des heures de vol, précisa Aline. C'est elle, sa fameuse collègue : c'est avec elle que je suis les cours, elle a une quarantaine d'années et trois gosses.

— J'aimerais être foutue comme elle dans dix ou quinze ans, surtout après trois grossesses, remarqua Léa.

— Bof ! Je la trouve un peu trop musclée justement : c'est pas très féminin !

La voix de Manu se faisait de plus en plus entendre au fur et à mesure que le cours touchait à sa fin.

– Allez ! Encore un petit effort ! Tire plus sur ta jambe !... Baisse ton bassin, fais de plus petits mouvements.... Ça fait mal, hein ? C'est normal ! Vous êtes là pour ça ! semblait-il s'amuser. Allez, encore huit et on passe à autre chose !... Si, si, si ! Les huit derniers !... Bon, les abdos et après on arrête ! On s'allonge sur le ventre, les jambes tendues, on se soulève sur les bras, on les garde à peine pliés. Voilà !... Et on tient le plus longtemps possible... Ça tire, c'est normal, c'est que ça travaille !... Allez, on tient !

Au bout de quelques secondes, les premières démissionnaires rendirent les armes et se laissèrent tomber sur les tapis.

– Déjà ? Vous êtes bien des gonzesses ! Allez, les autres, on tient !

Il dut faire face en riant aux protestations bien pendues de la part des filles concernées qui n'en gardaient pas moins le sourire face à lui. Il continuait à se balader dans les rangs, en encourageant certaines, provoquant les autres.

– Bon, celles qui tiennent à partir de maintenant sont déjà bonnes ! Allez, on se surpasse, t'as pas mal ! se moquait-il.

Bientôt il n'en resta plus qu'une : la prof ! Par taquinerie, il vint la déconcentrer, s'asseyant face à elle. Aline et Léa n'entendaient plus ce qu'ils se disaient mais au sourire rageur de la femme, elles se doutaient de ce qu'il pouvait lui dire. Il voulait qu'elle s'écroule devant lui et elle voulait lui tenir tête. Il se leva, ouvrit un petit placard et en sortit des bracelets de poids.

– En tant que pro, tu dois te surpasser ! se moqua-t-il en posant un poids sur le bas de son dos. C'est encore facile-là, non ?

– Fumier ! Je ne lâcherai pas, souriait-elle en soufflant.

Alors il ajouta un poids, puis un autre... Jusqu'à ce qu'elle lâche. Il dut s'éloigner en courant pour éviter l'un des accessoires qu'elle lança dans sa direction.

– Enfoiré ! pouffa-t-elle de rire.

Les autres filles applaudirent la prof en riant.

– Eh ! N'empêche qu'elle, elle l'a fait ! provoqua une grande blonde décolorée au corps sculptural, d'une voix sûre d'elle. Alors que vous, vous vous contentez de nous donner des ordres. Si vous nous montriez un peu de quoi vous êtes capable ?

Manu se contenta de sourire et de montrer ses biceps :

– Je fais quoi quand vous n'êtes pas là, à votre avis ? Vous croyez que je vous attends pour travailler ?

– De toute façon, il ne dort plus la nuit : il ne va tout de même pas faire des efforts la journée ! lança la prof, espiègle. Il est trop fatigué, n'est-ce pas ?

– Eh ! rétorqua Manu, justement, je fais du sport, moi !

– Je parie que ce n'est pas le même que nous, renchérit la blonde. Vous donnez des cours aussi dans ce domaine-là ?

– Des cours particuliers oui, rétorqua Manu, un sourire ravageur aux lèvres. Mais c'est moi qui choisis mes élèves... Et je doute que mon élève actuelle apprécie beaucoup... Allez, c'est bon pour aujourd'hui ! coupa-t-il pour détourner la conversation.

– Dommage, j'étais partante, lança la blonde aguicheuse en s'éloignant.

Quand tout le monde se fut éparpillé, la prof et un homme en tenue de sport, sensiblement du même âge qu'elle, apparemment un autre collègue de Manu, interpellèrent ce dernier.

– Alors comme ça, tu donnes des cours particuliers au noir ? Tu sais que tu risques des sanctions ? le charrièrent-ils.

– C'est pas au noir : je ne me fais pas payer... Enfin pas encore, pouffa-t-il de rire.

– Remarque, je veux bien lui donner des cours particuliers à ta blonde là, et je ne ferais même pas payer non plus... Et je donnerais bien aussi des cours aux deux petites qui sont là-haut, continua-t-il en levant les yeux.

Seulement à ce moment-là, Manu se détourna, leva la tête et croisa le regard amusé et moqueur de Léa. Son visage se ferma quelque peu.

– Ce ne sont ni des clientes, ni des élèves et elles n'ont certainement rien à apprendre de toi ! rétorqua-t-il sèchement.

L'autre dut se rendre compte de sa gaffe, car il fit une petite grimace en haussant les sourcils, l'air de dire *"C'est bon, je n'insiste pas !"*

Manu monta immédiatement rejoindre les deux filles, suivi à son insu par son collègue. Il déposa un baiser sur les lèvres de Léa, embrassa Aline.

– Pourquoi vous n'êtes pas descendues ? Fainéantes ! Encore des courbatures ? glissa-t-il à l'oreille de Léa, la faisant légèrement rougir.

– Tu rigoles ou quoi ? On est trop fragiles pour tes gros muscles, rétorqua Aline.

– Bonjour Mesdemoiselles. Alors laquelle le tient éveillé toute la nuit ? s'enquit le nouveau venu.

Léa rosit légèrement et lança un regard foudroyant à Manu.

– Ne me regarde pas comme ça, se mit à rire ce dernier. C'est lui que j'ai eu ce matin au téléphone. Je te présente Hervé, le directeur de ce lieu de torture... Et Léa.

– Léa, je suis enchanté ! Et je comprends pourquoi il préfère rester au lit plutôt que venir affronter des blondes pulpeuses, ironisa en souriant Hervé.

– Alors, on ne te voit plus aux cours ? lança Véro, la prof, à l'adresse d'Aline, histoire de faire dévier la conversation. On abandonne ?

– Non ! Mais quand je suis en vacances, je suis en vacances de tout, sourit Aline. Je reviendrai en septembre.

– Bon, reprit de nouveau Hervé à l'adresse de Léa, vous pourriez le laisser tranquille cette nuit ? J'ai besoin de lui demain matin et...

– Je suis sur la plage demain, le coupa Manu.

– Comment ça ? J'ai besoin de toi ici !

– Il manque deux surveillants : Stéph s'est cassé la jambe en faisant je-ne-sais-quoi et la femme d'Alain a accouché hier soir, il a pris ses jours.

– Je ne veux pas le savoir : il me manque deux profs ici aussi ! Je vais appeler la Mairie, ils m'emmerdent !

– O.K. ! Vous me tiendrez quand même au courant, que je sache où aller demain matin ?

– Si tu te lèves... ronchonna Hervé en s'éloignant.

– Il me tape de plus en plus sur les nerfs, murmura la prof à l'adresse de Manu.

– C'est pas fini : la saison ne fait que commencer... En tout cas, j'espère qu'ils ne vont pas lâcher à la Mairie : je préférerais finir la semaine sur la plage !

Chapitre 12

Dés lors, Léa passa presque plus de temps chez Manu que chez Aline. Elle rejoignait son amie sur la plage le jour et rentrait chez Manu en fin d'après-midi. Ils sortaient beaucoup, dînaient souvent au restaurant. Il leur arrivait aussi de marcher sur la plage pendant des heures au clair de lune sans beaucoup parler, appréciant ainsi chaque seconde passée ensemble. Il tentait dans ces moments-là de lui apprendre les différentes constellations que formaient les étoiles dans le ciel. Il les connaissait presque toutes, elle n'arrivait pas à en reconnaître une seule malgré leurs efforts communs. Les cours d'astronomie se terminaient invariablement en fou-rire. Chaque jour passé avec lui renforçait leurs liens. Ils s'entendaient à merveille, se découvraient des tas de goûts ou de traits de caractère communs. Ils en arrivaient presque à deviner ce que l'autre pensait ou allait dire. Ils en étaient arrivés à un tel degré de complicité qu'ils étonnaient leur entourage.

Il persévérait également dans son objectif de lui apprendre à faire de la planche à voile. Ce fut le cas ce jour-là encore, elle le rejoignit à la fin de son service.

Ils prirent chacun une planche et se mirent à l'eau. Léa commençait à se débrouiller plutôt pas mal. Du coup, ils partirent au large, là où l'eau changeait de couleur de par sa profondeur et sa température. La prenant par surprise, il vira brutalement de bord. De peur de heurter sa planche, elle manœuvra maladroitement et perdit l'équilibre, s'offrant un petit plongeon dans l'eau fraîche. Le froid lui coupa le souffle. Quand elle remonta à la surface, ce fut pour faire face à un Manu au sourire moqueur.

– Espèce de mufle ! le gronda-t-elle en revenant à la surface.

– Elle est bonne ? se moqua-t-il en riant. Comment tu dis déjà ?... ça meule ?

Elle attrapa son pied et le tira brutalement vers elle afin de le faire tomber à l'eau à son tour. Se prenant au jeu, il l'entraîna sous la surface. Elle parvint à lui échapper, revint à l'air libre à bout de souffle et s'accrocha à sa planche. Elle sentit qu'il l'attrapait par les pieds pour l'attirer de nouveau sous l'eau. Riant et suffocant à la fois, elle n'eut pas la force de lutter longtemps. Elle finit par lâcher, redescendant dans l'onde fraiche. Elle n'avait pas eu le temps de vraiment prendre sa respiration. A bout de souffle, elle tenta de se libérer en vain. En proie à un début de suffocation, elle se débattit plus vivement. Il immobilisa alors son visage et prit ses lèvres, envoyant une longue bouffée d'air dans ses poumons déjà presque douloureux. Puis il la laissa remonter à la surface, la suivant de près.

– T'es cinglé ? Tu veux me noyer ? rugit-elle.

– Ça t'apprendra à vouloir me couler, se mit-il à rire.

– C'est toi qui a commencé ! accusa-t-elle.

En guise de réponse, il prit ses lèvres avidement, la fit pivoter pour qu'elle se retrouve dos à la planche, à

laquelle il s'agrippa d'une main. De l'autre, il l'enlaça, la serrant contre lui. Sous la pression passionnée de ses lèvres, elle se pendit à son cou. Il en profita pour caresser son corps, glisser ses doigts sous le maillot de bain, mettant le feu en elle.
– Manu... pas ici... pas dans l'eau... souffla-t-elle.
– Si, justement dans l'eau... Tu n'as jamais essayé ? Ça peut être divin... murmura-t-il, la voix déjà altérée par le désir.

Il reprit ses lèvres de plus belle, l'embrassant plus profondément, plus tendrement. Dans un gémissement, elle parvint à lui glisser.
– On n'a pas de préservatif, ici...
– Fais-moi confiance, souffla-t-il. Pour moi, il n'y a aucun risque, je prends la pilule... et toi ?

Sa plaisanterie la fit rire.
– Pas moi... sourit-elle en se mordant les lèvres sous l'assaut de nouvelles caresses.
– Tant pis, on fera avec... Allez, détends-toi...
– Mais je...

Elle s'arrêta net, toute protestation balayée par une vague de plaisir lorsqu'il s'enfonça en elle. Manquant de boire la tasse, gémissante, elle s'accrocha plus fort à son cou, goûtant chaque seconde d'un plaisir décuplé par la légèreté de leurs corps dans l'élément liquide. Chaque instant, elle luttait instinctivement pour garder la tête hors de l'eau. L'omniprésence du risque de noyade augmentait son excitation, son plaisir. C'était comme si sa vie ne tenait qu'à un fil. Non seulement Manu était conscient de cela, mais en plus il en jouait savamment, se laissant parfois couler, remontant à la surface immédiatement. Il se délectait de la sentir s'agripper à lui, chercher son souffle. Avec douceur et savoir-faire, adaptant ses caresses, ses gestes à ses soupirs, aux mouvements de plus en plus saccadés et violents de son corps, il l'amena jusqu'au seuil du paroxysme. Soudain il lâcha la planche et s'enfonça dans l'eau, l'entraînant avec lui. Elle avait déjà entendu dire que l'asphyxie provoquait un orgasme mais jamais elle n'aurait eu le courage de le tester. Le manque d'air combiné à la peur et au plaisir eurent un effet détonnant sur elle, décuplant son plaisir. Il la maintint sous l'eau jusqu'à ce qu'elle soit vraiment à bout de souffle. Les poumons douloureux, elle se débattit plus vivement, accentuant ainsi le plaisir de leurs deux corps unis. Il prit sa bouche presque violemment, lui insufflant le peu d'air qu'il lui restait dans les poumons, l'empêchant de remonter à la surface. Accroché à ses hanches, il s'enfonçait en elle de plus en plus violemment. Puis d'un bref mais puissant coup de rein, il propulsa leurs deux corps à la surface. Le plaisir explosa en eux en même temps qu'ils regonflaient avidement leurs poumons douloureux, dans un même gémissement. Haletante, cherchant son souffle, le corps encore secoué par les spasmes du plaisir, elle s'accrochait à lui comme si sa survie en dépendait. Elle pouvait sentir le souffle saccadé de Manu dans son cou, son cœur battre à fleur de peau contre elle. De son seul bras libre, il la serrait en tremblant contre lui. Ils restèrent un long moment enlacés, accrochés l'un à l'autre comme deux naufragés, sans bouger, luttant pour reprendre leur souffle.

Bientôt, Léa ne put retenir un frisson de froid après le feu qui avait brûlé en elle. Sans un mot, Manu la repoussa légèrement, monta sur la planche, la hissa contre lui. De nouveau, ils restèrent de longues minutes ainsi, Manu assis, Léa calée entre ses jambes, le dos contre son torse, leurs corps tremblants, se réchauffant peu à peu au soleil. C'était magique, ils n'avaient pas besoin de parler pour être bien. Ils savouraient tous les deux ces instants de calme, de bien-être, de tendresse même. Leurs doigts s'étaient joints naturellement. Léa ferma les yeux, prise d'une soudaine fatigue langoureuse et bienfaisante. Elle souhaita un instant que le temps s'arrête, qu'elle puisse passer sa vie comme ça, au creux de ses bras. Elle sentit ses lèvres, dans son cou, mouchetant sa peau de petits baisers.

– Tu es née pour faire l'amour, Léa. Tu le sais ? murmura-t-il à son oreille. Tu es exceptionnellement douée pour ça.

– C'est dû en grande partie à mon partenaire je crois, chuchota-t-elle... Je n'aurais jamais cru que faire l'amour dans l'eau, ça pouvait être si... flippant !

– ... Putain, c'était trop bon...

– T'es un grand malade, tu le sais ? se mit-elle à rire.

Elle se sentait fébrile, tremblant de tous ses membres, sans force sinon celle de se cramponner à lui.

Il se contenta d'échapper un léger rire, se laissa le temps de récupérer un peu, laissant leurs deux corps se chauffer aux rayons du soleil.

Un véliplanchiste passa dans les parages et dévia légèrement de sa route pour se placer à porter de voix :

– Vous avez un problème ? Besoin d'aide ?

– Non merci, sourit Manu. On fait une pause...

– Désolé ! grimaça le quarantenaire en reprenant le vent, un léger sourire narquois sur les lèvres trahissant sa compréhension de la situation.

– On vient juste de baiser comme des bêtes mais tout va bien, ironisa Léa.

Tous deux éclatèrent de rire.

– Je crois que je vais te garder... ne serait-ce que pour le sexe, plaisanta Manu.

– Tu ne pourras pas : je rentre bientôt chez moi, bougonna Léa, le cœur soudain lourd.

– Je monterai te rejoindre de temps en temps, juste le temps de baiser comme des *bêêêtes*, sourit-il en se moquant de son accent

– Ça va te coûter un bras la partie de jambes en l'air...

– C'est vrai que ça va faire cher la passe !

Léa se retourna pour le toiser du regard, à la fois courroucée et vexée. Comme il lui souriait moqueusement et profitant de sa détente totale, elle le bouscula violemment afin de le faire tomber dans l'eau. Evidemment, il eut le réflexe de l'entraîner avec lui. Alors qu'elle remontait à la surface, il la renfonça sous l'eau puis la relâcha.

– Tu verras, le jour où je me noierai vraiment, tu ne feras pas le mariole, ronchonna-t-elle.

– Je te réanimerai... juste histoire d'avoir encore une occasion de baiser comme des *bêêêtes*.

– Je te hais ! lui lança-t-elle.

– C'est pas grave, tant qu'on bai...

A son tour, elle se jeta sur lui pour l'enfoncer sous l'eau. Elle continuait à feindre la bonne humeur, mais leur conversation, toute versée dans l'humour qu'elle soit, l'avait profondément blessée. Elle n'était d'ailleurs pas sûre qu'il plaisantât vraiment...

Le week-end, ils retrouvaient le reste de la bande, testaient les boites de nuit, les endroits chauds, les parcs d'attraction de toutes sortes. Léa avait dû essuyer quelques remarques fielleuses de la part de Mélanie, mais celle-ci s'était vite calmée. Léa s'était même demandé si Manu n'était pas intervenu. Max continuait à la draguer gentiment et devait faire face, de temps en temps, aux remarques agacées de Manu, mais cela faisait partie du jeu.

Léa se sentait merveilleusement bien avec lui. Il était prévenant, agréable, toujours gai, plein d'humour et de folie enfantine. Et paradoxalement, il savait de temps en temps devenir agressif et menaçant quand on s'approchait un peu trop d'elle. Elle ne s'était jamais sentie aussi en sécurité que dans ses bras. Et par dessus tout, ils passaient des nuits enfiévrées, allant toujours plus loin dans leurs ébats amoureux. Leurs étreintes étaient toujours aussi passionnées, parfois innovantes, mais une certaine forme de tendresse était apparue. Léa avait un peu moins l'impression qu'il n'y avait "*que du sexe*" entre eux. Mais à son grand désespoir, il ne faisait jamais allusion à ce qu'il ressentait, à l'avenir de leur couple. Il se contentait... *il choisissait* de vivre au jour le jour alors qu'elle n'avait pas le choix. Elle savait que leurs jours ensemble étaient comptés. Voilà déjà deux semaines qu'elle lui avait cédé. Ils allaient attaquer la troisième et dernière semaine de congés de Léa. Peut-être réussirait-elle à prolonger son séjour d'une semaine, et après ? Son cœur et sa gorge se serraient juste à l'idée de devoir bientôt quitter son beau rêve doré. Elle était bel et bien tombée follement amoureuse de Manu, malgré tous ses efforts pour ne pas succomber, comme si elle avait eu le pouvoir de maitriser ses sentiments... D'un autre côté elle aurait pu, comme ne cessait de le lui conseiller Aline, le pousser à analyser ses sentiments, provoquer ses confidences, l'amener à lui dire ce qu'elle voulait entendre, mais elle s'y refusait. Elle voulait que cela vienne de lui... si ça arrivait un jour ! En attendant, elle était passée maître dans l'art du camouflage des sentiments. Pas une fois elle ne s'était laissée aller à lui avouer ce qu'elle ressentait pour lui. Elle jouait les jeunes filles blasées, indifférentes. Quand il la taquinait en la menaçant d'en séduire une autre, elle en riait et lui donnait son assentiment, comme si cela lui était égal alors que son cœur hurlait en elle.

— Avoir un peu de fierté c'est bien, c'est même indispensable, la sermonnait Aline. Mais trop, c'est une catastrophe. Ravale un peu ton amour propre : tu peux bien en sacrifier un peu pour le garder, non ? A force de jouer avec le feu, tu vas finir par te brûler. Ce n'est pas lui qui va te quitter, c'est ton amour propre qui va te le faire perdre !

Mais Léa faisait la sourde oreille et ne cessait de lui répéter :

— Je suis en vacances. Dans quelques jours j'aurai réintégré mes pénates, lui passera à quelqu'un d'autre et plus personne n'en parlera. C'est comme ça, c'est la vie.

Ce lundi-là Manu travaillait sur la plage. Aussi vers dix-huit heures Léa le rejoignit. Pour la première fois depuis son arrivée le vent s'était levé, c'était la bonne occasion pour elle de tester réellement ses compétences. Manu l'aida à préparer sa planche puis il s'occupa de la sienne.

— Eh, ça sert à quoi cette corde ? lança soudain Léa (une corde était attachée à la planche et le mousqueton qui la terminait était attaché à la barre de direction de la planche).

— Ne t'en occupe pas : c'est pour les pros ! Quand il y a beaucoup de vent, qu'on va au large, on s'attache à la planche pour ne pas qu'elle s'éloigne trop en cas de chute...

— Mais quand on est débutant comme moi, on ne va pas loin et on n'en a pas besoin, c'est ça ? fit-elle mine de se vexer.

— Elle risque de t'entraver. Quand tu n'as pas l'habitude, c'est plus dangereux qu'autre chose. Enlève-la et jette-la sur la plage ! lui lança-t-il en démarrant.

– Bof ! Elle ne me gêne pas là où elle est, grogna-t-elle pour elle-même en sautant à son tour sur la planche.

Il était déjà parti et elle ne voulait pas se laisser trop distancer. Elle parvint à le rejoindre, consciente qu'il l'attendait. Plus ils allaient au large, plus le vent soufflait, plus ils prenaient de la vitesse et plus la planche devenait difficile à manœuvrer. Manu s'en rendit compte car il se rapprocha d'elle et lui cria :

– Fais demi-tour !

– Ça va ! tenta-t-elle de le rassurer.

– Dans ce sens-là oui ! Mais pour rentrer, tu vas forcer un peu plus : tu seras trop crevée pour la tenir : fais demi-tour, crois-moi !

Pour une fois, elle ne tenta pas de le contrarier. Elle ne se sentait pas assez sûre d'elle pour relever le défi de le suivre. De plus, le ciel qui s'assombrissait n'augurait rien de bon. Un orage se préparait et elle n'était plus très rassurée. Précautionneusement elle fit demi-tour. Elle se rendit alors compte à quel point il avait raison. Elle eut d'abord du mal à capter le vent dans sa voile. Et même lorsqu'elle y fut parvenue, sa vitesse fut moins élevée qu'à l'aller. Le courant semblait assez fort. Elle dut donc lutter pour maintenir sa planche dans la bonne direction. Quand elle ne fut plus qu'à une bonne cinquantaine de mètres de la plage, elle se retourna. Manu avait continué un peu après son demi-tour, faisant un large virage pour la laisser manœuvrer. Il était encore loin d'elle et il lui faisait des signes : il semblait lui crier quelque chose, mais elle n'entendait pas, le vent mugissait dans ses oreilles. Soudain un vrombissement surgit de nulle part et un choc violent sur l'arrière de la planche la projeta vers l'avant de la planche. Le mât tomba dans sa direction. Dans un ultime réflexe, elle baissa la tête et parvint à l'éviter, mais pas la barre directionnelle qui heurta ses côtes. La violence du choc lui coupa le souffle et la propulsa au fond de l'eau. La douleur qui lui vrillait les côtes l'avait empêchée de prendre son souffle avant la chute. Elle tenta donc de remonter rapidement à la surface. Elle distingua la voile étendue sur l'eau et bifurqua pour émerger de l'autre côté de la planche. Arrivée à quelques centimètres de la surface, elle fut retenue par quelque chose qui bloqua sa cheville. Sous la surprise, elle lâcha le peu d'air qu'elle maintenait dans ses poumons et se retourna vivement pour tenter de se libérer. En tombant, son pied s'était entravé dans la fameuse corde que Manu lui avait conseillé d'enlever. Celle-ci s'était nouée autour du mât et de la barre de direction. Fébrilement, commençant à suffoquer, son cœur s'affolant dans sa poitrine, elle tenta de se dégager avec les mains, s'abîmant les ongles sur la corde mouillée. Elle avait beau s'exhorter au calme, se répéter qu'il ne fallait pas s'affoler, la douleur dans ses poumons la torturait, il fallait qu'elle respire. Son cœur cognait si fort à présent, qu'elle eut l'impression qu'il allait éclater. Ses poumons la brûlaient. Plus elle tirait sur la corde, plus celle-ci se resserrait, sa cheville en était déjà toute bleue. Cédant à la panique, elle tenta de regagner la surface malgré la corde, quitte à se casser la cheville. Elle sentit l'eau s'engouffrer dans sa gorge, ses narines, la douleur devint intolérable. Des images vinrent frapper son esprit à une vitesse folle. Tout se mélangea dans sa tête. Dans un dernier sursaut, elle se débattit désespérément. Puis se fut le trou noir.

Elle eut conscience d'un spasme violent au creux de son ventre, d'une bouffée d'air salvatrice qui lui brûla les poumons, la poitrine, les côtes. Il lui semblait entendre une voix lointaine, mais elle ne parvenait pas à définir ni sa provenance, ni son appartenance, encore moins son sens. Elle sombrait de nouveau dans le néant quand un second coup sous le sternum secoua son corps tout entier. Cette fois, un spasme douloureux lui retourna l'estomac. Un jet d'eau jaillit du plus profond d'elle-même. Gémissant, toussant, elle sentit l'air emplir ses poumons. Avidement, elle se remit à respirer. Elle parvint à ouvrir les yeux quelques secondes, juste le temps de reconnaître le visage de Manu penché sur elle. Elle perçut sa voix chaude empreinte d'une profonde angoisse, sans vraiment comprendre tout ce qu'il disait.

– Respire, allez, fais un effort, ne te laisse pas aller... Léa... Ne te laisse pas aller... S'il te plaît... Ouvre les yeux, regarde-moi !

Au prix d'un immense effort, elle parvint à lui obéir. Il était si beau, les yeux brûlants d'angoisse, les lèvres entrouvertes, le visage mat, constellé de gouttes d'eau...

– C'est bien... Respire profondément... encore !... Ça va aller maintenant !

Elle se mit à trembler de la tête au pied, en proie au froid, à la peur... Elle tenta de se relever mais sans force, laissa retomber sa tête en arrière.

– N'essaie pas de bouger, ordonna-t-il avec douceur.

Ses lèvres se mirent à trembler, une larme s'échappa de ses paupières fermées et roula jusqu'à son oreille.

– N'aies pas peur, c'est fini, murmura-t-il la gorge serrée, en effleurant ses joues de ses lèvres, avec une tendresse infinie. Je suis là, ça va aller maintenant... continua-t-il comme pour se rassurer lui-même. N'essaie pas de bouger, je vais te ramener au bord...

A demi-inconsciente elle se rendit compte que la surface sur laquelle elle était allongée tanguait régulièrement et des vaguelettes venaient caresser son corps : elle était étendue sur la planche de Manu. Elle se demanda fugacement comment il allait pouvoir ramener deux planches en même temps, mais l'épuisement eut raison d'elle. Ce ne fut que quand elle sentit une douce chaleur l'envelopper qu'elle comprit qu'il l'enroulait dans un drap de bain et l'emportait dans ses bras : ils avaient atteint la terre ferme. De nouveaux sa voix douce et profonde la rassura. Se laissant aller contre lui, sentant ses muscles durs l'envelopper, telle une muraille protectrice, elle ferma de nouveau les yeux.

Les heures suivantes, elle eut conscience paradoxalement, de ne pas parvenir à émerger complètement de son état léthargique. Elle dormait profondément par moments, puis des voix lui parvenaient dans une sorte de brouillard, elle sentit qu'on la bougeait, qu'on prenait sa tension... Elle se sentait si épuisée qu'elle était incapable de faire le moindre effort. Même ouvrir les yeux était au-dessus de ses forces.

Elle se retrouva de nouveau sur la plage et avançait inexorablement vers le large. Elle sentait l'eau froide monter en elle au fur et à mesure qu'elle allait de l'avant. Son cœur s'affolait, elle savait qu'elle allait se noyer mais elle ne parvenait pas à s'arrêter de marcher, à faire demi-tour. Une force invisible et implacable la poussait à s'enfoncer dans l'eau contre son gré. Soudain, elle perdit l'équilibre et sombra. Le souffle coupé, elle tentait de remonter à la surface, mais des mains posées sur ses épaules, la maintenaient sous l'eau. Elle se débattit de toutes ses forces, parvint un instant à respirer à la surface. Elle reconnut... Laurent. Il la regardait en souriant et l'enfonçait de nouveau sous l'eau. Elle tenta d'hurler, mais aucun son ne sortit de sa gorge. Suffocant, elle se débattit de plus belle. Mais les poignes d'acier l'empêchaient de bouger.

Peu à peu, parvint jusqu'à son cerveau la voix de Manu. A bout de souffle, elle sentit qu'on la secouait doucement et parvint à ouvrir les yeux tout en aspirant une bouffée d'air. Terrorisée, gémissant, pleurant, elle mit de longues secondes avant de se rendre compte qu'elle était assise dans un lit, tremblant de tous ses membres, blottie dans les bras de Manu qui tentait de la calmer.

– C'est fini, calme-toi, tu ne risques plus rien... Je suis là, chuchotait-il sans cesse à son oreille, en la serrant contre lui. Chut... Respire lentement, c'est fini Léa... Laisse-toi aller, tout va bien...

Comme si elle n'attendait que son assentiment, elle fondit en larmes, sanglotant, le corps secoué de spasmes nerveux. Elle pleura toutes les larmes de son corps, blottie contre lui. Il lui caressait doucement la nuque, la serrait contre lui, mais pas une fois, il ne tenta quoi que ce soit pour la calmer. Peu à peu, les sanglots s'espacèrent. Elle semblait reprendre le dessus.

– Je me suis vue mourir... murmura-t-elle d'une voix à peine audible.

– Je ne t'aurais pas laissé faire, la rassura-t-il sur le même ton, la serrant plus fort contre lui. Tu es hors de danger maintenant... Je suis désolé, Léa ! Je m'en veux tellement...

– Il n'y a aucune raison, tu n'y es pour rien, le contrecarra-t-elle en se reculant légèrement pour le regarder.

– Si ! Bien sûr que je suis responsable ! J'aurais dû t'enlever cette putain de corde, j'aurais dû rester à proximité...

Elle remarqua alors seulement ses traits tirés, son air grave, son regard tendrement inquiet, sa légère pâleur.

– Qu'est-ce qui s'est passé ?

– Un mec en scooter des mers a heurté ta planche. Il allait trop vite et il n'avait manifestement pas la maîtrise de son engin. Il semblait chercher quelque chose à ses pieds. Je ne sais même pas s'il s'est rendu compte de ce qu'il a fait. Le temps que je te récupère, tu avais déjà perdu connaissance.

– Tu essayais de me dire quelque chose quand je me suis tournée vers toi...

– Oui mais avec le vent tu ne pouvais pas m'entendre. Je te disais de plonger avant qu'il ne touche ta planche.

Il la serra longuement contre lui, enfouissant son visage dans sa chevelure. Elle se laissa bercer, sentant la fatigue peser de nouveau sur ses paupières.

– Quand j'ai vu que tu ne remontais pas à la surface, j'ai cru devenir dingue, chuchota-t-il à son oreille d'une voix rauque, la gorge serrée. J'ai mis un temps fou à te réanimer, j'ai même cru un instant que je n'y arriverais pas... J'ai jamais eu aussi peur de ma vie... Ne me refais jamais une peur pareille, souffla-t-il en appuyant ses lèvres sur sa tempe.

– Je te promets que si ça ne tient qu'à moi, je ne le ferai plus, tenta-t-elle de plaisanter... Et comment as-tu fait pour ramener les deux planches ?

– Je t'ai d'abord ramenée avec la mienne, je t'ai déposée sur un lit de camp dans le bungalow et je suis retourné chercher la tienne à la nage : elle n'était pas très loin...

– Manu, quelle heure il est ? Je crois que je meure de faim...

– Tant mieux, sourit-il, c'est bon signe... Il est quatre heures vingt.
– Quatre heures... du matin ? s'étonna-t-elle. J'ai dormi si longtemps ?
– Dormi... si on veut : tu étais plutôt dans les vaps. Reste allongée, je vais t'amener quelque chose à manger, ça t'aidera à reprendre des forces.

Mais Manu n'avait pas fait deux pas qu'elle tenta de se lever. A peine posa-t-elle les pieds par terre, qu'une violente douleur à la cheville lui arracha un gémissement. Tout chavira autour d'elle, le sol se déroba sous ses pieds et elle s'écroula dans les bras de Manu qui s'était précipité. A nouveau, il l'allongea dans le lit.

– Je t'ai dit de ne pas bouger, tête de mule ! Non seulement tu es encore trop faible, mais en plus tu es blessée, la gronda-t-il.
– Pourquoi j'ai l'impression de ne plus avoir de force ? murmura-t-elle en se passant la main sur son front moite.
– Parce que tu n'en as plus : tu as subi un gros choc. Tu es restée longtemps inconsciente. Maintenant, il faut que tu te laisses le temps de récupérer. Tu vas manger un peu et dormir. Demain tu te sentiras déjà mieux.
– Comment ça, je suis blessée ?
– Apparemment tu as dû heurter soit le mat, soit la barre de direction. D'après le toubib, tes côtes ne devraient pas être cassées mais vu l'hématome que tu as, il vaudrait mieux aller passer une radio à l'hôpital. J'ai pu avoir un rendez-vous pour mercredi matin. Quant à ta cheville, elle a été brûlée et entaillée par la corde. Tu as même une petite entorse. Tu as tellement tiré dessus pour essayer de te libérer... Maintenant reste tranquille jusqu'à ce que je te ramène un plateau, O.K. ?

Cette fois, elle ne protesta pas, elle se sentait trop lasse. Elle n'était pas loin de s'endormir quand il réapparut avec un solide encas. Malgré la fatigue, elle engloutit pratiquement tout ce qu'il avait apporté. Elle en fut la première étonnée. Elle dut s'avouer qu'elle se sentait déjà mieux le ventre plein. Manu s'allongea sur le lit près d'elle. Elle s'endormit dans ses bras, collée contre lui.

Manu, lui, peina à s'endormir. Les évènements de la veille tournaient en boucle dans sa tête et puis dans son cauchemar, c'est *Laurent* qu'elle avait appelé... pas lui !

Chapitre 13

Ce furent des bruits de voix qui la réveillèrent. Manu n'était plus près d'elle. Reconnaissant la voix d'Aline, elle se garda bien de broncher. La porte étant entrouverte, elle pouvait suivre la conversation.

– Et elle est là ? Elle dort encore ? questionnait la voix inquiète d'Aline. Qu'est-ce qui s'est passé au juste ?

– Un accident vraiment con... commença Manu.

– Un accident, c'est toujours con ! corrigea Max.

– *Décidément, tout le monde est là,* pensa Léa, vaguement contrariée.

Manu dût donner tous les détails sur ce qui s'était passé la veille.

– Et le mec en scooter, il s'est barré ? s'écria Max.

– Il ne s'est même pas arrêté, ironisa Manu. Je me demande même s'il s'est rendu compte de ce qu'il a fait...

– Il faudrait porter plainte, conseilla Fred.

– Tu parles, soupira Aline, porter plainte contre qui ? Va le retrouver, maintenant, le mec ! C'est certainement un touriste qui a loué un scooter pour une heure ou deux... Ça va servir à quoi ?

– Fred a raison, reprit Max. Il faut qu'elle porte plainte contre X au cas où il y ait des conséquences sur sa santé, pour les assurances.

– Et tu ne l'as pas emmenée à l'hôpital ? s'étonna Fred.

– Si elle n'avait pas repris connaissance, je l'aurais fait, se justifia Manu, mais comme elle est revenue à elle, il n'y avait plus grand chose à faire sinon attendre qu'elle récupère. C'est pas la première fois que j'ai affaire à un noyé... J'ai quand même fait venir un toubib en arrivant ici.

– Et qu'est-ce qu'il a dit ? interrogea Aline.

– Que j'avais fait ce qu'il fallait, qu'elle était hors de danger et qu'il n'y avait plus qu'à attendre qu'elle émerge. Il m'a demandé de le rappeler si ce matin elle avait été encore dans les vaps. Mais elle a repris connaissance vers quatre heures et demi, expliqua Manu en se passant la main sur le visage, l'air exténué.

– Tu n'as pas dormi depuis hier, n'est-ce pas ? murmura Aline sur un ton condescendant. Tu es resté tout le temps près d'elle ? Tu as dû vraiment avoir les boules, hein ?

C'était plus une affirmation qu'une question. Il resta un moment silencieux, mais son visage fermé, ses yeux brillants et ses mains qui tremblaient légèrement quand il alluma une cigarette, parlaient pour lui.

– J'ai cru que je n'arriverais pas à la ramener, murmura-t-il enfin, d'une voix à peine audible dans laquelle perçait une profonde émotion. Je n'arrivais pas à la réanimer... Je la sentais partir...

– Elle est restée longtemps sous l'eau ? demanda Max.

– Pas énormément...

– C'est quand même bizarre, c'est une bonne nageuse et d'habitude, elle n'est pas mauvaise en apnée, remarqua Aline.

– En fait elle a heurté le mât, je pense. Elle a un énorme hématome sur les côtes, expliqua Manu. A mon avis, ça lui a coupé le souffle... En plus elle s'est entravée dans la corde et elle n'a pas pu se libérer... Le pire, c'est qu'elle serait remontée à la surface du côté de la voile, elle aurait eu assez de champ pour atteindre la surface, mais elle est remontée de l'autre côté et il manquait quelques centimètres.

– Pourquoi elle est remontée de l'autre côté ? questionna Fred.

– Par réflexe... Et en général, c'est ce qu'il faut faire pour ne pas rester piéger sous la voile.

– Bon ! T'as évité le pire. Demain, ce ne sera plus qu'un mauvais souvenir. Il faut arrêter de se traumatiser, décida Aline. Je reste près d'elle. Toi, tu devrais aller dormir un moment, lança-t-elle à Manu.

– Si seulement j'avais enlevé cette putain de corde, murmura encore Manu, comme pour lui-même.

– Si seulement vous étiez allés manger une glace, ça ne serait pas arrivé non plus ! Avec des si, on refait le monde, coupa Max. Aline a raison : l'essentiel, c'est que tu as fait ce qu'il fallait et que tu as évité le pire.

Aline passa la tête par l'entrebâillement de la porte. Léa se tourna vers elle, le visage encore endormi.

– Tu es réveillée ? Comment tu te sens ? questionna-t-elle en fermant la porte derrière elle.

– Ça va... J'ai l'impression d'être passée sous un rouleau compresseur, se força à sourire Léa.

– En tout cas, tu nous as foutu une belle trouille, tu sais ?

– J'en ai eu pour mon compte aussi, merci !...Qui vous a prévenu ?

– Ça m'a étonnée de ne pas te voir débarquer ce matin. J'ai essayé de téléphoner mais ça ne répondait pas. J'ai pensé que vous aviez fait une petite escapade. Et puis j'ai rencontré un collègue de Manu sur la plage en fin d'après-midi. Il m'a dit que Manu ne travaillait pas aujourd'hui. Il avait vaguement entendu parler d'un accident. J'ai essayé d'appeler ici de nouveau, mais Manu avait débranché le téléphone pour ne pas qu'on te dérange... Alors j'ai appelé Max qui est venu voir ce qui se passait et qui m'a appelée il y a une heure.
– Mais quelle heure il est, alors ? s'inquiéta soudain Léa, les sourcils froncés.
– Pas loin de sept heures du soir…
– Dix-neuf heures ? C'est pas vrai. J'ai dormi toute la journée.
– Apparemment tu en avais besoin. Il n'y a que comme ça que tu pouvais récupérer.

Avec précaution Léa tenta de se lever. Elle grimaça de douleur en s'extirpant du lit. Elle était simplement vêtue de sa culotte et d'un tee-shirt appartenant sûrement à Manu car il lui allait trois fois trop grand. Le soulevant, Léa jeta un coup d'œil à son flanc endolori. Un énorme hématome virait au violet foncé : il s'étendait de sa taille jusqu'au dessous de son sein. Montrant en même temps sa cheville blessée, Léa serra les dents. Aline ne put retenir une exclamation de stupeur.

– Eh ben ma vieille, tu t'es bien amochée... Tu ne devrais pas te lever. Tu ne peux pas marcher avec une cheville comme ça.
– Je n'ai pas le choix. Je ne vais pas rester au lit toute la semaine. Ça fait déjà bientôt vingt-quatre heures que je suis allongée... Tu ne voudrais pas demander à Manu où il a mis mes vêtements, s'il te plaît ?

A peine Aline fut sortie, que Manu entrait.
– Tu ne vas pas te lever ? commença-t-il.
– Si ! Je ne vais pas passer ma vie au lit... Ou pas pour ces raisons-là, sourit-elle.
– Léa, t'as une cheville en miettes et à peine la force de tenir debout...

Comme elle ne l'écoutait pas et qu'il n'avait pas le courage de se battre contre elle pour le moment, il abdiqua, lui ramena son jean et son tee-shirt. Il tenait également à la main, une trousse de secours.
– Donne-moi ta cheville, tu ne peux pas rester comme ça.

Il entreprit de lui bander la cheville serrée à l'aide d'une bande strap. A plusieurs reprises, elle se mordit les lèvres pour ne pas se plaindre, mais Manu n'était pas dupe.
– Je fais le plus doucement possible, l'assura-t-il. Je suis vraiment désolé, mais je ne peux pas faire autrement. Tu vois ? Tu ne devrais pas te lever.
– Ça va aller, ce n'est pas la mer à boire, sourit-elle, c'est le cas de le dire !
– Il y a des fois où ton humour me dépasse, ronchonna Manu. Tu m'as fait passer les pires vingt-quatre heures de ma vie : il n'y a pas de quoi en rire !

Elle se pendit à son cou et déposa un baiser sur ses lèvres.
– Je ne regrette pas ce qui s'est passé, tu sais ?
– Vraiment ? s'étonna-t-il, les yeux écarquillés.
– Comme ça, je suis sûre que tu ne m'oublieras pas si facilement : je vais te laisser un souvenir inoubliable, le charria-t-elle.
– Sincèrement, ce n'est pas ce souvenir-là que je garderai... grogna-t-il en feignant de se mettre en colère.

Leurs regards se croisèrent et s'accrochèrent. Le sourire de Léa s'effaça. Elle lisait une profonde détresse, une grande angoisse dans les yeux cernés de fatigue de Manu. Pour une fois elle eut envie de le consoler, de faire disparaître cette souffrance de son regard. Un sentiment à la limite du maternalisme s'empara d'elle. Ils s'enlacèrent et Léa enfouit son visage au creux de son épaule. Ils restèrent immobiles comme ça, pendant de longues minutes. Puis avec douceur, il s'éloigna d'elle, juste assez pour s'emparer de ses lèvres et l'embrasser avec une tendresse infinie, comme il ne l'avait encore jamais fait.

Une fois rassurés, Aline, Fred et Max prirent congés, leurs deux hôtes n'étant pas dans la meilleure des formes.

– Tu travailles demain, Manu ? questionna Aline.

– Bien sûr. Je ne peux pas me permettre de prendre plus de jours, confirma ce dernier.

– Donc tu laisses Léa ici demain matin, reprit Aline. Tu passeras la prendre à midi et vous viendrez déjeuner avec nous, c'est O.K. ?

– Justement, est-ce que tu peux l'emmener au CHU demain matin pour 10 heures ? Il faut qu'elle passe une radio pour ses côtes...

– Laisse-tomber, coupa Léa. J'aurais plus mal que ça si c'était cassé, je n'en ai pas besoin...

– Tu y vas ! J'ai pris rendez-vous, ordonna Manu.

– Ne t'inquiète pas, elle ira de gré ou de force, lança Aline. Et de force, je ne pense pas avoir trop de mal... On en profitera pour aller porter plainte...

Léa vit le visage de Manu se fermer et se détourner...

– En attendant, tu devrais te reposer, reprit Max gentiment moqueur, à Léa en lui effleurant la joue tendrement. Tu as une tête de noyée !

– Tu te trouves drôle ? s'écria Manu agressif, agacé aussi bien par ses paroles que par son geste.

Max s'éclipsa rapidement en riant. Léa sourit, elle aussi, du sarcasme.

– Toi aussi tu trouves ça marrant ? gronda de nouveau Manu.

Léa se contenta d'attraper son visage par le menton, le tirer vers elle et y déposer un baiser sonore. L'air encore un peu fâché, il ne put réprimer un sourire. Elle avait le don de l'énerver autant que de le calmer. Pour se faire pardonner, il prépara un copieux dîner qu'ils prirent sur la terrasse de l'appartement.

– Manu, si je porte plainte demain, qu'est-ce qu'il risque de se passer pour toi ? s'enquit-elle soudain.

– Pour moi ? Qu'est-ce que tu veux dire ?

– Ben... Au niveau de ton boulot, ça peut poser problème, non ? Les planches appartiennent à la municipalité... ? D'ailleurs la mienne a été abîmée ?

– Non, elle n'était pas neuve de toute façon... J'ai le droit de me servir du matos pour moi... Mais pour toi, c'est vrai que tu n'es pas assurée pour t'en servir... En cas de plainte, la ville peut se retourner contre moi... Mais c'est pas ça l'important, il faut que tu le fasses pour te protéger...

– Non, je ne porterai pas plainte. Je ne veux pas te porter préjudice.

– Tu devrais pourtant... Imagine que tu aies des côtes cassées...

– Stop, ce n'est pas la peine de revenir là-dessus. Je ne porterai pas plainte. Fin de la conversation !

Manu ronchonna dans sa barbe, mais il savait d'avance qu'il était inutile de la contrarier pour l'instant : elle était trop butée.

Tous deux se couchèrent tôt, ils tombaient de fatigue. Mais lorsque Léa se glissa au creux de ses bras, il ne put rester longtemps insensible à la chaleur de son corps collé au sien. De petits baisers en caresses, leurs corps s'unirent le plus naturellement du monde. Il sembla cependant à Léa, que quelque chose avait changé. Il ne s'agissait plus seulement de sexe, de passion... Il lui fit l'amour avec une douceur et une tendresse toutes nouvelles. Son seul but semblait être de la satisfaire, elle, en tentant d'éviter de heurter son corps blessé et de la faire souffrir physiquement. Tous deux cherchaient à ne plus faire qu'un, à s'unir dans tous les sens du terme. Échoués dans les bras l'un de l'autre, ils continuèrent à se caresser doucement, longtemps après que le plaisir les eut terrassés. Le visage enfoui dans la longue chevelure de Léa, ses lèvres musardant dans son cou, Manu murmura alors :

– Léa, si tu savais comme... Je crois que...

Le cœur de la jeune fille bondit dans sa poitrine. Elle posa vivement sa main sur ses lèvres pour le faire taire. Ce qu'il allait dire était trop important pour elle. Elle ne voulait pas qu'il le dise à la légère, qu'il le dise sur un coup de tête, uniquement parce qu'il avait eu peur pour elle, parce qu'ils venaient de faire l'amour.

– Ne gâche pas tout, je t'en supplie, chuchota-t-elle à son oreille. Ne complique pas les choses, c'est déjà assez difficile comme ça !

Il la fixa longuement, comme s'il voulait lui faire comprendre quelque chose sans les mots, puis il finit par détourner le regard. Il se laissa tomber sur le dos et ferma les yeux. Aurait-elle réagi comme ça s'il s'était agi de son fameux *Laurent* à sa place ? Il en doutait... Elle crut qu'il s'était endormi. Alors à son tour, elle se laissa sombrer dans les bras de Morphée. Une larme roula sur ses joues. Elle s'endormit en pensant que bientôt elle partirait... C'était à son futur départ qu'elle faisait allusion quand elle disait que c'était déjà suffisamment difficile. Autant ne pas mêler les sentiments à leur aventure. Il ne lui demanderait pas de rester, elle en était certaine...

Elle dormait profondément quand Manu la réveilla en douceur, le lendemain matin. Elle se sentait tellement mieux qu'elle faillit en oublier sa cheville blessée.

– Ne te baigne pas aujourd'hui, lui conseilla-t-il.

– Pourquoi ? Tu as peur que je me noie ? sourit-elle. Je t'avais dit que le jour où je me noierais vraiment, tu ne ferais pas le mariole !

– Je t'ai déjà dit que j'avais du mal à apprécier ton sens de l'humour des fois ? plaisanta-t-il à son tour. Je te conseille ça, parce que tu risques de la sentir passer si tu trempes ta plaie dans l'eau de mer. Maintenant, si tu veux essayer, c'est à tes risques et périls !

– S'il n'y avait que ça qui soit à mes risques et périls, murmura-t-elle de façon volontairement inaudible alors qu'il sortait de la chambre. Tout ce que je vis avec toi est à mes risques et périls.

– Pardon ? Qu'est-ce que tu as dit ? l'interrogea-t-il en se retournant vivement.

Elle crut un instant qu'il l'avait entendue, mais dans le doute, elle bluffa.

– Des bêtises comme d'habitude, sourit-elle faussement nonchalante.

Il la fixa intensément quelques secondes, puis se détourna. Elle avait eu l'impression fugace qu'il avait envie de lui dire quelque chose, mais il s'était ravisé... Ou peut-être était-ce son imagination ?

Quand il la déposa chez Aline, celle-ci l'attendait déjà sur la terrasse.

– Un café ? Comment tu te sens ?

— Mieux, merci. On n'en parlera bientôt plus, sourit Léa.

— Ta mère a appelé hier soir pour avoir des nouvelles. Je lui ai juste dit que tu étais sortie et que tu la rappellerais plus tard. Je n'ai pas osé lui parler de ce qui s'est passé.

— Tu as bien fait ! Je préfère qu'ils n'en sachent rien, remercia Léa en poussant un petit soupir de soulagement. Tu ne lui as pas parlé de Manu non plus, j'espère ?

— Non... Quoiqu'elle m'ait demandé si tu étais sortie seule, se mit à rire Aline. Alors je lui ai dit que tu étais partie avec plusieurs copains et que j'allais te rejoindre. Elle a paru presque déçue...

— Tu parles ! Ça fait un an qu'elle veut me caser. Si elle sait que j'ai une aventure ici, elle ne comprendra jamais que je rentre.

— Et si tu ne rentrais pas finalement ? Tu sais, je n'ai jamais vu Manu dans cet état...

— Arrête Aline ! Ne recommence pas s'il te plaît. Je sais qu'il a vraiment eu peur... d'autant plus que je serais morte, il se serait trouvé dans une sacrée merde au niveau de son boulot. Il se sent responsable de ce qui s'est passé. Mais que ce soit arrivé à moi ou à n'importe quelle autre gonzesse, l'effet aurait été le même.

— Non ! Je connais beaucoup mieux Manu que tu ne le penses... Mais je suppose que ça ne sert à rien que j'essaie de te convaincre, ronchonna Aline. Qu'est-ce qu'il dit quand vous parlez d'avenir ?

— On n'en parle pas du tout, on n'a jamais abordé le sujet. Nous savons tous les deux que dans dix jours maximum, je rentre chez moi, lança Léa agacée.

— Ouais, grogna Aline, disons qu'il a encore une dizaine de jours pour te convaincre...

— Aline, il n'essaie même pas !

– D'accord ! Alors disons que tu es en train de battre un record, tout simplement. Quand il a passé trois semaines avec une nana, la troisième semaine, il commençait déjà à ne plus la supporter... Toi, t'as dépassé les trois semaines et tu n'en es même pas encore là.

– Mais si, ça commence, plaisanta Léa. Il m'a déjà traitée de tête de mule et il m'a avoué ne plus supporter mon sens de l'humour !

– Et je ne l'en blâme pas, sourit Aline en servant le café. Je voulais aller faire des courses, ce matin. Tu m'attendras là et je viens te reprendre pour aller au CHU.

– Et puis quoi encore ? Je viens avec toi. On ne va pas faire trente-six voyages. Tu me déposes, tu vas faire tes courses et tu reviens me chercher après. Ça te va ?

– Tu me promets que si je te laisse là-bas toute seule, tu vas vraiment prendre tes radios ? la soupçonna Aline en fronçant les sourcils.

– Oui, je te le promets, se mit à rire Léa. Je croirais entendre ma mère. Je n'ai plus dix ans. Je suis persuadée que je n'ai rien mais je serai aussi rassurée que vous quand j'aurai passé ces radios.

Aline acquiesça en faisant une moue dubitative. Léa tenta ensuite d'appeler sa mère, mais ce fut Mathilde, sa sœur aînée, qui répondit.

– Alors, comme ça, on ne donne plus de nouvelles ? Et on n'est jamais à la maison ? Plutôt chargées tes vacances, non ? Tu vas rentrer plus crevée que tu es partie. D'ailleurs tu rentres quand ?

– Laisse-moi le temps de répondre avant de me poser dix autres questions, se mit à rire Léa. Je ne sais pas encore quand je vais rentrer : le plus tard possible d'ailleurs, je suis trop bien ici.

– Tu as rencontré quelqu'un ? Ne me dis pas non, au-moins pour les vacances ? s'amusa Mathilde.

– Disons pour les vacances, je me débrouille, t'inquiète, mais rien de sérieux, ne fais pas de plan sur la comète...

– Ça, ma vieille, ça peut te tomber dessus quand tu t'y attendras le moins, s'amusa Mathilde.

– Bref ! Et ton bout de chou ? Elle va bien ? éluda Léa.

– Super bien ! Comment il est ? Allez, décris-le moi, insistait Mathilde.

– Lequel ? Le dernier en date ? plaisanta-t-elle. Alors d'après Aline, c'est un mélange de Brad Pitt, Chris Hemsworth et Hugh Jackman, tu vois l'genre ? pouffa-t-elle de rire en faisant un clin d'œil à Aline qui souriait.

– Ah ! Et tu ne l'as toujours pas épousé ? rétorqua sa sœur. Si c'est le genre gravure de mode à la "*Laurent*", tu devrais en effet, laisser tomber à la fin des vacances.

– Si tu veux une autre comparaison, Laurent semblerait inexistant à côté de Manu. Et justement, ce n'est pas le genre de mec à se faire épouser, encore moins par une fille comme moi, soupira Léa. Je m'estime déjà heureuse d'avoir la chance d'en profiter quelques jours. Alors Basta ! Changeons de sujet. Tes vacances se sont bien passées ? Quand est-ce que Jeff reprend le boulot ?

– Il a repris lundi, déjà. Les vacances ont été géniales. Il a fait très chaud, on s'est vraiment amusés. On est partis avec Franck et Bibi. Les gosses ont été supers. Bref, tout va bien.

– Et Chloé et les parents ?

– Les parents vont bien, Chloé réclame sa tata. Elle s'est éclatée et elle sait presque nager toute seule.

– Elle me manque beaucoup.

– Ah ! Elle m'a demandé quand est-ce qu'il y aura un bébé dans le ventre de tata Léa. Et elle a dit qu'elle veut un garçon parce que si tu fais une fille, elle risque de lui piquer ses poupées.

– Je l'adore. Dis-lui qu'elle aura une chance d'avoir un cousin dans les quinze ans qui viennent. Embrasse-là pour moi.

Comme cela était prévu, Léa se rendit au Centre Hospitalier. Le radiologue lui confirma après examen, qu'il n'y avait aucune fracture. Elle put ainsi rassurer Manu dés l'arrivée de ce dernier au repas de midi. Il ne fit aucun commentaire et pourtant, son soulagement sauta aux yeux de tout le monde.

Chapitre 14

Manu et Léa ne sortirent pas ce soir-là, ni le jeudi et vendredi soir suivants, afin de ménager la cheville de Léa : c'était la version officielle. Les amis de Manu ne l'auraient pas cru de toute façon, s'il leur avait dit qu'il n'avait envie ni de sortir, ni de faire la fête, mais voulait rester tranquille chez lui avec sa petite-amie. En réalité, tous deux souhaitaient éviter de se mêler à la foule des touristes. Ils appréciaient de se retrouver tous les deux sur le balcon, confortablement installés dans des fauteuils, quand la nuit apportait un peu de fraîcheur. Ils discutaient de tout et de rien, plaisantaient ou restaient silencieux. Ils découvraient des plaisirs simples tels qu'échanger des idées, se moquer l'un de l'autre… et des autres aussi, piquer des fou-rires sans raison valable. C'était des petits moments à part, comme intemporels, qui étaient si précieux pour Léa. Elle les calait bien au chaud au fond de son cerveau, petits morceaux de bonheur : ils lui serviraient quand elle passerait l'hiver toute seule, au froid, là-haut…

Le samedi soir ils retrouvèrent Max, Claudia, Joël, Mélanie, Eric, Aline et Fred sur le port, dans un petit restaurant dans lequel les tables étaient installées à moins d'un mètre de l'eau, spécialisé dans la cuisine locale et les fruits de mer.

Claudia et Joël s'enquirent de la santé de Léa. Eric y fit rapidement allusion, mais Mélanie n'en pipa mot. Dans le fond, c'était aussi bien, Léa n'avait pas envie de parler de ce qui s'était passé, en tout cas pas avec elle.

Après le repas, plutôt gai et enjoué, ils se rendirent de nouveau dans le parc d'attraction dans lequel ils s'étaient déjà rendus une fois. Il se trouvait à moins d'un kilomètre du restaurant. De nouveau Léa musarda avec Aline et Claudia dans les stands de vêtements. Quelle ne fut pas sa surprise quand Manu les rejoignit, tenant à la main la fameuse jupe qui l'avait tant fait craquer quelques semaines plus tôt. Jamais elle n'aurait cru qu'il s'en souviendrait, encore moins qu'il retrouverait le bon modèle et la bonne taille. En connaissant le prix, Léa voulut d'abord refuser mais il ne lui en laissa ni le temps, ni l'opportunité. Elle ne put que se pendre à son cou et l'embrasser passionnément pour le remercier. Cette attention la toucha plus qu'elle ne voulait bien se l'avouer.

Max continuait à plaisanter avec Léa, la charriant à tort et à travers, se moquant gentiment ou au contraire, pratiquant son sport préféré : l'humour noir. Manu ne pipait mot, mais son attitude se modifia peu à peu au cours de la soirée. Il devint plus distant, plus froid, plus réservé. Léa, prise dans l'ambiance, ne s'en rendit pas compte tout de suite. Manu ne s'opposa pas à la volonté de la majorité de finir la soirée en boite de nuit. Involontairement, entre deux danses, deux parties de fou-rire, ce fut Mélanie qui mit la puce à l'oreille de Léa.

– Je suis contente que ta cheville ne te fasse plus souffrir, lança-t-elle volontairement blessante. Comme quoi, Manu se fait bien du souci pour pas grand-chose !

– C'est ce que je n'arrête pas de lui répéter, se moqua Léa feignant l'insouciance.

Mais d'instinct, elle le chercha du regard. La boite était bondée et sombre, du coup il n'était pas facile de repérer quelqu'un visuellement. Aussi partit-elle à sa recherche. Elle le trouva au bar.

– Qu'est-ce que tu fais là ? Je te cherchais partout, lui lança-t-elle.

– Vraiment ? Pas depuis très longtemps, alors ! ironisa-t-il sur un ton sec à la limite de l'agressivité.

– Qu'est-ce qui se passe ? Qu'est-ce que tu as ? s'étonna-t-elle.

– Je rentre ! Tu viens avec moi ou tu restes ?

Elle n'avait visiblement pas vraiment le choix. Si elle voulait une explication, elle n'avait d'autre alternative que le suivre. En passant, elle eut juste le temps de prévenir Aline de leur départ précipité. Jusqu'à l'appartement, il resta silencieux. Du coup, dès que la porte se referma sur eux, Léa l'attaqua.

– Je peux savoir ce qui ne va pas ?

– Mais tout va pour le mieux, ma chérie, ironisa-t-il. Je ne voulais pas te déranger, c'est tout ! Tu aurais pu rester là-bas plus longtemps si tu avais voulu. Je suis content que ta cheville aille mieux et Max aussi d'ailleurs !

– Attends ! s'écria-t-elle. Qu'est-ce que tu me fais là ? Une crise de jalousie ?

– Tu sais bien qu'il n'y a que du sexe entre nous. La jalousie, c'est quand il y a des sentiments ! railla-t-il volontairement blessant. Disons plutôt que c'est de l'amour propre : je n'aime pas qu'on se moque de moi !... Je n'apprécie pas ce que tu es en train de faire.

Max est un ami depuis des années. Ça t'amuse peut-être de semer la zizanie entre nous, mais je ne trouve pas ça marrant, moi !

Sa tirade fit l'effet d'une gifle à Léa. Le souffle court, elle le fixait sans pouvoir répondre. Elle aurait dû s'attendre à ce qu'un jour, il lui énonce ce genre de vérité à propos de la nature de leur relation. Or, à présent, elle lui faisait tellement mal, cette vérité, qu'elle se sentait incapable d'ouvrir la bouche sans se mettre à pleurer. Paradoxalement, le fait qu'il soit jaloux de Max l'aurait presque fait rire dans d'autres circonstances. Se mordant la lèvre, elle fit simplement demi-tour et se réfugia dans la chambre. Heureusement qu'elle n'avait pas emmené toutes ses affaires et qu'une partie était restée chez Aline. Elle récupéra son sac de sport et commençait à y jeter pêle-mêle ses affaires, au fur et à mesure qu'elle mettait la main dessus, quand il la rejoignit.

– Qu'est-ce que tu fais ? Tu te casses ? Tu ne cherches même pas à te défendre ? s'étonna-t-il.

– C'est ce que tu veux ? Que je me défende ? Qu'on s'engueule ? Je suis en vacances, je n'ai pas envie de me battre, je ne suis pas venue pour ça, murmura-t-elle. En plus, j'ai passé l'âge de m'excuser à tort et à travers. Je n'ai pas à me justifier. Je ne suis pas *Sophie*, ni une de tes petites amies prête à se pâmer à tes pieds pour un sourire ! (Au fur et à mesure qu'elle parlait, sa voix s'affermissait et la colère prenait le pas sur la douleur). Je ne te pensais pas si macho. Je n'ai pas l'intention de porter le voile, ni de m'enfermer et m'interdire de m'amuser... Ce qui me vexe le plus, tu vois, ce n'est pas ce que tu penses de moi, c'est ce que tu penses de Max. Tu n'as pas confiance en un de tes meilleurs amis : je trouve ça lamentable !

– C'est parce que c'est un de mes meilleurs amis que ça me fait chier que tu l'allumes et que tu piétines ses sentiments, parce qu'il en a lui ! gronda-t-il.

– Des sentiments ? Parce que tu sais ce que c'est, toi, les sentiments ? Toi qui passe de gonzesse en gonzesse ? T'es tellement égocentrique qu'en fait, tu n'as rien compris !

Elle jetait à présent ses affaires avec rage dans son sac, les joues rouges de colère, au bord des larmes, la gorge si serrée qu'elle peinait à respirer.

– Tu peux t'arrêter et m'écouter une seconde ? fulmina-t-il.

Mais elle ne l'écoutait plus. Fermant rageusement la fermeture éclair de son sac, elle s'empara des poignées et se précipita dans le couloir avant qu'il n'ait eu le temps de la retenir.

– Tu ne veux plus de moi ? Tu veux du renouveau ?

– Est-ce que j'ai dit ça ?

– Pas besoin de te trouver des excuses à la con et te servir de tes potes pour me virer ! Tu me le dis et je pars ! C'est aussi simple que ça...

– Léa, écoute-moi ! rugit-il en tentant de la retenir par le bras.

Elle tenta d'échapper à sa poigne de fer. D'un brusque coup de coude auquel il ne s'attendait pas, elle le fit lâcher. Mais son geste mal contrôlé la déséquilibra. Elle heurta violemment du flanc la commode de l'entrée, brutalisant une seconde fois ses côtes déjà mal en point. Manu avait mal anticipé son geste et tenté de la retenir avec quelques centièmes de secondes de retard. Sous le coup de la douleur, le souffle coupé, elle devint blanche comme un linge et se laissa glisser sur le sol, pliée en deux, les bras serrés sur ses côtes. Manu réagit au quart de tour. L'enlevant dans ses bras, il l'allongea sur le canapé et disparut l'espace d'un instant, dans la salle de bain. Il réapparut avec à la main, une bombe aérosol. Il pulvérisa le produit glacé sur son hématome. Le froid du produit augmenta la douleur. Dans un gémissement, elle tenta de lui enlever la main, mais il esquiva.

– Laisse-moi faire, dans deux secondes tu auras moins mal... Là, ça ne va pas mieux ?

– Si, c'est efficace, dut-elle reconnaître, alors que la douleur refluait déjà.

Reprenant son souffle, elle ferma les yeux et laissa tomber sa tête en arrière.

– T'es calmée ? Tu m'aurais écouté au lieu de t'énerver comme ça, commença-t-il.

– C'est moi qui m'énerve ? s'écria-t-elle. Tu as fait la gueule toute la soirée, tu me fais la vie en arrivant ici, et c'est moi qui m'énerve ?

– O.K. ! J'ai peut-être eu tort... Mais tu m'as gonflé toute la soirée et il arrive un moment où je ne me maîtrise plus, tenta-t-il de se justifier. Et pourtant, je te jure que je fais des efforts... Je n'ai pas envie de te retrouver dans le lit d'un de mes potes.

– Alors là, je te rassure tout de suite : si j'avais eu envie de le faire, je ne me serais pas gênée. Je l'aurais fait depuis longtemps ! Tu n'as aucun droit de me dire quoi que ce soit parce que je suis majeure, célibataire et que, comme tu le dis, il n'y a que du sexe entre nous ! Alors tu n'as aucun droit de me dicter ma conduite !

– Tu as tout à fait raison, railla-t-il. Je suis complètement rassuré... Mais au lieu de me faire ton speech sur le fait que je te vire, tu ferais mieux de m'écouter, parce que j'en ai autant à ton service ! s'énerva-t-il à son tour. Si *tu* en as marre de moi, *tu* te casses, *tu* me vires et ensuite seulement, *tu* te tapes mes potes, mais *tu* le fais dans l'ordre, gronda-t-il en insistant sur les "*tu*"...

– Je n'en veux pas de tes copains ! s'écria-t-elle. Tu as compris ça ? Je m'en fous complètement. Maintenant je suis fatiguée, alors je vais aller me coucher.

– Où ? Et comment ?

– Je vais dormir chez Aline et je vais prendre un taxi, rétorqua-t-elle en se relevant.

La devançant, il ferma la porte d'entrée à clé, mit celle-ci dans la poche de son jean et se tourna vers elle.

– Il parait que la nuit porte conseil, alors soit tu vas te coucher, soit je te jette de nouveau sur la commode, ronchonna-t-il.

Ne s'attendant pas à ce genre de remarque, Léa resta d'abord interdite, puis éclata de rire nerveusement. Enfin, se reprenant, elle le toisa du regard et l'interpella posément.

– Tu me fais chier, Manu !

– Eh bien tu vois que nos relations évoluent, ironisa-t-il. Je te fais faire autre chose que grimper aux rideaux. Bonne nuit !

Il l'attrapa par le bras, la poussa vers la chambre à coucher, lui lança son sac de sport et claqua la porte derrière elle. Quant à lui, il s'allongea sur le canapé. Restée seule, Léa enragea plus contre elle-même que contre lui, d'ailleurs. Elle se sentait vexée : il la rendait à la fois folle de rage et folle de lui. Il parvenait même à la faire rire dans les pires moments. C'était rageant, non ? Elle ne pouvait se douter qu'il pensait la même chose d'elle de l'autre côté de la cloison.

Et d'un coup, la colère reprit le dessus. Il se prenait pour qui pour l'enfermer comme ça ? Elle se faisait l'effet d'une petite fille qui venait de se faire gronder et punir. Elle ouvrit la porte à toute volée.

– Tu ne t'attends tout de même pas à ce que je t'obéisse au doigt et à l'œil, n'est-ce pas ? rugit-elle.

– Tu l'as fait au-moins pendant cinq bonnes minutes. C'est un bon début, se moqua-t-il. En plus, je ne suis pas censé non plus supporter tes sarcasmes.

– Premièrement, tu n'avais qu'à me laisser partir, deuxièmement, d'une façon comme d'une autre, tu n'as plus longtemps à les supporter : mes vacances sont bientôt finies.

– Génial ! Tu pars quand ?

– Au plus tard dans une semaine...

– C'est super ! Tu vas pouvoir refermer l'album photo et raconter tes aventures estivales à tes copines. Et moi, je deviens quoi là-dedans, un prénom sur une carte postale ? lança-t-il sèchement.

– Pourquoi ? Tu vas m'en envoyer une ? railla-t-elle, volontairement provocatrice. De quoi tu te plains ? Tu vas bientôt être en vacances, toi ! Tu vas pouvoir collectionner plein d'autres petites amies puisque pour une fois, celle en place va se barrer d'elle-même : tu n'auras même pas à la larguer ! Et à ton retour de vacances, tu vas pouvoir, toi aussi, raconter tes aventures sexuelles à tes copains ! ironisa-t-elle, la gorge serrée.

– Tu sais ce que tu es en train de faire ? questionna-t-il d'une voix dans laquelle sa colère sous-jacente perçait peu à peu. Tu es en train de te venger sur moi parce que tu n'as pas pu être heureuse avec l'autre ! Je ne suis pas responsable de ce qui s'est passé. Ce n'est pas de ma faute s'il n'est plus là. Je ne suis pas *lui*, Léa ! Et il avait raison sur un point au-moins : t'es coincée, pas sur le plan sexuel – en tout cas pas avec moi – mais sur le plan relationnel. Tu refuses en bloc tout ce qui peut venir d'un mec et tu passes ton temps à en allumer autant que tu peux ! Si tu crois que ça va te guérir de *ton Laurent*, continue ! Mais arrête d'essayer de me faire culpabiliser. Arrête de dire ou de croire que c'est moi qui bloque notre relation. C'est toi qui joue au play-boy, pas moi. C'est toi qui va te barrer, pas moi !

Léa était restée plantée à l'entrée du salon, stupéfiée par sa crise de colère, sans pouvoir seulement se défendre. Le bruit de la porte d'entrée qui claqua derrière lui, la fit sursauter.

– Eh bien, demande-moi de rester, murmura-t-elle pour elle-même.

Elle se sentait le cœur si lourd. Ce serait plus difficile de partir qu'elle ne le pensait. Il se trompait lourdement sur elle. Laurent n'avait plus la moindre place dans sa vie, Manu avait tout volé. La seule chose qu'elle essayait de faire, c'était de se protéger. Elle ne voulait plus souffrir comme c'était arrivé après le départ de Laurent. Pourtant elle savait d'ores et déjà que c'était trop tard. Pour se protéger, il lui aurait fallu fuir dès les premiers jours. Elle n'allait pas souffrir comme pour Laurent, non ! Ce serait bien pire. Elle n'avait jamais aimé Laurent comme elle aimait Manu. La vérité éclatait dans sa tête comme une bombe. Pourquoi le nier ? A quoi servirait de continuer à se boucher les yeux ? Pour la première fois, elle se demanda ce qui se passerait si, par miracle, il lui demandait de rester. Il lui faudrait démissionner de son job, en trouver un autre ici, quitter sa famille, sa région... Pourquoi pas ? Au contraire, le dépaysement ne lui ferait certainement pas de mal. Elle secoua brusquement la tête, se laissa glisser par terre, s'adossant au mur. Elle ne devait pas perdre de vue le fait qu'il ne faisait toujours que s'amuser avec les filles qui traversaient sa vie. Elle ne devait appréhender leur relation que comme une aventure de vacances, une expérience sexuelle, rien de plus. Et si Aline avait raison, qu'un jour il cherche à se caser, il choisirait une fille qui lui correspondrait mieux : jolie, intelligente, qui ait de la classe, pas une petite brunette au physique banal qui n'avait pour elle qu'un bon point au niveau sexuel... Elle finit par se déshabiller, prit une douche comme pour chasser les mauvaises idées de son esprit. Voilà, leurs relations dataient de trois semaines et elles commençaient à se dégrader ! Elle s'allongea sur le lit, nue. La chaleur était étouffante. Elle entendait le chant des cigales à l'extérieur comme si elles aussi la narguaient et lui disaient : Tu t'en vas bientôt ? Bien fait ! Tu ne nous entendras plus... Elle guettait le moindre bruit de voiture mais il y avait tellement de passage dans la rue, qu'elle n'arrivait pas à reconnaître le vrombissement de la Porsche. Elle finit par sombrer dans le sommeil.

Elle sentit son souffle chaud dans son cou, ses doigts qui l'effleuraient de la nuque à la chute de ses reins, glissaient le long de ses fesses jusqu'au creux de ses cuisses, puis remontant le long de sa colonne vertébrale, provoquant de longs frissons en elle. Elle refusait de se réveiller. Elle voulait rêver encore et encore. Elle voulait qu'il la touche, qu'il la caresse. Dans un état de semi-conscience, elle avait peur de se réveiller seule sur le grand lit, peur de n'avoir que rêvé. Ses mains remontèrent lentement vers ses seins, dont elles titillèrent le mamelon. Puis une main descendit doucement sur son ventre, jouant autour de son nombril. Elle retenait sa respiration, n'osant plus bouger, de peur que ces divines sensations ne disparaissent. Avec douceur, mais fermement, il l'attira plus près de lui et la fit rouler sur le dos. Elle sentit ses lèvres chaudes dans son cou, descendant sur sa poitrine, s'emparant d'un mamelon, le faisant rouler sous sa langue. Un léger frémissement s'échappa des lèvres de Léa. Elle se sentait brûler, se refusant toujours à ouvrir les yeux. Sa langue descendit sur son ventre, ses flancs. Elle se tendait, se cambrait sous ses caresses. Ses muscles, comme doués d'une vie propre, se contractaient sous l'assaut du plaisir. Sa bouche descendit encore, lui coupant le souffle. Sa langue, en s'insinuant en elle, lui arracha un long gémissement de plaisir. Elle planta ses doigts dans son épaisse chevelure, comme pour le retenir contre elle. Le plaisir montait en elle par vagues. Des mots passaient le barrage de ses lèvres, sans suite, sans le moindre sens, elle l'appelait, gémissait, soupirait. Ses caresses devenaient plus lentes, plus précises, plus profondes. Il sentait son corps se cambrer, se crisper sous ses caresses qui devenaient insoutenables. Il l'amena jusqu'à la limite de la jouissance, s'arrêta, recommença. Elle se mit à se tortiller, geindre, à bouger contre lui, mais il prenait un malin plaisir à la faire attendre, la rendre folle de désir. Ses doigts prirent le relais, tandis que ses lèvres remontaient sur son ventre, ses seins, puis sa bouche. Il l'embrassa passionnément. Elle gémissait sous ses caresses, le souffle court, griffant son dos, s'agrippant à lui.

– Qu'est-ce que tu veux, Léa ? Dis-le moi... Dis-moi ce que tu veux... soufflait-il au creux de son oreille, d'une voix rauque.

– Prends-moi, maintenant... J't'en prie, maintenant ! supplia-t-elle, haletante.

– Attends encore un peu, murmura-t-il en approfondissant ses caresses.

Léa sentait le plaisir monter en elle comme jamais. C'était comme si ses mains se démultipliaient, les caresses l'assaillaient de partout à la fois, la rendaient folle.

– Manu... J'en peux plus... Je t'en supplie...

– Tu aimes ça, n'est-ce pas ? Tu aimes ce que je fais...? Viens...Viens, maintenant !

Ces doigts bougèrent plus fort en elle, plus profondément. Léa se sentit partir, agrippée à ses épaules, elle planta ses dents dans son cou, gémissante. Comme une vague qui l'emportait, son corps se tendit d'un spasme, elle enfouit son visage dans son cou pour étouffer son cri et jouit longuement. Sans lui laisser le temps de reprendre son souffle, il prit possession de son corps, remettant le feu en elle. Ses mains s'agrippèrent à ses fesses, la soulevant légèrement, il s'enfonça profondément en elle, échappant un gémissement rauque qui trahit sa propre impatience.

– Manu, supplia-t-elle, la respiration saccadée. Il faut... qu'on parle...

– Tais-toi ! gronda-t-il doucement en bougeant au plus profond de son ventre. Tu ne dis que des bêtises. J'essaie un nouveau mode de communication avec toi. Il n'y a que par là que j'arrive à t'atteindre, souffla-t-il d'une voix éraillée, la respiration hachée... Tu me rends fou... J'ai besoin de toi !

D'un coup de rein, elle le fit basculer sur le dos. Comme galvanisée par ses paroles, le souffle court, elle le chevaucha. Plantant ses yeux dans les siens, elle lui imposa son rythme, de plus en plus fort. Il perdait peu à peu le contrôle de la situation. Elle se délectait de voir peu à peu ses yeux s'assombrir sous les assauts du plaisir, ses lèvres trembler légèrement, ses mains se crisper sur ses hanches, ses muscles se bander et devenir durs comme l'acier. Il retenait sa respiration, se retenait... Le sentant à bout, elle s'agrippa à ses fesses et s'empala violemment sur lui. Ils laissèrent leur plaisir exploser en même temps dans un seul cri. Ils restèrent échoués l'un contre l'autre, luttant pour reprendre leur souffle.

– Tu ne pourras pas te passer de ça longtemps, là-bas, affirma-t-il à voix basse, encore essoufflé, au creux de son oreille.

Elle releva vivement la tête, plantant son regard dans le sien pour vérifier s'il plaisantait ou s'il attendait de sa part une réponse sérieuse. Mais il lui souriait, sûr de lui, de son pouvoir sur elle. Il ne questionnait pas, il affirmait ! Comme pour le lui confirmer, il l'attrapa par les cheveux, l'attira contre lui et prit sauvagement possession de sa bouche, l'embrassant passionnément.

Chapitre 15

Aline les réveilla alors qu'il n'était pas loin de midi.
– On fait un barbecue sur la terrasse avec tout le monde. On participe tous, ça vous dit ?

L'idée leur parut bonne : ils prirent une douche et rejoignirent les autres à la villa de la plage. Ils s'étonnèrent de l'absence de Max.

– Il avait autre chose à faire, précisa Aline. Il nous rejoindra peut-être dans la soirée, et encore ce n'est pas sûr…

– Quel dommage ! s'exclama Léa, volontairement provocatrice, en jetant un coup d'œil éloquent à Manu. On rigole tellement quand il est là !

– Quel dommage, en effet ! rétorqua-t-il en lui souriant franchement.

Seule Aline comprit leurs sous-entendus. Elle connaissait suffisamment Manu pour s'être rendu compte de sa jalousie la veille, se doutant que la fin de soirée avait dû être houleuse. Or, aujourd'hui, ils étaient tous deux souriants, détendus, leur humeur semblait au beau fixe et personne n'aurait pu dire, en observant leur attitude, qu'ils sortaient d'une dispute. Ils donnaient l'image parfaite du jeune couple amoureux. Même Mélanie s'en étonna.

– Tu es en train de battre des records avec Manu, tu le sais ? lança-t-elle innocemment à Léa.

– Apparemment ! C'était trois semaines qu'il fallait battre, non ? Dire que j'entame la quatrième, ironisa Léa qui commençait à être agacée.

– Pourtant je ne te donnais pas l'ombre d'une chance. C'est vrai, physiquement, tu n'es pas... le genre de nana avec laquelle on a l'habitude de le voir, remarqua Mélanie nonchalante, tu n'es pas ce qu'on appelle...

– Un canon ? la coupa Léa qui perdait patience. Ben tu vois ? Il ne faut pas se fier aux apparences. Il y a le physique et le reste !

– Le reste, avec Manu, c'est ce qu'on appelle vulgairement le cul. Tu dois donc être un bon coup, continuait Mélanie sur le même ton. A moins qu'il ne veuille pas se casser la tête à te virer alors qu'il sait que tu pars bientôt...

– Tu as fini de vider ton fiel ? lança posément et calmement Léa. Sinon, finis de le vomir, ça sentira moins mauvais après !

– Ne sois pas si agressive, fit mine de s'étonner Mélanie. A t'entendre, on dirait que tu es amoureuse de lui et que ça te fait mal au ventre de partir. Or tout le monde connaît Manu, toi y compris. Tu sais très bien, depuis le début, qu'il n'y a pas d'avenir pour vous deux, n'est-ce pas ? Tu sais bien que tu n'auras pas fini de tourner le dos que ta remplaçante aura déjà pris ta place dans son lit...

– Tant que ma *remplaçante* ne te ressemble pas, lui répondit Léa en lui adressant un sourire forcé, il risque de continuer à prendre son pied.

– Eh ! Ça vole bas ici ! les coupa Aline qui s'assit entre elles, histoire de s'interposer, lançant un regard glacial à Mélanie. Vous n'avez pas d'autre sujet de conversation ?

– Tu sais, Mélanie, il n'y a que les histoires de cul des autres qui l'intéressent, termina Léa en se levant, et en quittant la table.

Elle rejoignit Manu et se glissa dans ses bras, frottant son dos contre son torse, volontairement provocatrice. Ce dernier passa un bras autour de sa taille, la serrant plus fort contre lui. Dégageant son cou de sa chevelure épaisse, il déposa tendrement un baiser à la base de son cou. Elle sourit en voyant le visage de Mélanie se fermer et se détourner. Elle remarqua également le coup d'œil goguenard d'Aline qui n'avait rien perdu du manège de son amie.

Ils en étaient au dessert lorsque la sonnerie du téléphone retentit. Aline vint bientôt chercher Léa.

– C'est ta maman !

Léa s'empara du téléphone sans fil et s'éloigna de la table.

– Qu'est-ce qui se passe ? questionna Léa un peu inquiète.

– Rien de grave, la rassura sa mère. Seulement, Maître Roussel voulait te joindre. Je n'ai pas voulu lui donner le numéro d'Aline. Je lui ai dit que je ne l'avais pas mais que j'essaierai de te joindre pour te demander de le rappeler.

– Il ne t'a pas dit pourquoi il cherche à me joindre ? s'étonna-t-elle en fronçant les sourcils.

– Vaguement... Tu as pris cinq semaines de vacances, c'est bien ça ?

– Oui, et il était d'accord, répondit Léa dont le cœur commençait à cogner plus fort dans sa poitrine.

– Eh bien... Je crois qu'il voudrait que tu reviennes plus tôt. Enfin, appelle-le : il est chez lui toute la journée, tu verras bien. Il m'a dit que tu avais son numéro personnel...

– Oui, je l'ai, répondit distraitement Léa, l'esprit déjà occupé.

– Ça te poserait un problème de rentrer plus tôt ? tenta de sonder sa mère. En tout cas, tu me tiens au courant, n'est-ce pas ?

– Hum, hum... je te rappellerai !

Tout en parlant, elle s'était éloignée de la terrasse, se mettant à l'abri des regards et des oreilles indiscrètes. Elle sentit que ses vacances touchaient à leur fin et son estomac formait déjà un nœud au fond de son ventre. Son air fermé n'avait pas échappé à Manu qui, lui-même, se montra distrait à l'égard des conversations autour de lui.

Après une profonde inspiration, Léa se résolut à composer le numéro personnel de Maître Roussel. Rien ne servait de faire durer le suspens.

– Léa, je suis désolé de vous déranger pendant vos vacances... Vous vous doutez bien que si je me permets de le faire, c'est uniquement parce que je n'ai pas d'autre choix, commença-t-il d'une voix un peu gênée.

– Je m'en doute, oui ! Qu'est-ce qui se passe de si grave ?

–... Ce n'est pas une très bonne nouvelle... mais je suis obligé d'en passer par là... Voilà, je prends ma retraite dans trois semaines !

– Quoi ?... Mais vous n'en avez jamais parlé ?! Je veux dire... Vous fermez l'office ?

– Pas tout à fait... Un jeune notaire est d'accord pour reprendre l'office pratiquement au pied levé... Le problème, c'est que... Il a déjà une secrétaire dont il ne veut pas se séparer...

– Je vois ! Autrement dit, je suis au chômage dans trois semaines ? murmura Léa qui ne savait si elle devait s'en inquiéter ou s'en réjouir.

– Je suis vraiment désolé, Léa... mais je vous assure que je n'ai pas le choix...

– Pourquoi une décision si hâtive ?

– Lise est malade... gravement malade... Je ne suis pas sûr qu'elle s'en sorte. Je veux me consacrer à elle pour les derniers mois qui soit disant, lui restent à vivre.

Léa en eut un haut-le-cœur.

– Ce n'est pas possible ! Elle allait si bien... Il y a sûrement une erreur...

– Eh non, mon petit ! L'erreur, c'est que c'est toujours sur les meilleurs que tombe ce genre de tuile... (sa voix s'était mise à trembler et était chargée d'émotion). C'est pour cette raison que je quitte l'office et c'est donc pour ça que j'ai besoin que vous rentriez. Il faut que tout soit en ordre dans trois semaines, aussi bien pour vous que pour moi... Ne vous inquiétez pas pour votre emploi. S'il le faut, je vous aiderai à en chercher un autre, j'ai de l'influence dans la région et...

– Ne vous préoccupez pas de moi pour l'instant, le coupa doucement Léa. Quand voulez-vous que je rentre ?

– Je vous laisse encore la semaine. Si vous pouviez être là lundi prochain... Je pense qu'en quinze jours, nous aurons fait le tour... Encore une fois, je suis désolé pour vous Léa... Croyez bien que ça m'ennuie de vous déranger en pleines vacances...

– C'est un moindre mal. Ne vous faites pas de souci pour moi, vous en avez bien d'autres comme ça. Je serai là lundi prochain et vous me raconterez, d'accord ?... Bon courage.

– Merci pour tout, Léa... A lundi.

La nouvelle avait ébranlé la jeune fille. Jamais elle n'aurait imaginé une telle chose. Elle s'était prise d'une certaine affection pour son employeur, tout grognon et bourru qu'il était. Sa douleur l'avait touchée. Bien sûr, il lui faudrait momentanément quitter Manu et ses vacances... Mais dans trois semaines, elle serait libre professionnellement, libre de le rejoindre définitivement. Elle n'osait se réjouir de cette nouvelle. Comme on dit, le malheur des uns fait parfois le bonheur des autres. Mais elle aurait préféré être licenciée pour d'autres raisons... Elle ne savait quelle attitude adopter envers Manu... Mieux valait être prudente. Elle ne lui dirait pas tout de suite qu'elle pouvait venir vivre avec lui, elle attendrait qu'il le lui demande... Ou même qu'il le sous-entende : elle s'en contenterait. Après tout, elle n'était pas vraiment sûre qu'il en ait envie. Pour le moment, elle ne dirait rien et attendrait sa réaction. Il la fit sursauter en arrivant.

– Mauvaise nouvelle ? entendit-elle dans son dos.
– Un peu... Je dois rentrer !
–...Quand ?

Il lui sembla que sa voix avait tremblé. Son visage s'était soudain fermé.

– Dimanche prochain...
– Pourquoi ? Ça ne peut pas attendre ?
– Non, une affaire urgente à régler avec mon patron. Je dois être sur place lundi prochain.
– C'est irrémédiable ? Quoi que je dise ou quoi que je fasse, tu ne changeras pas d'avis, n'est-ce pas ?...
– Ça ne dépend pas de moi... commença-t-elle.
– Remarque, ça n'avance ton départ que de quelques jours, la coupa-t-il froidement. Ce n'est pas la mer à boire, comme tu dis !

Il tourna les talons, la laissant complètement désemparée. Elle se laissa quelques minutes pour se reprendre. Il était hors de question qu'elle montre sa déception devant Mélanie.

Quand elle revint à table, Manu plaisantait avec les autres comme si rien ne s'était passé, comme s'il n'était au courant de rien. Elle en fut un peu secouée, plus qu'elle ne l'aurait voulu. A son tour, elle donna le change et montra une mine souriante.

– Rien de grave, j'espère ? questionna doucement Aline.

– Rien qui ne soit pas prévu, sourit Léa. J'ai juste confirmé que je rentrais dimanche prochain.

– Tu nous quittes déjà ? s'écria Mélanie. Ça va faire un vide !

– Je ne te le fais pas dire, se moqua Léa. Tu vas t'ennuyer : tu vas être obligée de trouver une autre tête de turc !

– Une tête de Suisse, tu veux dire ? se moqua gentiment Manu, faisant allusion à son accent traînant.

– Ah ! Je savais bien que tu avais des origines étrangères, embraya Joël en riant.

Seule Aline ne fut pas dupe de sa bonne humeur de façade. Elle attendait patiemment le moment propice où son amie et elle se trouveraient seules dans un coin. Mais Léa et Manu ne se quittèrent guère et continuèrent leur comédie de couple soudé, heureux et souriant. Même Léa finit par en conclure que son départ indifférait totalement son ami. Une de perdue, dix de retrouvées, pensa-t-elle amèrement.

Ils allaient tous partir sur la plage quand trois voitures se garèrent près de la petite maison. Une dizaine de personnes, filles et garçons, en sortirent bruyamment. Comme un seul homme, Fred, Manu, Eric, Mélanie, Joël, Claudia et Aline se levèrent d'un bond et les accueillirent dans une belle effusion de joie. Tout le monde s'embrassa joyeusement et bruyamment.

Léa resta à l'écart. Pour la première fois, elle se sentit seule et abandonnée. Quand la tempête se calma un peu, tout le monde se dirigea vers la terrasse.

– Vous êtes arrivés quand ? questionna Aline enjouée.

– Là ! On arrive à l'instant. Y'en avait marre ! Il fait une de ces chaleurs dans les voitures, répondit une jolie jeune fille blonde aux cheveux courts et hirsutes, avec un grand sourire.

– Vous avez soif, je suppose !

– On meurt ! Vite, une bière ou je tue le chien ! s'écria l'un des hommes, grand, très bronzé de peau, torse nu, en short en jean, les cheveux bruns très courts. Il n'était pas spécialement beau. Son visage était carré, de larges rides autour de sa bouche accentuaient encore l'aspect viril de sa personne. Ses yeux noirs pétillants semblaient toujours à l'affût. Léa dût s'avouer qu'il possédait un charme magnétique d'une force peu commune, lui aussi.

– Max n'est pas là ? questionna une femme brune, pas très grande, qui semblait être la plus âgée de la bande.

– Non, il est en vadrouille, répondit Mélanie qui devait avoir mal aux joues tant elle souriait.

Les yeux de l'homme dont la voix avait couvert celle des autres quelques minutes plus tôt, se posèrent soudain sur Léa qui instinctivement, s'était rapprochée de Manu. Donnant une grande tape dans le dos de ce dernier, l'homme s'écria :

– Ta nouvelle conquête ? Tu ne m'as pas encore présenté ? Qu'est-ce que tu attends ?

Manu se mit à rire, mais avant qu'il n'ait eu le temps de prendre la parole, l'autre reprenait.

– Bonjour, je m'appelle Chris, je suis plus vieux, plus intelligent, plus riche et plus amoureux que lui et je suis totalement disponible, lança-t-il d'un trait, en s'approchant de Léa.

Incapable de soutenir son regard, elle baissa les yeux tout en souriant. Ses joues légèrement rosies et son battement de cils involontaire et inconscient furent des plus charmants mais elle ne s'en rendit pas compte. L'intervention de Chris avait fait mouche et du coup, tout le monde remarqua et se tourna vers la nouvelle tête. Manu s'interposa vivement en souriant ironiquement.

– Laisse-tomber ! Elle est *encore* avec moi... mais plus pour longtemps, elle s'en va.

– Elle s'en va où ?

– Elle n'est pas d'ici, ses vacances sont bientôt terminées et elle rentre chez elle...

– Et tu la laisses partir ? s'écria l'autre.

– *Elle* n'a pas le choix et *il* n'y peut rien, coupa Léa sur un ton cassant, adoucit tout de même par un sourire.

Elle commençait à être agacée qu'on parle d'elle à la troisième personne en sa présence.

– Et elle est très susceptible, se moqua Manu.

– Entre autres, mais *elle* a encore beaucoup d'autres défauts. S'il commence à en faire la liste, vous n'aurez pas bu votre bière d'ici ce soir, ironisa Léa.

– Elle est charmante, elle a un superbe accent et elle s'appelle comment ? reprit l'autre en riant, se piquant au jeu.

– Chris, je te présente Léa, lança pompeusement Manu. Léa, je te présente mon frère !

Léa resta muette de surprise, ses yeux allant de l'un à l'autre.

– Vous êtes frères ? murmura-t-elle, en cherchant vainement une ressemblance.

En effet, mis à part leur corpulence et leur taille sensiblement identique, l'un avait les yeux et les cheveux aussi clairs que l'autre les avait foncés. Il était fort difficile de croire en leur lien familial.

– Je t'ai déjà dit de ne pas le dire, s'écria Chris en riant. Personne ne nous croit de toute façon.

– En fait, ils n'ont ni le même père, ni la même mère, plaisanta Fred.

– Mais fais gaffe ! C'est exactement le même loustic que son frère... en pire même, lança Aline.

Leurs remarques firent rire tout le monde. Léa se tourna alors vers Aline. Celle-ci confirma en riant, ce qu'ils avançaient.

– Eh oui, ils sont bien frères !

– Mais ce n'est pas le pire, reprit la fille blonde aux cheveux ébouriffés. Je suis la sœur jumelle de Chris et donc la sœur aînée de Manu. Je m'appelle Julie, salut !

Léa se mit à rire, incrédule.

– C'est vrai, confirma Manu en riant. Je te le jure, Julie est bien ma sœur... D'ailleurs, en parlant de liens familiaux, vous savez qu'il existe un appareil électrique dans lequel on parle et on entend parler l'autre ? Ça s'appelle un téléphone !

– Merde ! On est au vingtième siècle alors ? ironisa Chris. On ne s'en rend plus compte quand on revient d'Espagne...

– Vous ne deviez pas arriver que demain ? continua Manu sans tenir compte de sa boutade.

– Si, mais on a pensé que demain, c'est le quinze août et qu'il risque d'y avoir du monde sur les routes, expliqua Béatrice.

– La vérité, c'est qu'elle n'avait pas envie de rentrer directement sur Lyon, avoua son mari. On a donc pensé qu'on pourrait faire une halte ici...

– Donc, vous ne rentrerez que demain soir ? questionna Aline. Il va falloir s'organiser pour la nuit.

– Moi, j'ai de la place pour deux chez moi, lança Chris. Julie et Tom peuvent loger un autre couple.

– Il faudrait trouver Max pour qu'il loge quelqu'un, sourit Manu en pensant que si son pote avait prévu autre chose, tant pis pour lui !

– Si Léa le permet, on peut prêter sa chambre, proposa Fred en interrogeant cette dernière du regard.

Elle acquiesça d'un signe de tête entendu. Comme si on s'apercevait seulement vraiment de sa présence, dans une cohue indescriptible du coup, tout le monde se présenta et voulut saluer Léa. Un instant plus tôt, elle était seule, laissée à l'écart, l'instant d'après, elle se retrouvait assaillie, tentant de retenir les prénoms, les liaisons entre eux... Il y avait donc Chris, Julie, Thomas dit "Tom", l'ami de Julie, Béatrice la brune qui s'était enquit de la présence de Max et qui était la cousine de Manu, et Sébastien, son mari, Nina, la petite sœur de Béa, Rémi et Agnès, Vincent et Martine deux couples d'amis de Béa et Seb. D'après ce qu'elle put comprendre, ils avaient loué tous ensemble une villa en Espagne pour un mois. Leurs vacances étaient terminées, ils rentraient. Elle apprit encore que seuls Chris, Julie et Tom vivaient ici. Les autres étaient de la région lyonnaise.

Il avait fallu l'arrivée de toute cette clique pour que Léa se rende compte à quel point elle connaissait peu Manu. Il ne lui avait jamais rien appris sur lui, sur sa famille. A aucun moment il n'avait fait allusion au retour de son frère et de sa sœur. Il comptait la mettre devant le fait accompli ? Comme cela venait de se produire ? Ou tout simplement, il ne lui était pas venu à l'idée de lui parler d'eux... En fin de compte, elle ne le connaissait pas. Il était hermétique. Il ne lui avait pas ouvert la porte de sa vie privée. C'était clair ! Qu'avait-elle à espérer de quelqu'un qui ne s'était jamais vraiment livré ? Il ne voulait manifestement pas qu'elle entre vraiment dans sa vie. Leur aventure était vouée à une fin toute proche. Après les vacances, chacun reprendrait sa petite vie, chacun de son côté. Une irrésistible envie de pleurer s'empara d'elle. Elle ressentait une douleur sourde au creux de son ventre. Une boule au fond de sa gorge ne cessait de grossir et de la torturer. Elle parvint à s'éclipser, se réfugia aux toilettes où elle fit de gros efforts pour ravaler ses larmes et se reprendre. Plus la joie de vivre et la gaieté faisaient de bruit à l'extérieur, plus elle était malheureuse.

Tout le monde descendit sur la plage dans une joyeuse cohue. Seule Aline chercha Léa. Elle la trouva sur le seuil de sa chambre, déjà en maillot de bain. A voir son visage, elle comprit immédiatement que celle-ci était au bord des larmes.

– Qu'est-ce qui ne va pas ? questionna-t-elle doucement. C'est parce que tu t'en vas ? Tu ne peux vraiment pas faire autrement ?

– Non, je suis obligée de rentrer. Je t'expliquerai plus tard... Mais c'est pas vraiment ça qui me mine, tu vois ? C'est le fait qu'il s'en foute... Ça lui facilite la tâche que je m'en aille. Il est quitte d'avoir à me dire que tout est fini, c'est tellement plus simple : je m'en vais, point à la ligne !

– Tu sais, je ne pense pas que...

– Arrête, ne recommence pas à prendre sa défense. Il ne m'a jamais rien dit sur lui, sur sa vie, sa famille... Je ne savais même pas qu'il avait des frères et sœurs... Je passe pour quoi, moi ? Pour une aventure comme les autres : je me fais sauter, c'est tout ! C'est bien ce qu'il a voulu faire comprendre à tout le monde tout à l'heure...

– Je ne suis pas d'accord, il a juste...

– Aline ! la rappela-t-elle à l'ordre. Je sais que je me suis un peu trop attachée à lui. Je m'étais promis, tu m'avais prévenue. Je ne dois m'en prendre qu'à moi-même : je le sais. Le sujet est clos. Je m'en suis déjà remise une fois, je peux survivre une deuxième, se força-t-elle à sourire. On va se baigner ?

Avant qu'Aline n'ait eu le temps de protester, Léa était sortie précipitamment sur la terrasse, se heurtant presque à Manu.

– Où tu étais ? Qu'est-ce que vous faites ? Vous ne venez pas ?

Il ne mit pas longtemps à remarquer les yeux cernés et la pâleur des joues de Léa. L'attrapant par le menton, il la força à lui faire face et à le regarder.

– Qu'est-ce qui se passe ? Qu'est-ce que tu as ? s'enquit-il inquiet.

– Rien, absolument rien… Tout va bien dans le meilleur des mondes, railla-t-elle en se dégageant. On va se baigner ou pas ?

– Léa, pourquoi est-ce que tu refuses de me parler ? demanda-t-il sincèrement irrité.

– Je te retourne la question. Pourquoi est-ce que tu ne me parles pas ? Je veux dire vraiment ?

– Je ne comprends pas...

– C'est pas grave et ce n'est pas le moment, coupa-t-elle, alors que Chris jaillissait en courant sur la terrasse, en maillot de bain, déjà dégoulinant d'eau.

– Tu permets ? lança-t-il brièvement à Manu.

Sans attendre sa réponse, il attrapa Léa par la taille, la souleva et partit en courant vers l'eau avant qu'aucun des deux n'ait eu le temps de réagir. Reprenant ses esprits, elle tenta vainement de se débattre en riant. Ce fut peine perdue. Elle fut projetée dans l'eau comme Chris l'avait prévu.

– Maintenant, j'estime qu'on a vraiment fait connaissance ! lança-t-il en riant.

– Maintenant, je ne doute plus que tu sois son frère, répliqua Léa du tac au tac.

Aline avait assisté à la scène depuis le seuil de la porte. Elle fut la seule à se rendre compte de la mine contrariée de Manu et la seule à entendre sa remarque.

– Il ne manquait plus que lui : là c'est la totale, grommela-t-il en voyant arriver Max.

A ce moment-là seulement, il se rendit compte de la présence d'Aline. Elle lui fit un petit sourire en coin, passa près de lui, lui tapa sur l'épaule.

– La balle est dans ton camp, mon vieux, murmura-t-elle. A toi de l'attraper au vol ou de la laisser tomber !

Manu ne répondit pas, la regardant rejoindre les autres, l'air songeur.

Chapitre 16

– Tiens, ça m'aurait étonné qu'on passe la journée sans te voir ! s'exclama Manu à l'attention de Max qui arrivait.
– Oh ! Un tel accueil me ravit. Ça fait chaud au cœur de se sentir aimé et attendu, ironisa ce dernier. Surtout, cache ta joie... Et profite du fait qu'on soit seuls pour crever l'abcès, reprit Max plus sérieusement. Qu'est-ce que tu me reproches ?
– ...Rien, répondit Manu après une légère hésitation.

Max l'avait pris au dépourvu. Il ne s'attendait pas à ce qu'il soit aussi direct. Il se rendit compte du même coup, qu'il n'avait pas envie de se lancer dans une explication de ce genre. S'il le faisait, il se ridiculiserait certainement. Il ne s'était jamais comporté de la sorte auparavant. Autant laisser tomber.

– Je n'ai rien à te reprocher... Je suis un peu... fatigué en ce moment...
– C'est ça ! On n'a qu'à dire comme ça, sourit Max, tout à fait incrédule, s'éloignant en direction de la joyeuse troupe dans l'eau.

Il fut accueilli par des exclamations de joie. De nouveau, ce furent des retrouvailles bruyantes et tumultueuses. Chris et lui se sautèrent dans les bras l'un de l'autre et leur joyeuse accolade finit dans l'eau.

– Bonjour, poupée, lança-t-il chaleureusement, à l'attention de Léa qui s'approchait.

– Eh, pas touche ! s'interposa Chris. C'est la petite amie de mon frère !

– Justement ! Fais-y gaffe à ton frère, plaisanta à demi Max. Je ne sais pas ce qu'il a en ce moment, mais il fait des sortes de crises de... Comment dire ? Tu sais, quand on devient très con !

– Heu… de jalousie ? fit mine de chercher Chris se prenant au jeu.

– Oui, c'est ça ! s'exclama Max en riant.

– Manu, jaloux ? pouffa de rire Chris.

– Si vous pouviez éviter le sujet, trancha Aline sérieusement, alors que Manu les rejoignait.

Chris lança un regard surpris à l'adresse de Max, celui-ci lui sourit et confirma d'une grimace. Chris eut l'air de tomber des nues.

Après avoir fait une bonne trempette, Léa sortit s'allonger sur son drap de bain. Elle se sentait un peu exclue des joyeuses retrouvailles et n'avait pas le cœur à tenter de s'adapter à l'humeur ambiante.

Des gouttes d'eau glacée sur son visage la firent sursauter et ouvrir les yeux. Chris s'évertuait à l'asperger. Il sourit et se laissa tomber près d'elle. Elle remarqua alors qu'il avait le même sourire, les mêmes expressions ironiques et moqueuses que son frère. En fait, elle finissait par leur trouver des ressemblances.

– On n'a pas eu le temps de vraiment discuter, lança-t-il. Comment as-tu fait connaissance de mon tombeur de petit frère ?

– Je suis une amie d'enfance d'Aline et je suis venue passer mes vacances chez elle, tout simplement, sourit Léa.

– Tout simplement ! ironisa-t-il. Ça n'arrive qu'à lui des rencontres comme ça, *tout simplement...* Et tu es avec lui depuis combien de jours ? Enfin, je veux dire depuis combien de temps ?

Léa ne put réprimer un petit soupir mi-amusé, mi-agacé.

– Apparemment je suis sur le point de battre des records : j'attaque la quatrième semaine, plaisanta-t-elle.

– Non ! Et il ne t'a pas encore demandée en mariage ? se moqua-t-il gentiment.

– Pas trop son genre... Je ne pense pas qu'il le fasse un jour, sourit-elle.

– D'après ce que j'ai cru comprendre, tu rentres bientôt chez toi ? Qu'est-ce qui va se passer ensuite ?

– Je repars le week-end prochain. Les vacances ne sont pas éternelles. Chacun de nous va reprendre son petit train-train habituel... En fait, *je* vais reprendre mon train-train. Manu, lui, va être en vacances.

Chris crut discerner une pointe d'amertume dans ses paroles.

– Et il n'a pas prévu de partir te rejoindre ? s'étonna Chris.

– Non, se mit à rire tristement Léa. Je ne pense pas que ça fasse partie de ses projets... Tout est clair depuis le début entre nous. C'est une aventure de vacances. Nous passons un super moment ensemble, c'est tout !

– C'est tout ? A moins que... C'était quoi tous les défauts dont il n'avait pas le temps de faire l'inventaire ? railla-t-il.

– Je suis petite, tête de mule, j'ai un drôle d'accent...

– C'est tout ? Je crois que ça doit être supportable quelques jours, plaisanta-t-il. A sa place, je ne laisserais pas partir une telle plaie ou j'irais la rejoindre.

– Penses-tu ! Il passera à autre chose... J'ai fait mon temps !

– Tu te considères donc comme une chose ?

– Pour lui, je crois que c'est un peu ce que je suis : un amusement.

– Et pour toi, il est quoi ?

"*La personne que j'aime le plus au monde*" eut-elle envie de répondre, mais elle resta silencieuse. Chris se méprit sur son silence.

– S'il ne compte pas et s'il ne te reste qu'une semaine, pourquoi ne pas essayer "*autre chose*" comme moi par exemple.

Elle sursauta et se tourna vivement vers lui.

– T'es sérieux, là ? Ben tu ne perds pas de temps au-moins ! s'exaspéra-t-elle.

– Je n'en ai plus beaucoup si tu pars bientôt...

– C'est pas une plaisanterie, du coup ? Tu me prends pour qui au juste ?

– A mon âge on ne perd plus de temps en séduction inutile, on passe tout de suite aux choses plus sérieuses, sourit-il... Apparemment tu es une bombe sexuelle... et puis tu m'as été chaudement recommandée...

Léa se sentit blêmir sous la remarque qu'elle prit comme une insulte. C'est comme ça que Manu avait parlé d'elle à son frère, comme un *bon coup*. Cela n'aurait pas dû l'étonner. Depuis le départ, elle savait à quoi s'attendre. Mais entendre la vérité si brutalement la choqua au plus haut point. Elle se leva sans répondre et prit congé. Elle accéléra le mouvement en voyant Max s'approcher, suivi de loin par Manu, Mélanie – collée à ses basques, d'ailleurs – et Aline.

– Léa, si j'ai fait une gaffe, je suis désolé... commença Chris surpris.

– Non, pas de souci ! Si ton frère me cherche, dis-lui que j'ai rejoint mon trottoir et que je lui fais cadeau de la dernière passe, ironisa-t-elle.

Elle marcha calmement jusqu'à la maison. Mais à l'intérieur, elle se réfugia dans la salle de bain et éclata en sanglots. Elle en voulait à mort à Manu, elle le détestait, non seulement parce qu'il ne partageait pas ses sentiments, mais aussi parce qu'il venait de la salir plus que personne ne l'avait jamais fait. Tentant de se calmer, elle jeta un coup d'œil par la petite fenêtre qui donnait justement sur la plage. Max et Chris avaient l'air de se disputer, ils faisaient tous les deux de grands gestes et finirent pas se diriger vers la maison. Le cœur battant, Léa tenta de réfléchir à une solution pour les éviter. Si elle s'enfermait, ils frapperaient jusqu'à ce qu'elle ouvre ou leur réponde. Mieux valait qu'elle se cache pour qu'ils la croient partie. Regardant autour d'elle, ses yeux s'arrêtèrent sur le grand placard mural, en face de la baignoire. Elle l'ouvrit, poussa une panière à linge, se glissa à l'intérieur et tira la porte sur elle sans la fermer complètement. Elle se sentait ridicule, mais elle ne voulait pas les voir ni leur parler. Comme elle s'y attendait, Max l'appela plusieurs fois. Il frappa à la porte de sa chambre, finit par l'ouvrir avant de jeter un coup d'œil dans la salle de bain et poussa un soupir d'exaspération.

– Bien joué ! Elle est plus là, ronchonna-t-il. Mais qu'est-ce qui t'as pris de lui dire ça ? Tu ne la connais même pas !

– Mélanie m'a dit que c'était une nana facile qui aimait le cul et avec qui Manu s'était amusé, que maintenant il avait envie de passer à quelqu'un d'autre mais que, par respect pour Aline, il attendait que Léa parte d'elle-même. Elle a sous-entendu que si j'avais envie de m'amuser, elle ne serait pas contre et qu'en même temps, je rendrais service à Manu, expliqua Chris, d'une voix basse, l'air embarrassé.

Léa qui les observait par le petit espace entre le montant du placard et la porte, nota sa façon de passer sa main dans ses cheveux comme le faisait souvent Manu quand il était hésitant ou en colère.

— Et toi, tu crois sur parole cette pouffiasse ! s'emporta Max.

— Pouffiasse... le terme est un peu fort : elle, je la connais depuis des années...

— Justement ! Tu la connais, bordel de merde !

— Je suis sincèrement désolé, Max... Mais Léa m'a dit elle-même qu'il n'y avait rien de sérieux entre elle et Manu : ça concordait. J'ai pas réfléchi plus que ça. J'ai fait une connerie, je suis vraiment désolé, reconnut Chris. Si je savais où elle est, j'irai platement m'excuser, mais voilà ! Je ne sais pas où elle peut être. Alors aide-moi à la retrouver avant que mon petit frère ne s'en mêle et me réduise en chair à pâté !

— Pourquoi est-ce qu'il ferait ça, ton petit frère ? tonna la voix de Manu à quelques pas d'eux.

Il y eut un silence de mort. Léa sentit son sang se glacer dans ses veines. Son cœur battait si fort dans sa poitrine, qu'elle eut peur qu'ils ne l'entendent.

— Où est Léa ? continua-t-il d'une voix sèche.

— Justement, on la cherche, répondit Max.

— Pourquoi ? Qu'est-ce qui s'est passé ?

La voix de Manu gronda, empreinte d'une colère encore contenue. Il fixait son frère d'un œil noir.

— Je n'ai pas été très correct avec elle... commença Chris d'une voix hésitante. Écoute, je suis désolé de ce qui s'est passé, mais je ne suis pas le seul responsable...

— Ce n'est même pas sa faute du tout. C'est encore Mélanie qui a foutu sa merde et craché son venin. Elle voulait atteindre Léa. Elle s'est servie de Chris et elle a réussi. Maintenant, l'urgence, c'est de la retrouver.

— Qu'est-ce qui s'est passé au juste ? tonna la voix de Manu qui perdait patience.

Chris lui raconta alors l'incident mais Léa n'entendit pas l'explication, les trois hommes s'éloignaient. Leurs voix lui parvinrent de nouveau, un instant plus tard, par la petite fenêtre.

— Bravo ! s'écria Manu. J'ai déjà tous les défauts du monde à ses yeux, comme ça, en plus, je passe pour un beau fumier ! Vraiment, merci pour tout ! Je suis sincèrement content que vous soyez là, je commençais à m'ennuyer, tout allait déjà tellement bien...

— Manu, je vais réparer, m'excuser et lui expliquer, reprit Chris.

— Vous me faites vraiment chier, tous les deux !

— Pourquoi les deux ? tenta de plaisanter Max.

— Toi, parce que tu ferais n'importe quoi pour te la taper et l'autre pour la même raison, sauf qu'il l'insulte en plus !

— Alors là, si tu crois ça, Manu... commença Max en élevant la voix.

— Alors quoi ? rétorqua Manu fou de colère. Blablabla... continue... Comme si je ne te connaissais pas par cœur...

— Manu, calme-toi... Tenta Chris.

— Ta gueule !

— Eh, oh ! Qu'est-ce qui vous prend tous les deux ? s'interposa Julie qui les rejoignait.

Léa comprit que Manu avait dû tourner les talons, parce qu'elle entendit encore Julie questionner :

– Mais qu'est-ce qui se passe ? Vous vous êtes engueulé tous les trois ? Ce serait bien la première fois...

Léa se précipita hors de la salle de bain et rejoignit sa chambre dont elle ferma la porte à clé. Elle avait le sourire pour la première fois depuis le début de l'après-midi. Son indiscrétion lui avait remis du baume au cœur. Non seulement Manu n'était en rien responsable, mais en plus il était furieux. Il avait donc un peu de considération pour elle. Bien sûr, cela ne changeait rien à la situation, mais cela la réjouissait quand même. Elle enfila une jupe légère et courte, un débardeur flottant sur son ventre, se donna un coup de peigne. Elle était bien décidée à profiter de la situation et jouer les victimes jusqu'au bout. Avant de sortir, elle prit une longue inspiration, effaça le sourire de ses lèvres et quitta, non seulement sa chambre mais la maison, par la porte de devant, à l'opposé de la terrasse. Elle se dirigea vers sa voiture. La voix de Manu la fit sursauter.

– Je me doutais bien que pour rejoindre ton trottoir, tu aurais besoin de ta voiture. Tout le monde te cherche. Tu étais où ?

– Je vois que ton frère t'a fait la commission, c'est bien !

Elle fit mine de passer à côté de lui pour ouvrir sa portière. Mais il l'attrapa par la taille.

– Léa, tu vas où ? murmura-t-il d'une voix emplie de tendresse.

– Voir avec quelqu'un d'autre si je suis vraiment un bon coup. Mais je préfère changer de famille. Tu vois ? J'ai quand même un peu de morale, murmura-t-elle, des larmes dans la voix.

Elle en fut la première surprise. Rien qu'à l'évocation des mots blessants qu'on lui avait jeté à la figure, sa gorge s'était serrée.

– Bon sang ! J'ai jamais dit une chose pareille, se défendit-il en prenant son visage dans ses mains. Et ce qui me fait le plus chier, c'est que tu me croies capable de ça. Je savais que tu n'avais aucune confiance en moi, mais à ce point...

– Est-ce que ça veut dire que tu ne m'as pas envoyé ton frère pour te débarrasser de moi ? chuchota-t-elle la voix tremblante.

Manu essuya du revers de la main, une larme qui s'échappa malgré elle de ses yeux.

– Tu me crois capable d'utiliser ce genre de méthode ? Sincèrement Léa, tu m'en crois capable ? Parce que si c'est le cas, ça ne vaut pas la peine que j'essaie de me défendre. Autant t'en aller tout de suite, murmura-t-il ému.

– C'est ce que tu veux ?

– Non ! Bien sûr que non...

Il l'attira contre lui et la serra dans ses bras à l'étouffer. Le visage enfoui dans sa longue chevelure de jais, il murmura encore et encore :

– Il nous reste tellement peu de temps...

Elle se blottit contre lui, ferma les yeux et imagina qu'il ajoutait *"Je veux que tu restes"*, mais il ne le dit pas.

Manu tint à disculper son frère et à expliquer à Léa ce qui s'était passé. Bien sûr, elle s'abstint de lui dire qu'elle était déjà au courant. Chris ne tarda pas à les rejoindre. Il paraissait mal à l'aise.

– Je suis sincèrement désolé, Léa. Je tiens à m'excuser, je suis vraiment le dernier...

– Laisse-tomber, sourit Léa. Je sais... On efface tout et on n'en parle plus, d'accord ?

– Je ne mérite pas ça : tu devrais me gifler, plaisanta à demi Chris.

– Tu le fais ou tu veux que je m'en charge ? lança Manu en souriant.

– Je crois qu'on ne va pas en arriver là, se mit à rire Léa.

– Tiens, la voilà celle-là, murmura soudain Manu en voyant apparaître Mélanie au milieu d'un groupe, rejoindre la terrasse.

Il allait s'élancer dans sa direction quand Léa le retint.

– Arrête, ne fais pas de scandale : elle n'en vaut pas la peine. Fais-le au-moins pour Aline et Fred. Ne gâche pas l'après-midi, s'il te plaît, supplia-t-elle en se pendant à son bras pour le retenir. Tu risques de provoquer une engueulade entre Eric et elle. Il n'est pas responsable, lui. Et c'est pourtant lui qui va morfler... Manu !

– Elle a raison, convint Chris... Et en plus, elle est fair-play, sourit-il. Je crois que tu as raison de t'accrocher à elle, lança-t-il à Manu tout en s'éloignant afin d'éviter un coup de pied peu amical.

– Faisons comme s'il ne s'était rien passé, murmura Léa. Joue les amoureux si tu veux vraiment la blesser.

– Quelle bonne idée, murmura-t-il sur un drôle de ton... Jouons !

Léa n'osa ni le regarder, ni relever sa remarque, tant elle avait peur de se rendre compte qu'il était sérieux et sincère...

En attendant, Manu joua le jeu. Alors qu'ils rejoignaient les autres sur la terrasse, il la tenait fermement par la taille. Il s'installa sur un fauteuil, l'attira sur ses genoux. Lui qui n'était pas spécialement démonstratif en public, l'embrassa voluptueusement, étonnant tout le monde.

– Eh ! Vous êtes dégueulasses : allez faire ça ailleurs, plaisanta Max.

– Pourquoi, tu veux participer ? le provoqua Manu, alors que Léa rougissait.

– Chouette une partouse... Ah ouais mais je suis tout seul. C'est con, il faudrait que tu t'en ailles Manu !

– Moi, je veux bien venir aussi, lança Chris.

– Tu n'as que l'embarras du choix, sourit Manu en s'adressant à Léa. Tu choisis qui ?

Elle se pendit à son cou et se blottit tout contre lui.

– J'ai déjà choisi, murmura-t-elle à son oreille.

– Comme c'est romantique, susurra Mélanie, fielleuse. Moi, à sa place, j'aurais pris les trois, tenta-t-elle de faire de l'humour.

– Toi, on ne te l'aurait pas demandé, la remballa sèchement Chris.

Hélas pour elle, Manu sauta lui aussi, sur l'occasion.

– Toutes les filles ne sont pas forcément des salopes, Mélanie !

Sa remarque jeta un froid. Eric devint blême. Max, Chris et Léa retinrent leur souffle.

– Je suppose que c'était une plaisanterie, lâcha Eric, mais elle est de très mauvais goût. Je n'apprécie pas ton putain de sens de l'humour…

– Moi, je n'apprécie pas les remarques de ta chère et tendre, lâcha de nouveau Manu.

– Qu'est-ce que ça veut dire ? ragea Eric.

– Demande-lui, ironisa Manu.

Celle-ci se leva d'un bond, ramassa ses affaires.

– Je ne vois pas de quoi tu parles et je n'ai pas l'intention de me laisser insulter ! s'offusqua Mélanie. Au revoir tout le monde.

– Eh bien comme ça, tu seras quitte d'insulter les autres, ajouta Manu.

– Tu vas fermer ta gueule ? s'emporta Eric en bondissant à son tour.

Immédiatement Max et Fred s'interposèrent. Ils savaient Eric et Manu capables d'en venir aux mains. Ils savaient également qu'Eric n'avait pas l'ombre d'une chance. Mélanie et Eric partirent donc avec pertes et fracas.

– Euh, j'ai dû louper un épisode là, non ? questionna Aline en regardant son amie.

– En effet, rétorqua Manu. Je m'excuse mais c'est la seule solution que j'ai trouvé pour qu'elle se casse avant que je ne l'étrangle.

– Sans commentaire, termina Claudia en souriant.

– Il fait moins chaud, si on allait faire un volley sur la plage ? proposa Chris, histoire d'aller nous défouler sainement...

Afin d'alléger l'atmosphère, personne n'osa refuser.

Comme le lendemain quinze août, était férié, personne ne travaillait, et surtout n'avait prévu de faire dîner dix personnes de plus. Aussi, à l'unanimité, ils décidèrent de trouver une pizzeria ou un petit restaurant qui les accueillerait. A dix-sept, ce ne fut pas une mince affaire ! Une petite pizzeria en ville, sur le port, accepta de les recevoir mais en terrasse et pas avant vingt-deux heures. Ils n'eurent pas le choix. Du coup, l'apéritif se prolongea. Chris parvint à s'asseoir près de Léa et tint à la servir personnellement.

– J'ai été particulièrement grossier et détestable, je tiens vraiment à ce que notre relation reparte d'un bon pied.

– C'est oublié, sourit-elle. N'en parlons plus.

– Ne la fais pas trop boire, coupa Max qui s'assit à la gauche de Léa. Après, elle risque de vomir dans la Porsche de Manu, sous-entendit-il.

Léa pouffa de rire.

– Apparemment ça à l'air drôle, je peux savoir ce que ça veut dire ? sourit Chris.

– Disons que Manu et moi avons... mal débuté notre relation, éluda Léa.

– Tu as vomi dans sa Porsche ? s'esclaffa Chris.

– Mais non... En fait, aucune gonzesse n'a jamais osé claquer le bec à Manu comme elle l'a fait ce soir-là, sourit à son tour Max. J'étais scié !

– Ah... murmura mystérieusement Chris. C'est pour ça que tu l'as accroché...

– Manu n'est accroché nulle part et surtout à personne, trancha Léa. Personne n'est dupe d'ailleurs, alors arrêtons cette comédie. On passe quelques temps ensemble, c'est tout.

– Et il est jaloux comme il ne l'a jamais été parce qu'il n'est pas *accro*, justement, conclut Max.

– Il n'est pas jaloux, il a un peu trop d'amour propre mal placé, corrigea Léa.

– C'est ça ! On n'a qu'à dire comme ça ! lança Max, selon l'une de ses expressions favorites.

L'arrivée de Manu mit fin au débat.

– Tout va bien pour vous ? Je ne vous dérange pas, j'espère ? Sinon, je laisse ma place et je m'en vais, lança-t-il sur un ton sec.

– Tu déconnes ou tu es sérieux, là ? ricana Chris.

– A ton avis ? Depuis que tu es là, je n'ai pas pu approcher ma copine... Je te l'ai déjà dit, elle est *encore* avec moi !

– Ça veut dire quoi *encore* ? s'énerva Léa. Tu ne peux pas t'exprimer normalement ?

– Tu peux me dire ce qui ne va pas chez toi, en ce moment ? s'emporta à son tour Manu.

– Bon ! On y va à la pizz' ou pas ? les coupa à temps Aline. Si on ne part pas maintenant, on ne dînera pas !

Chapitre 17

Pendant le dîner Léa eut l'occasion de discuter et de faire plus ample connaissance avec la cousine de Manu et son mari, ainsi qu'avec leurs deux couples d'amis. Elle en apprit d'ailleurs plus en une heure sur Manu qu'en ayant passé trois semaines à ses côtés. Curieusement, elle avait l'impression qu'ils la considéraient un peu comme faisant déjà partie de la famille. Au lieu de la mettre mal à l'aise, cela lui fit plutôt plaisir. Elle ne fit rien pour les détromper. Après tout, ça lui faisait du bien de faire semblant. Max et Chris, qui semblaient s'entendre à merveille, s'arrangèrent pour être placés à l'autre bout de la table par rapport à Manu et à elle. Cela eut pour conséquence de détendre un peu ce dernier. Mais comme le fit remarquer d'ailleurs sa propre sœur, il n'était pas "*comme d'habitude*".

Tout le monde n'était pas d'accord sur la façon de terminer la soirée, mais la majorité l'emporta. Ils se rendirent dans une boite de nuit réputée pour son immense terrasse et sa fontaine en forme de cascade. Le cadre était magnifique, mais le club était bondé. Ils eurent toutes les peines du monde à trouver une table en terrasse. En fait, ils se séparèrent, s'accaparant plusieurs petites tables. Chaque fois qu'une autre se libérait, ils la rapprochaient des leurs et finirent par se retrouver tous ensemble.

Léa avait pas mal bu à l'apéritif, elle s'était enfilé plusieurs verres de vin à table. Cela l'avait un peu détendue, mais elle se sentait dans un état bizarre. Elle n'arrivait pas à se sentir ivre, elle était triste de partir, désespérément amoureuse de Manu qu'elle sentait tendu et distant. A cela s'ajoutait la triste nouvelle de la maladie de Lise qu'elle connaissait à peine en réalité, mais tant au travers de son employeur. Bref, elle ne se sentait pas bien dans sa peau. Et pourtant elle continuait à sourire, à jouer la comédie. Aussi, elle s'attaqua à des boissons plus fortes comme le whisky. Elle dansa beaucoup avec les uns et les autres, noyant sa détresse autant dans l'alcool que dans la danse. Elle ne vint s'asseoir, essoufflée, que lorsqu'une série de slows démarra. Manu n'était plus à table. Elle eut beau le chercher du regard, elle ne le vit nulle part. Du coup, Chris, sans lui demander son avis, l'enleva dans ses bras et l'enlaça sur la piste de danse. Il possédait le même genre de sens de l'humour que Max, peut-être en un peu plus fin. Il réussit le tour de force de la faire rire aux larmes malgré le fait qu'elle ait aperçu Manu au bar, entouré de plusieurs filles inconnues. Alors qu'elle reprenait le chemin de la terrasse à la fin de la série de slows, Aline l'intercepta et lui demanda de l'accompagner aux toilettes. Ce ne fut qu'à cet instant qu'elle se rendit compte que Chris tenait toujours sa main. Elle n'y fit pas plus attention que cela. C'était tellement naturel.

– Qu'est-ce qui se passe entre Manu et toi ? attaqua Aline dès qu'elles furent seules.

— De quoi tu parles ? feignit de s'étonner Léa.

— Vous avez beau faire semblant, vous n'êtes pas comme d'habitude tous les deux. Vous avez l'air tellement tendu... Manu ne dit rien, reste dans son coin, disparaît pendant des heures. Toi, tu as bu plus que de raison, tu t'amuses avec Chris et Max... Tu te rends compte au-moins, de ce que tu fais ?

— Arrête de jouer les mamans avec moi, avec tes leçons de morale. Ne me parle pas comme ça, s'emporta Léa. Manu passe des heures au bar avec des gonzesses et tu trouves anormal que je plaisante avec Max ou que je danse avec Chris ?

— Je connais bien Chris, reprit Aline. Que tu sois la nana de son frère ne signifie pas grand-chose pour lui. S'il a une occasion avec toi, il ne la loupera pas. D'habitude, c'est presque un jeu entre Manu et lui. Mais là, ça ne passera pas.

— Écoute ! Tu veux savoir ce qui ne va pas ? Manu en a marre de moi. Tout ce qu'il attend, c'est que je m'en aille. Et à mon avis, il se fout bien que j'intéresse son frère...

— Mais t'es aveugle à ce point ? s'écria Aline. Tu ne vois pas que Manu ronge son frein ? Il t'a déjà piqué une crise de jalousie, tu veux que ça recommence ?

— Il ronge son frein en très bonne compagnie, alors ! Si tu n'as plus besoin de moi...

Léa sortit en claquant la porte. Elle adorait Aline, mais qu'est-ce qu'elle pouvait lui taper sur les nerfs des fois !

Elle rejoignit leur table, s'installa instinctivement à côté de Manu qui était de retour.

— Tu étais où ? questionna-t-il froidement.

— Dans les toilettes hommes, pourquoi ? le provoqua-t-elle.

Elle vit ses mâchoires se serrer et ses joues pâlir, mais il détourna la tête, broyant entre ses doigts le paquet de cigarettes vide avec lequel il jouait depuis un moment. Il resta silencieux mais la contraction de son visage le trahissait. Soudain, il se leva sans un mot et s'éloigna à travers la foule. Léa resta un moment à table, le cœur lourd, à réfléchir. Elle hésitait. Une partie d'elle-même était prête à le rattraper pour s'excuser et essayer de sauver la situation, l'autre moitié de son maudit caractère lui imposait de le laisser partir et de ne pas céder. Afin de ne pas avoir à discuter avec ceux qui étaient attablés près d'elle, elle s'éloigna, gagna la sortie et prit la direction de la plage. Un petit vent frais souleva ses cheveux, la fit frissonner. Elle s'assit dans le sable, reportant son attention sur le ressac de l'onde. Les vaguelettes venaient mourir à un mètre de ses pieds, le courant les ramenait au large, d'autres les remplaçaient, ça ne s'arrêtait jamais... Elle aussi, bientôt, elle se laisserait emporter loin d'ici par le courant et une autre la remplacerait...

– On est nostalgique ?

La voix l'avait fait sursauter. Max la rejoignit en souriant.

– Excuse-moi, je ne voulais pas te faire peur... Qu'est-ce qui ne va pas ?... Tu veux rester seule ? Tu veux que je m'en aille ou que je reste et qu'on discute ?

– Tu peux rester, sourit-elle à son tour. J'avais juste besoin de respirer un peu d'air frais mais tout va bien, feignit-elle.

– Bien sûr ! C'est d'ailleurs pour ça que Manu est en train de se bourrer la gueule au bar, ironisa-t-il en s'asseyant près d'elle, c'est parce que tout va bien. On va dire comme ça !

– Il ne se bourre pas la gueule, murmura Léa. Il a rejoint sa bande de nanas. Il se fait chier avec moi. Il en a marre, mais comme il sait que je m'en vais, il a la décence d'attendre mon départ.

— Tu fais fausse route Léa, la corrigea Max sur le même ton. Il est mal en ce moment. Il est jaloux à en crever, il est malheureux parce que tu t'en vas et il ne sait pas comment faire pour te retenir !

— C'est vous qui ne voyez que ce que vous voulez. Il n'est pas jaloux, il a trop d'amour propre. Il ne veut pas que ses potes se paient sa nana pendant qu'il est avec elle. Il l'a assez mal digéré avec Mélanie. Il me l'a dit franchement. Il m'a suggéré, si j'avais l'intention de me taper son pote — toi, en l'occurrence — de le larguer d'abord. Il me trouve dégueulasse de semer la zizanie entre deux amis.

— Moi, je le connais suffisamment pour te dire qu'il est jaloux comme un tigre. Seulement, il n'a pas l'habitude de ces choses-là. Il ne sait pas comment s'y prendre avec toi. Il sent que tu lui échappes, il ne sait plus comment faire et il panique à l'idée de te perdre... En plus, il ne pensait plus que son frère rentrait aujourd'hui. Ils s'adorent mais ont souvent passé leur temps à se faucher leurs nanas respectives. C'est un éternel défi, un jeu… Or, Manu sait que son grand frère est très fort à ce jeu-là et lui, il ne joue plus. Même Chris s'en est rendu compte.

— C'est des conneries, chuchota Léa qui avait de plus en plus de mal à retenir ses larmes.

— Bien sûr que non ! T'es une sacrée foutue tête de mule ! Tu veux que je te répète les paroles de Chris ? Il pense que tu es une super-nana. Et il m'a dit que si son frère, amoureux comme il l'est, était assez con pour te laisser partir, il ferait son possible pour le faire sortir de ses gonds.

— C'est-à-dire ?

– Te séduire, ou au-moins faire semblant pour faire réagir Manu, quitte à se prendre son poing sur la tronche !

– C'est stupide, ragea Léa. C'est vraiment la solution la plus nulle qui soit ! Tout ce qu'il va gagner, c'est se mettre son frère à dos. Si Manu veut vraiment que je reste, il n'a qu'un mot à dire : sauf qu'il ne le dit pas ! Je savais que je devais me protéger contre lui, mais non, il a fallu que j'en tombe follement amoureuse. Je n'attends que ça moi, qu'il me demande de rester. Au lieu de ça, il est devenu froid, indifférent, il passe son temps vers d'autres nanas... Et à part ça, il faudrait que j'y croie encore ?

– Est-ce que tu serais capable de l'écouter, seulement ? Il n'y a pas plus sourd que celui qui ne veut pas entendre. C'était quoi le coup de fil cet après-midi ? la contrecarra Max... Si Manu arrive à l'instant et qu'il te demande de ne pas partir, tu resteras ?

– Je ne peux pas... Je repartirai, mais je pourrais être de retour dans quinze jours, voire trois semaines au plus tard.

– Pourquoi ? Qu'est-ce qui va se passer dans quinze jours ?

– Je serai au chômage. Plus rien ne me retiendra là-haut. Je pars dans des conditions dramatiques pour mon employeur. Il prend sa retraite pour raison de santé. Je suis triste pour lui. C'est horrible, mais la première chose qui m'est venue à l'esprit, c'est "*Super ! Je vais pouvoir rejoindre Manu*".

– Et tu lui en as parlé, à lui ? souffla Max.

– J'ai hésité et puis... Non... Je ne voulais pas me découvrir trop vite. Je ne suis pas sûre qu'il veuille vraiment que ça dure entre nous. Je voulais attendre qu'il me demande de rester... Maintenant, je suis persuadée qu'il est content que je parte alors je te demande de ne rien lui dire à propos de mon boulot.

— Mais putain Léa, c'est...

— Max, ne lui dis rien, s'il te plaît ! Promets-le moi !

— Merde Léa ! Y'a qu'une gonzesse pour être aussi compliquée. Il n'attend qu'un geste... Vous êtes deux cons qui vous butez l'un contre l'autre alors que vous attendez la même chose tous les deux. Donne-lui seulement une chance, tends-lui la perche, supplia presque Max.

Léa essuya une larme qui roulait sur sa joue.

— Il attend que je m'en aille, Max. Il me l'a dit, c'est fini, coupa-t-elle en laissant ses larmes prendre le dessus.

Sans un mot, il la prit dans ses bras. Elle se blottit contre lui, le visage dans son cou et laissa éclater son chagrin. Il resta silencieux, se contentant de la serrer contre lui et de lui caresser la nuque pour la calmer. Depuis son arrivée dans l'après-midi, il l'avait sentie tendue comme la corde d'un arc, prête à craquer. Il pensait que cela lui ferait du bien de pleurer un bon coup. Ensuite, sa vision de la situation serait peut-être plus posée. Sans compter que son état d'ivresse n'arrangeait rien... Elle n'eut aucune notion du temps qu'elle avait pu passer comme ça, dans ses bras.

— Je suis désolée, se reprit-elle enfin.

— Ça t'a fait du bien ? Ça va mieux ?

Elle sourit en acquiesçant d'un signe de tête.

— Alors, sèche tes larmes et on retourne là-bas. Si tu ne veux pas parler à Manu, c'est moi qui le ferai, d'accord ? Laisse-moi faire et fais-moi confiance.

— Ça ne sert à rien...

— Si je me plante, je fais machine arrière et c'est tout, O.K. ?

– Tu ne laisseras pas tomber de toute façon, se résigna-t-elle.

Il répondit par un sourire entendu et elle le suivit. De retour dans la discothèque, elle eut l'impression qu'il y avait encore plus de monde qu'auparavant. Soudain Max fut retenu par la main d'un inconnu. Il venait de tomber sur un vieil ami. Il eut l'air hésitant. Léa se pencha sur lui et lui cria dans l'oreille, pour couvrir le bruit.

– Je rejoins les autres, prends ton temps ! "*Y'a pas l'feu au lac*", lança-t-elle pour reprendre une expression courante dans l'Est, qu'on attribuait en général aux suisses.

Il lui sourit en guise d'approbation. Arrivée près de leur table, elle s'adressa à Claudia.

– Tu sais où sont Manu ou Aline ?

– Aline était sur la petite piste de danse à l'intérieur. Manu te cherchait il y a environ un quart d'heure. La dernière fois que je l'ai vu, il était au bar de la terrasse, derrière les tables, là-bas !

– Merci, sourit-elle en prenant la direction indiquée.

Elle le cherchait encore du regard quand soudain, elle se figea. Son sang se glaça dans ses veines. Manu était adossé à un mur près du bar et tenait contre lui une jeune fille qu'elle prit d'abord pour Sophie avant de se raviser : celle-ci était nettement moins jolie. Apparemment, Manu ne l'avait pas vue et continuait à flirter ouvertement avec elle. Avec un sentiment de nausée, elle le vit prendre ses lèvres et l'embrasser passionnément.

Partagée entre l'envie de s'enfuir et celle d'aller le gifler, elle le regarda faire quelques instants, incapable de bouger. Puis la colère prit le dessus. Le mufle aurait pu attendre quelques jours. Elle serait au-moins partie avec une belle image de lui. Rageusement, elle le rejoignit.

– Je ne te dérange pas, j'espère ?

Sa voix avait claqué comme un coup de fouet, ses yeux lançaient des éclairs de colère et de douleur. Elle s'attendait à ce qu'il sursaute, éjectant celle qui se trouvait collée à lui, qu'il se sente gêné, pris en défaut, qu'il tente de s'expliquer, qu'il bafouille... Or, il tourna lentement son regard vers elle, la fixa un instant, un léger sourire ironique sur les lèvres, son verre toujours à la main. La fille aussi s'était retournée et la regardait l'air agacé. Tous deux se comportaient comme si c'était elle l'intruse.

– Ce n'est pas la bonne question, ironisa-t-il. Le vrai problème, c'est de savoir si moi, je ne te dérange pas !

Sa voix pâteuse et son regard brillant trahirent son état d'ébriété avancé.

– Eh bien si ! Tu me déranges ! ragea-t-elle. Comment tu appelles ça ? De l'amour propre ?

Il prit la jeune fille par la taille, l'invitant à s'éloigner légèrement de lui pour lui permettre de bouger. Puis d'une voix calme, que son regard de marbre rendait plus froide encore, il lâcha :

– Eh bien, puisque je te dérange, je m'en vais. Je ne voudrais pas gâcher ta soirée... On va chez toi ? proposa-t-il d'une voix plus douce à sa nouvelle compagne. Il y a encore des affaires à elle chez moi.

Léa ne pouvait détacher son regard de son visage, atterrée, écœurée, incrédule. Elle avait l'impression de ne plus faire partie du même film. Quelques heures auparavant, elle était encore blottie dans ses bras, ses yeux brûlaient de tendresse pour elle. Et soudain, il l'ignorait, séduisait une autre fille sous ses yeux sans le moindre embarras et se conduisait avec elle comme le dernier des goujats. Ce n'était pas possible, ce n'était pas *son* Manu, à moins qu'elle ait été aussi aveugle que ça ?

– Tu te conduis vraiment comme un fumier, lâcha-t-elle d'une voix glacée. Je pars bientôt, tu ne pouvais pas attendre un peu pour te taper quelqu'un d'autre ?

– C'est toi qui me dis ça ? rétorqua-t-il en riant de façon cynique. Souviens-toi : "*Ce qui est bien entre nous, c'est qu'on sait tous les deux à quoi s'attendre ! Pas de romantisme, pas de sentiments, que du cul !*" C'est bien toi qui disait ça, non ? Et c'est toi qui es étonnée ? "*Manu, ne gâche pas tout ! Ne complique pas les choses, ça l'est suffisamment comme ça !*" Tu as la mémoire aussi courte ? Eh bien tu vois : je ne complique pas les choses, je les rends même beaucoup plus simples. Tu vas pouvoir partir sans aucun regret, en tout cas, à mon sujet, précisa-t-il amèrement.

Son haleine sentait le whisky, mais cela ne rassura pas Léa, au contraire. Sur ce, il tourna les talons, attrapa sa nouvelle petite amie par le coude et l'entraîna vers la sortie. Seul un effluve d'alcool rappela sa présence. Il semblait avoir bu plus que de raison. Même sa démarche légèrement chancelante en témoignait. Léa resta stupéfiée, immobile comme une statue, à le regarder disparaître. Elle avait l'impression d'avoir été transformée en pierre. Le moindre mouvement lui semblait impossible, au-dessus de ses forces. Au-moins avec Laurent, elle avait hurlé, pleuré... Ça n'avait servi à rien, mais cela l'avait soulagée. Alors qu'à présent, elle avait mal, plus qu'elle n'aurait pu l'imaginer, plus qu'elle n'aurait jamais pu avoir mal avec un autre. Il lui fallait vivre ça pour se rendre compte qu'elle n'avait jamais vraiment aimé Laurent, en tout cas pas autant que Manu. Pour la seconde fois de sa vie, tout s'écroulait autour d'elle. Elle aurait aimé pouvoir pleurer, faire sortir du plus profond de son être cette douleur qui la rongeait. Mais non, le visage blême, elle restait statufiée. Ce fut la voix sèche de Max qui la fit se retourner. Il faisait face à Manu, l'empêchant de passer.

— Tu veux que je te dise ? T'es le dernier des connards ! Tu gâches tout ! lâcha-t-il rageusement.

La réponse de Manu ne se fit pas attendre. Avant que quiconque ait eu le temps de s'interposer, il mit son poing sur la figure de Max, tapant de toutes ses forces, le déséquilibrant. Celui-ci heurta une table qui l'empêcha de rouler à terre. Aveuglé par la rage, un peu de sang sur les lèvres, Max se jeta sur Manu. Il fut intercepté de plein fouet par Chris qui l'immobilisa. Mais déjà Manu revenait à la charge. Chris, d'un coup d'épaule, n'eut aucun mal à repousser son frère chancelant. Manu qui apparemment, était conscient de n'être pas en état de lui faire face, n'insista pas.

— Mais qu'est-ce qui vous prend ? Vous êtes débiles ? hurla Chris.

Manu lui décocha un sourire haineux, tourna le dos, emmenant avec lui la fille qui l'accompagnait et disparut. Chris allait interroger Léa mais sa pâleur et son léger tremblement parlèrent pour elle. A son tour, elle s'éloigna vers la sortie. Max se dégagea de l'emprise de Chris et la rattrapa.

— Attends, Léa ! Où tu vas ? Tu ne vas pas partir comme ça ?

Elle le regarda comme si elle le voyait pour la première fois, longuement. Enfin, elle consentit à lui répondre.

— Bien sûr que je m'en vais. Qu'est-ce que tu veux que je fasse d'autre ? C'était prévu de toute façon.

— Attends, je te raccompagne...

– Ce n'est pas nécessaire... Et puis, tu ne vas quand même pas te taper huit cent bornes juste par gentillesse ?

– Tu ne vas quand même pas partir comme ça ? Tu ne vas pas prendre la route tout de suite ? s'écria Max.

– Si, murmura-t-elle, la gorge serrée. Je veux rester seule maintenant, s'il te plaît ! J'ai besoin d'air, de couper les ponts... Tous les ponts...

Sans un autre mot d'explication, comme un zombie, la démarche chancelante, elle s'éloigna et disparut dans la foule. Chris et Max partirent tous les deux à sa suite. Ce fut Chris qui la rattrapa sur le port, près du parking.

– Attends, je te raccompagne au-moins chez Aline, ordonna-t-il. Hors de question que tu conduises dans cet état, tu as bu et... Et puis, écoute-moi ! Je ne sais pas ce qui s'est passé, mais Manu est complètement ivre. Demain, il verra les choses autrement...

– Demain je serai loin, murmura Léa.

– Non ! Il ne faut pas que tu partes. Il ne faut pas abandonner aussi facilement. Je suis persuadé que demain, il s'en mordra les doigts, qu'il regrettera ce qu'il a fait, et...

– Ça suffit ! s'écria-t-elle. Pourquoi vous voulez tous que ça marche forcément ? C'est fini entre nous, c'est fini depuis le début parce qu'on s'était fixé des limites. On savait tous les deux à quoi s'en tenir. La seule chose qui me fasse vraiment chier, c'est qu'il s'en soit pris à Max. Le reste, je m'en tape. Maintenant, je ne veux plus rien entendre !

Chris poussa un soupir d'exaspération mais resta silencieux. Il réussit tout de même à convaincre Léa de se laisser raccompagner jusqu'à chez Aline. Max s'engouffra avec eux dans la voiture. A la demande de la jeune fille, ils firent une halte chez Manu afin qu'elle puisse récupérer ses affaires. Elle savait que la voiture de Manu ne serait pas sur le parking, mais elle ressentit quand même une brûlure en elle en le constatant. Elle récupéra très vite ses vêtements et ses affaires de toilette. Elle rendit les clés de l'appartement de Manu à son frère. Malgré les protestations de Léa, ils ne se contentèrent pas de la déposer chez Aline, ils descendirent de voiture et la suivirent. Elle finit par leur assurer qu'elle allait bien, à les convaincre qu'elle voulait rester seule. Elle leur promit de ne partir que dans la matinée, de dormir et de déjeuner avant. De toute façon, il était hors de question qu'elle parte sans avoir au-moins remercié son amie.

– Tu peux me ramener là-bas ? demanda Max à Chris. Il faut que je récupère ma voiture.

– J'y retourne de toute façon... Quel gâchis ! grogna Chris en montant dans sa voiture.

Max se contenta d'acquiescer de la tête, silencieusement.

Elle les regarda partir le cœur lourd. Elle n'arrivait pas à se faire à l'idée qu'elle ne les reverrait jamais.

Chapitre 18

A peine une demi-heure plus tard, Léa entendait la voiture de Fred et Aline rentrer au garage. Elle n'avait même pas fini de ranger ses affaires que son amie entrait dans la chambre en trombe.
– Qu'est-ce que tu fais ? Tu t'en vas ?
– Hum, je crois que c'est ce que j'ai de mieux à faire... Je ne suis pas à deux ou trois jours près. De toute façon, c'était convenu comme ça. Tu reprends le travail demain... Et en roulant aujourd'hui, je ne serai pas ennuyée par les camions...

Elle n'arrêtait plus de parler, comme si le flot de paroles qui sortait de sa bouche pouvait endiguer et masquer son chagrin.
– Arrête, murmura Aline qui n'était pas dupe. Chris m'a raconté ce qui s'est passé. Je suis désolée. Je me sens tellement coupable... C'est moi qui t'ai poussée à t'amuser avec lui pour les vacances... Et il m'a semblé qu'il avait changé, alors j'y ai cru. J'ai vraiment cru qu'il était tombé amoureux de toi...
– Tu n'as rien à te reprocher, sourit Léa. Je suis une grande fille, je suis responsable et censée savoir ce que

je fais. J'ai joué avec le feu, je me suis brûlée, tant pis pour moi. Ce n'était pas faute d'avoir été prévenue. De toute façon, je collectionne les catastrophes. Je ne tombe amoureuse que de mecs qui ne sont pas pour moi... Mais ça va aller, je m'en remettrai !

– Ben, tu vois ? C'est justement parce que tu me dis ça que je m'inquiète. Il y a un an, quand tu as quitté Laurent, tu disais que tu ne t'en remettrais jamais, qu'il était le seul, que ta vie était foutue. Et moi, je me disais *"Cause toujours ma cocotte, ça te passera !"*. Mais aujourd'hui, je sais que ça ne passera pas et que tu ne t'en remettras qu'en apparence... Pourquoi tu n'essaies pas de te battre, de le récupérer au lieu de t'enfuir ? Quelque chose me dit qu'il a agi sur un coup de tête et...

– Stop ! Arrête, s'il te plaît, souffla Léa. Je n'ai pas envie de te suivre sur ce terrain. Plus je m'accrocherai, plus il s'éloignera... Et plus je morflerai. J'ai déjà du mal à assumer maintenant, plus vite et plus loin je partirai, mieux ce sera !

Aline, à court d'argument, dut s'incliner. Fred avait préparé du café. Ils en burent tous les trois, se dirent au revoir et lorsque le jour se leva, Léa s'engageait sur l'autoroute. Pendant tout le trajet, elle conduisit l'esprit ailleurs, comme dans un état second. C'était paradoxal, mais elle avait tellement mal qu'il lui semblait ne plus rien ressentir. Pas une fois, elle ne s'arrêta, ne serait-ce que pour faire une pause. Du coup, à midi, elle était chez elle. Elle passa un rapide coup de fil à Aline pour la rassurer, prit ensuite une bonne douche, s'allongea sur son lit et pour la première fois depuis son départ, elle se laissa submerger par les larmes. Elle pleura, sanglota jusqu'à ce qu'elle tombe d'épuisement dans un profond sommeil.

Quand elle ouvrit les yeux, il était très tôt. Le soleil n'était pas encore levé. Comme un automate, elle se prépara une tasse de café. Elle se sentait vide à l'intérieur, elle sentait le vide dans son appartement, le vide dans sa vie. Le bruit de la mer, des cigales, le cri des enfants sur la plage, le rire d'Aline, les plaisanteries de Max, tout cela lui manquait cruellement et lui semblait si lointain. Elle n'arrivait pas à croire que la veille encore, elle était là-bas. Prenant son courage à deux mains, elle entreprit de défaire ses bagages. Faire sa lessive et son ménage lui occuperaient l'esprit. Alors qu'elle finissait de vider sa valise, une pochette de photos attira son regard. Elle ne lui appartenait pas, c'était étrange. Elle l'ouvrit et en sortit le paquet de clichés. Dès la première photo, sa gorge se serra, les larmes brouillèrent sa vue. Ça, c'était un coup d'Aline, elle en était certaine. Il s'agissait de photos de toute la bande à diverses occasions : Manu y resplendissait, qu'il soit en jean, en short, la nuit, le jour, il apparaissait toujours à son avantage, avec son petit sourire ironique et moqueur. Apparaissaient également Aline, Fred, Max, Claudia, Joël et même Chris. Aline avait eu la décence d'enlever les photos concernant Mélanie. Sur le dernier cliché ils apparaissaient tous autour d'un barbecue. Au dos de la photo, Léa reconnut l'écriture de son amie.

"*Pour que tu n'oublies rien ni personne !*" Comme si elle avait besoin de photos, songea-t-elle amèrement. Sa première pensée fut de faire brûler celles sur lesquelles Manu apparaissait. Mais elle n'en eut pas le courage. Elle rangea la pochette entière dans un tiroir. Au fond d'elle, elle était contente d'avoir des clichés de lui. Elle savait d'ores et déjà, qu'elle ne se lasserait jamais de les regarder quitte à pleurer chaque fois !

En fin d'après-midi, elle se décida tout de même à appeler ses parents. Sa mère qui répondit, fut surprise de son retour si rapide.

— Aline reprenait le travail aujourd'hui et je n'avais pas trop envie de passer mes journées toute seule, se justifia-t-elle. Et puis, je vais reprendre le travail plus tôt que prévu.

Elle rendit compte à sa mère, du coup de fil de Maître Roussel.

— Du coup, tu vas te retrouver au chômage ? s'inquiéta celle-ci.

— Pas pour longtemps, je retrouverai bien quelque chose, ne t'inquiète pas !

— Léa, tu es sûre que tu n'es revenue que pour les raisons que tu me donnes ? Tu es sûre de m'avoir tout dit ? Tu as une drôle de voix.

Cette dernière eut toutes les peines du monde à convaincre sa mère que tout allait bien, qu'elle n'avait que le cafard habituel des fins de vacances. Elle appela ensuite Maître Roussel pour le prévenir de son retour.

— C'est à cause de mon coup de fil que vous êtes rentrée si tôt ? Je vous avais pourtant dit qu'il n'y avait pas le feu ! s'étonna celui-ci.

— Je devais rentrer de toute façon, vous n'en êtes pas la cause. Comment va Lise ?

— Ça peut aller. Elle a un moral d'acier, elle. Nous attendons des résultats d'examen, mais apparemment, ce ne serait pas si grave qu'on nous l'avait annoncé au départ. La maladie a été prise assez tôt. D'une façon comme de l'autre, je prends ma retraite quand même. Et vous, vos vacances ?

— Bien ! Comme toutes les vacances...

— Je suis rassuré, vous revenez toujours aussi malheureuse, apparemment. Est-ce que c'est Arthur qui est venu vous rejoindre, ou c'est un autre ? railla-t-il.

— C'est un autre, sourit-elle malgré elle. Vous me connaissez ? Je ne suis pas douée pour chercher l'âme sœur. Je crois que je vais me convaincre de rester célibataire...

– Pensez-vous, se mit-il à rire. Le jour où quelqu'un de valable aura jeté son dévolu sur vous, vous ne pourrez plus vous en débarrasser, vous verrez ! Alors on se dit à demain matin ?

– Bien, à demain alors !

A peine eut-elle raccroché qu'on sonnait à la porte. Léa poussa un soupir de lassitude. Elle n'avait pas envie de voir qui que ce soit. Mais elle eut la surprise de découvrir sa sœur sur le palier.

– Mathilde ? Tu es toute seule ? s'étonna-t-elle.

– Oui, Jeff et Chloé sont restés chez papa et maman. Je n'ai pas dit à ta nièce que je venais chez toi d'ailleurs, sinon je n'aurais pas pu m'échapper sans elle... Alors ? Qu'est-ce qui ne va pas ma poupette ?

Mathilde avait toujours eu le don de deviner quand Léa avait besoin d'elle.

– Qu'est-ce qui te fait croire que quelque chose ne va pas ? simula-t-elle en tournant la tête alors qu'elle se sentait déjà au bord des larmes.

– J'avais l'écouteur à l'oreille chez maman et ta voix ne peut pas me tromper, tu le sais bien.

Alors, comme quand elles étaient plus jeunes, Léa se laissa tomber dans les bras de sa grande sœur et se remit à pleurer à chaudes larmes. Quand elle se fut un peu calmée, elle lui raconta ses vacances depuis le début. Elle lui montra même les photos de Manu.

– C'est Aline ça ? Elle a drôlement minci, non ? s'étonna Mathilde.

– Je le lui dirai, sourit Léa. Ça lui fera plaisir.

– Evidemment ! fit Mathilde en tombant sur un portrait de Manu tout sourire, torse nu sur une plage. Tu n'as pas trouvé plus canon ?

– Si, mais ils n'étaient pas disponibles, plaisanta Léa.

– Je crois que je n'ai jamais connu un mec aussi... Pfou ! C'est à couper le souffle. Je comprends qu'il t'ait fait craquer et tu ne dois pas être la seule...

– C'est ça le problème ! Je ne suis pas la seule et ne le serai jamais. Il change environ toutes les trois semaines, railla-t-elle pour cacher son chagrin.

– Et... Tu es sûre que c'est fini, qu'il n'y a plus d'espoir ? s'enquit Mathilde qui cherchait une parade.

– Il y aurait bien une solution, se moqua Léa, c'est de faire disparaître toutes les filles célibataires de moins de quarante ans de la surface de la terre. En désespoir de cause, il reviendrait peut-être !

– Tu es bête, se mit à rire sa sœur.

Elles plaisantèrent encore un moment, puis Mathilde dut repartir. Elles se promirent de se téléphoner et de se revoir très vite.

La semaine qui suivit, Léa se jeta dans son travail à corps perdu. Si bien que les préparatifs de départ de Maître Roussel firent un bond en avant. Chaque fois qu'il lui disait : "*Dites, il faudra penser à telle chose, écrire à un tel, penser à faire cela...*" Léa répondait invariablement "*C'est fait, c'est en cours*" ou encore "*J'y avais pensé*".

– Vous êtes sidérante ! Vous allez me faire regretter de ne plus travailler avec vous ! lui lança-t-il le vendredi soir. Dites, vous allez faire comment pour vous changer les idées ce week-end sans travail ? ironisa-t-il.

Elle avait repris contact avec deux de ses anciennes copines. Elles sortirent ensemble un soir, s'offrant le restaurant le plus cher du coin, rien que pour fêter leurs retrouvailles. Bien sûr, Léa fut obligée de leur faire un rapide résumé de sa situation sentimentale.

– Je crois que moi, à ta place, je ne serai pas partie. J'aurais fait un scandale au mec, écorché vif la nana, et le tour était joué. On ne laisse pas filer entre ses doigts un type pareil ! s'écria Isabelle.

– Pour parler de mec, tu sais que Laurent est de nouveau célibataire ? sourit Charlène.

– Comment ça ? s'enquit Léa qui se rendit compte qu'elle s'en foutait complètement.

– Sa blonde s'est barrée avec un joueur de foot professionnel. Elle s'est envolée avec sa voiture après s'être fait offrir plein de trucs, il parait !

– Oh, tu sais, les ragots, sourit Léa. N'empêche que si c'est vrai, ça lui fera les pieds...

– Ce ne sont pas des ragots, c'est lui qui me l'a dit. Je l'ai revu en début de semaine.

– Tu vois Laurent, toi ? s'étonna Isabelle.

– Ben... On fait du tennis dans le même club, rougit Charlène en cherchant à se justifier. D'ailleurs, il m'a demandé de tes nouvelles, Léa. Il m'a dit qu'il aimerait bien te revoir, comme ça, en copains. Et je crois même qu'il ne va pas tarder à te contacter pour une histoire de papiers, d'assurance voiture... Il voudrait que tu signes une sorte de certificat comme quoi vous avez vécu ensemble, je ne sais plus trop quoi... Je n'ai pas tout compris et je n'ai pas voulu le faire trop entrer dans les détails. Tu accepterais de le revoir ?

– En copains, pourquoi pas ? répondit Léa.

C'était vrai que cela ne la dérangerait pas, au contraire. Elle aussi avait envie de le revoir *en copain*. Ça pourrait être marrant.

Le dimanche soir, elle appela Aline, ne perdant pas les vieilles habitudes. Elles discutèrent de choses et d'autres, mais Aline n'aborda pas le sujet qui intéressait tant Léa. Aussi, celle-ci se décida-t-elle à questionner son amie.

— Tu as eu de ses nouvelles ? Tu l'as revu ?

— Non ! Il a disparu de la circulation, n'a donné de nouvelles à personne, pas même à sa propre famille. J'ai revu Chris. La dernière fois qu'il a vu son frère, c'était le jour où tu es partie. Ils se sont engueulés et c'est tout. Max ne l'a pas revu non plus. Et il est décidé à attendre que Manu revienne le premier...

— Je suis quand même désolée que ça se finisse comme ça pour vous. C'est dommage qu'il coupe les ponts avec ses copains à cause de moi...

— Penses-tu ! On va le revoir un de ces quatre. Ce n'est pas la première fois que ça arrive. Une fois, on ne l'a pas revu pendant trois mois et un jour il a débarqué sans crier gare. Il est comme ça, il ne faut pas se faire de souci pour lui... Et puis à mon avis, il ne doit quand même pas être trop à l'aise vis à vis de moi, vu mes relations avec toi. Il va sûrement laisser passer de l'eau sous les ponts avant de revenir.

Léa était déçue qu'Aline ne lui en dise pas plus. Elle brûlait de savoir s'il était toujours avec la même fille, si elle lui manquait un peu, s'il avait essayé d'avoir de ses nouvelles, s'il savait qu'elle était partie... Il lui manquait tant.

La semaine suivante, elle eut la surprise de recevoir un coup de fil de Max. Cela lui fit chaud au cœur d'entendre sa voix. Ils discutèrent longtemps. Mais lui non plus, ne put lui donner de nouvelles de Manu.

Le lundi 29 août, Léa fit la connaissance du remplaçant de Maître Roussel et de sa jeune secrétaire. Cette dernière ne lui plut pas du tout, mais elle avait pour mission de lui montrer le fonctionnement du bureau et de tous ses appareils, histoire d'assurer la transition. Le vendredi 2 septembre au soir, Léa quittait définitivement l'office notarial. Maître Roussel lui payait son mois de préavis, ainsi elle ne serait officiellement au chômage qu'à partir du mois d'Octobre. Il y avait maintenant trois semaines qu'elle avait quitté la Provence. Elle n'avait toujours pas de nouvelles de Manu, mais n'en demandait plus non plus. A quoi bon ? Aline et Max l'appelaient régulièrement, mais pas un n'abordait le sujet devenu tabou.

A peine rentrée chez elle, le téléphone sonna. N'ayant pas envie de répondre, Léa laissa marcher son répondeur.

– Léa ? C'est Laurent... Si tu es là, ce serait sympa que tu répondes...

Léa en tomba des nues. Après un instant de surprise, elle se décida à décrocher.

– Bon, tu n'es pas là, tant pis... J'aimerais que tu me rappelles au numéro suivant, enfin si tu veux...

– Laurent ? décrocha-t-elle. Je suis là ! Bonjour !

– Bonjour Léa, comment vas-tu ? demanda-t-il un peu gêné, hésitant.

– Ça peut aller, et toi ?

– Bof ! Comme-ci, comme-ça. Tu es seule ? Je ne te dérange pas au-moins ? J'ai appris que tu étais au chômage ? continua-t-il comme elle acquiesçait.

Léa sourit : il était déjà au courant, merci Charlène ! pensa-t-elle. Ils discutèrent un moment, puis Laurent aborda le sujet qui lui tenait à cœur.

– Léa, j'aurais besoin d'un service... Voilà, se lança-t-il alors qu'elle l'encourageait à continuer. Tu sais, quand on vivait ensemble, la voiture était assurée à ton nom. Quand on s'est quitté, j'ai roulé un moment avec la voiture de mon père. En fait, je ne me suis jamais assuré à mon nom. Maintenant je voudrais le faire, mais je me suis payé une Porsche et en tant que jeune assuré, je ne t'explique pas ce que ça me coûte. Mon assurance accepterait de prendre en compte les cinq ans pendant lesquels j'ai roulé avec la tienne, à condition que tu me signes une attestation certifiant qu'on a vécu en concubinage pendant tout ce temps. Ça te dérangerait de me signer ce papier ?

– Non, bien sûr ! Je vais le faire, l'assura-t-elle.

Elle se mordit les lèvres : il s'était payé une Porsche, comme Manu. En fait, ils avaient au-moins deux points communs...

– On peut se voir la semaine prochaine ? Lundi par exemple ? Je t'invite à dîner, ça te va ?

– Comment refuser ? plaisanta-t-elle à demi. Tu passes me chercher ?

– A dix-neuf heures tapantes, d'accord ? Et encore merci, Léa. Tu m'enlèves une sacrée épine du pied, tu sais ?

– Je n'en doute pas, ironisa-t-elle.

L'idée de revoir Laurent lui faisait drôle, d'autant plus qu'elle n'arrivait plus à savoir pourquoi elle en avait été si amoureuse. Perdue dans ses pensées, elle sursauta quand le téléphone sonna de nouveau. Instinctivement, elle laissa le répondeur faire son travail. Pendant ce temps, elle se servit un grand verre de coca bien frais. En entendant la voix du message sur le répondeur, son cœur bondit dans sa poitrine, elle en échappa le verre qui se brisa en mille morceaux sur le carrelage, inondant la cuisine de soda foncé.

– Bonjour Léa, c'est Manu... Je suppose que tu n'es pas là et c'est tant mieux, parce que je suis persuadé que si tu avais répondu, tu m'aurais raccroché au nez... Je sais que tu dois m'en vouloir... Je voudrais me justifier, t'expliquer certaines choses... Ce serait bien si tu me rappelais... Sinon, j'essaierai de te rappeler demain. Bon ! J'attends ton coup de fil. Bye bye !

Elle en resta stupéfiée. Ce n'était pas possible ! Il l'appelait juste pour se justifier ? Uniquement pour avoir bonne conscience en fait. Son cœur cognait si fort dans sa poitrine. Pourtant, elle n'arrivait pas à savoir si c'était parce qu'elle était heureuse d'entendre sa voix, ou en colère qu'il ne l'appelle *que* pour lui donner une explication. Elle brûlait d'envie de le rappeler, mais elle ne le fit pas. Il fallait qu'elle soit réaliste. Elle n'était pas faite pour ce genre de mec et il ne se contenterait jamais d'elle seule. Elle n'était pas prête à pardonner en sachant qu'elle pleurerait de nouveau quelques jours plus tard. Mais son coup de fil l'intriguait quand même. Pourquoi tenait-il à s'expliquer ? Plusieurs fois, elle décrocha l'appareil et le raccrocha presque aussitôt. Autant couper les ponts tout de suite. Qu'il aille au diable, maugréait-elle en se résignant à nettoyer les dégâts qu'elle avait provoqués.

Mais elle eut beau lutter, il ne quitta pas une minute ses pensées. Elle se rendit au cinéma pour la dernière séance, croyant que cela lui changerait les idées, mais quand elle en sortit, elle aurait été bien en peine de raconter ce qu'elle avait vu.

Elle ne ferma pas les yeux de la nuit. Aussi, le matin très tôt, elle tournait en rond dans son appartement, lavant ce qui était déjà propre, essuyant une poussière imaginaire. Il fallait absolument qu'elle occupe son esprit. Elle grignota plus qu'elle ne déjeuna et partit faire les boutiques tout l'après-midi. A part pour la petite Chloé, elle ne fit aucune emplette. Rien ne lui plaisait, rien ne l'attirait. Ses pensées revenaient inlassablement à Manu et à son chagrin. En fin d'après-midi, alors qu'elle venait de rentrer, ses amies, Isabelle et Charlène passèrent lui rendre visite.

– Tu t'es transformée en fée du logis ? la charria Isabelle.

– J'avais besoin de m'occuper l'esprit, sourit Léa.

– J'ai une solution pour ça. Ce soir, on se fait un petit resto, ensuite on va boire un verre au *Totem*, tu sais le nouveau bowling qui s'est ouvert en ville. Tu viens avec nous ? proposa Charlène.

– Vous aimez le bowling, maintenant ? plaisanta Léa.

– Pas spécialement, mais il parait que les plus beaux play-boys de la région y sont tous les week-end.

– Alors, c'est décidé, je n'y vais pas, trancha Léa. Moi, les play-boys, j'ai déjà donné.

– En parlant du tien, tu n'aurais pas une photo ? questionna Charlène curieuse.

Sans un mot, Léa lui balança la seule pochette de photos qu'elle possédait.

– Attends, c'est lequel ? murmura Isabelle... Ne me dis pas que c'est lui, là !

– Si, pourquoi ? Il te plaît ? railla Léa.

– S'il me plaît ? Mais un mec comme ça, je me serais battue toutes griffes dehors pour le garder ! s'exclama son amie.

– Ce ne sont pas les griffes qui l'intéressent, mais ton postérieur, tu vois ? Je n'avais aucune chance, alors je n'ai pas eu envie de gaspiller mon énergie inutilement.

Alors qu'elle allait leur affirmer que la conversation était terminée, Léa sursauta en entendant la sonnerie du téléphone. Son cœur s'affola dans sa poitrine. Elle priait, à la fois pour que ce soit lui, à la fois pour avoir la force de résister, de ne pas céder à la tentation d'entendre sa voix.

– Tu ne réponds pas ? s'étonna Charlène.

– Non, il y a le répondeur, c'est fait pour ça, se justifia Léa, en frimant.

La présence des deux filles aiguisait son amour propre et l'aidait à ne pas se laisser aller. Elle savait qui appelait, elle le sentait.

–... Léa ? Tu ne m'as pas rappelé hier, retentit la voix de Manu sur le répondeur. Qu'est-ce que tu attends ?... Pourquoi est-ce que je suis si sûr que tu m'écoutes et que tu te refuses à répondre ?... Il faut vraiment, absolument, que je te parle. Allez ! Décroche s'il te plaît !... Tu ne veux pas ? O.K. ! Je rappellerai demain... et après-demain... et ainsi de suite tant que tu feras ta tête de mule, salut !

– Merde ! Pourquoi est-ce que tu ne décroches pas ? Il t'a déjà appelé hier ? questionna Isabelle. Il fait le premier pas, tends-lui la perche, écoute au-moins ce qu'il a à te dire !

– Non ! s'écria Léa. Je ne veux pas entendre ses explications, je ne veux pas lui parler.

– Mais pourquoi ? S'il t'appelle, c'est qu'il y a peut-être un petit espoir ? la supplia presque Charlène.

– Parce que si je lui parle, je craque, et je ne veux pas craquer. Il sait quel ascendant il a sur moi. Il sait que je suis incapable de lui résister. Ma seule force, c'est de rester indifférente, expliqua Léa.

– Ben moi, j'aurais bien fermé les yeux sur ses incartades, pourvu qu'il revienne dans mon lit, plaisanta Charlène.

– Pas moi ! Je ne fais pas partie d'un harem. J'ai de l'amour propre et je ne veux pas qu'il s'amuse avec moi. Je ne veux pas lui laisser l'occasion de savoir à quel point il peut me faire du mal.

– D'un autre côté, tu ne sauras jamais si... commença Isabelle.

– La conversation est close ! trancha sèchement Léa qui cachait son désespoir sous de la colère.

– Bon, tu viens avec nous ou pas, ce soir ?

— Non, je suis fatiguée. Je dors mal en ce moment et je préfère me coucher avec un bon bouquin. Vous êtes gentilles...

— Tu préfères te rendre malade et en crever à petit feu plutôt que de lui laisser une chance de s'expliquer, l'accusa de nouveaux Isabelle. Je n'en reviens pas !

Léa ne répondit pas, mais elle n'en démordit pas pour autant. Ce ne fut qu'une fois couchée, le soir, qu'elle se laissa aller à une nouvelle crise de larmes qui l'épuisa. Elle dormit profondément, mais son sommeil fut peuplé de cauchemars. Du coup, elle se leva avec l'impression d'être plus fatiguée que quand elle s'était couchée. Après une bonne douche, elle partit passer le dimanche chez ses parents, comme d'habitude.

— Tu sais Léa, Mathilde m'a parlé de tes vacances... Pourquoi tu ne m'as pas raconté ? la questionna sa mère, alors qu'elles se retrouvaient seules à la cuisine.

— Je ne voulais pas que tu te fasses de nouveau du souci pour moi. Ce n'est pas grave. Elle n'aurait pas dû t'en parler.

— Ce n'est pas mon impression, et ce n'est pas non plus celle de ta sœur. Si elle m'en a parlé, c'est parce que je ne suis pas folle : je sentais bien que quelque chose n'allait pas... Et je m'inquiète encore plus quand tu refuses de te confier... Alors j'ai cuisiné Mathilde... Elle dit que c'est pire que quand Laurent t'a trompé... Tu l'aimes tant que ça, celui-là ?

— Disons que Laurent, c'était environ sept sur l'échelle de Richter et Manu c'est onze, plaisanta à demi Léa.

— L'échelle de Richter ne va que jusqu'à neuf, rectifia sa mère.

— C'est bien ce que je disais, soupira Léa.

— Alors c'est plus grave que je ne pensais.... Pourquoi tu n'essaies pas de faire quelque chose...

– Quoi ? Qu'est-ce que tu veux que je fasse à part essayer de l'oublier. Ça passera... J'ai vécu cinq ans avec Laurent et je m'en suis remise. Je n'ai passé que trois semaines avec Manu. C'est un avantage : Je n'ai pas beaucoup de souvenirs pour nourrir mon chagrin éternel, tu vois l'genre ? Je m'en remettrai !

– Mais en attendant, tu maigris, tu deviens aigrie, tu es fatiguée, tu as mauvaise mine... s'emporta sa mère.

– C'est tout ? ironisa Léa. Je vais te dire une bonne chose : je l'oublierais peut-être plus vite si tout le monde ne s'entêtait pas à m'en parler sans arrêt, lança-t-elle en quittant la pièce.

– Tu lui as parlé ? s'enquit Mathilde qui entra à son tour.

– Ta sœur est la pire entêtée que je connaisse. Il n'y a jamais moyen d'en faire façon. Qu'est-ce que tu veux que je te dise ? ronchonna sa mère. Elle ne veut plus qu'on aborde le sujet... Le jour où elle se casera, il faudra que l'homme de sa vie ait une patience d'ange pour en venir à bout...

En rentrant chez elle, Léa se précipita sur le répondeur qui clignotait. Il y avait deux messages.

– Léa ? C'est encore moi... Si tu es là, réponds ! Parce que je n'appellerai plus... disait la voix de Manu. Tu n'es vraiment qu'une tête de mule, tant pis pour toi !

Léa se mordit la lèvre, les larmes aux yeux. Ça y est, c'était fini, il n'appellerait plus. Elle avait gagné... quoi ? Elle n'en savait trop rien, mais elle n'avait pas cédé. Son amour propre était sauf, mais son amour tout court en prit un sacré coup. La voix d'Aline s'éleva à son tour du répondeur.

– Léa ? On comprend tous que tu sois... en colère contre Manu, mais je l'ai vu, il est venu à la maison, on a beaucoup discuté... C'est moi qui lui ai donné ton numéro de téléphone. Il a des choses importantes à te dire... Arrête de t'entêter, rappelle-le, s'il te plaît ! Oublie une fois dans ta vie que tu peux avoir un sale caractère et une tête de mule hors du commun !

Léa hésita longuement puis finit par faire son numéro, la gorge sèche et le cœur palpitant. Son répondeur à lui aussi se mit en marche.

– Manu ? C'est Léa... Je suppose que tu n'es pas là... C'est un signe, je crois qu'on n'arrivera pas à se parler... Tant pis, j'aurais essayé, termina-t-elle avant de raccrocher.

Jusqu'au petit jour, elle espéra un coup de fil, mais Manu ne rappela pas.

Chapitre 19

Elle erra pendant toute la matinée, emmitouflée dans son cafard. Elle passait du canapé devant sa télé, à la cuisine, ouvrait la fenêtre, regardait dehors, refermait, passait par la chambre... Elle n'avait même pas envie de s'habiller, se baladant en caleçon et en long tee-shirt. En fin d'après-midi, elle se força à prendre une douche et à s'occuper un peu d'elle. Que dirait Laurent tout à l'heure, en voyant sa tête ?

– C'est irréparable, murmura-t-elle pour elle-même en jetant un coup d'œil dans son miroir.

Elle était pâle, avait les traits tirés. Ses cheveux semblaient ternes et mous, des cernes bleutés trahissaient sa fatigue... Elle releva ses cheveux en une sorte de chignon, duquel tombaient de longues mèches, lui donnant un air encore plus fragile. Elle se résolut à se maquiller, elle ne pouvait pas sortir comme ça. Elle allait commencer quand la sonnette de la porte d'entrée retentit. Instinctivement, elle regarda sa montre. Il n'était que dix-huit heures trente... Laurent n'avait pas pour habitude d'être en avance... Enfin, avant... Peut-être avait-il changé ?

Elle ouvrit la porte et resta paralysée par la surprise, incapable de prononcer la moindre parole. Elle le regardait comme si elle s'était trouvée face à un spectre.

– Bonjour... Je peux entrer ou je te dérange ?... On dirait que tu viens de voir un fantôme, se moqua gentiment... Manu.

– Qu'est-ce que tu fais là ? parvint-elle à murmurer.

– Tu ne réponds pas au téléphone et je n'ai pas la patience de t'appeler tous les jours pendant un mois, ironisa-t-il. Tu ne m'as pas laissé le choix !

– Je ne pensais pas que tu viendrais faire du tourisme par ici pendant tes vacances, lança-t-elle en reprenant un peu le dessus. Il y a une épidémie de Sida dans le sud ?

– Très drôle, murmura-t-il en grimaçant. Je ne connaissais pas l'Est, c'était le moment où jamais. Tu me laisses entrer ou tu veux qu'on discute sur le palier ?

Elle s'effaça pour le laisser passer. Elle sentait son sang bouillonner dans ses veines, son cœur s'affoler dans sa poitrine. Elle eut peur un instant, que ses jambes en coton ne la portent plus très longtemps.

– Installe-toi, tu veux boire quelque chose ? Un apéritif ?

– Non, pas d'alcool : ça ne me réussit pas en ce moment, lança-t-il sur le ton de l'autodérision. Si tu avais un Coca ou un Schwepps.

Elle s'éclipsa à la cuisine et dut prendre appui sur la table pour se reprendre. Elle devait rêver, ce n'était pas possible autrement.

– Ça n'a pas l'air d'être la grande forme, murmura-t-il quand elle revint, deux verres à la main. Tu as une mine de mort-vivant !

– Je te remercie, mais tu n'es pas mal non plus, dans le même genre, rétorqua-t-elle en remarquant à son tour ses traits tirés. J'ai beaucoup travaillé ces derniers temps et...

— Je croyais que tu étais au chômage... s'étonna-t-il.

— Maintenant, oui ! Mais avant ça, j'ai pas mal marné, reprit-elle après un sourire grimaçant, en lui tendant son verre.

— Pourquoi tu ne m'en as pas parlé ?

— Ça aurait changé quelque chose ?

— Bien sûr ! Je ne t'aurais jamais laissée repartir...

— Et comment tu aurais fait avec deux gonzesses sur les bras ? le provoqua-t-elle.

— Il n'y a pas deux gonzesses, comme tu dis. Il n'y en a qu'une pour le moment, sourit-il tristement. Et heureusement, parce qu'elle me prend assez la tête comme ça !

— Eh ben dis donc, elle n'a pas tenu le coup longtemps, celle-là ! Qu'est-ce qu'elle avait comme tare ? continuait Léa, les lèvres pincées.

— Je ne sais pas, sourit-il moqueusement. Je n'ai pas eu le temps de m'en rendre compte... Quand je suis parti avec elle, je l'ai ramenée à son appart et je l'y ai laissée. Elle était furax à un point... Je crois que si elle avait pu m'égorger, elle l'aurait fait !

Léa ne put retenir un petit rire. Un fol espoir naissait en elle. Son cœur battait la chamade. Elle n'osait y croire, et pourtant, il était là !

— J'avoue que je ne comprends pas tout, murmura-t-elle. Pourquoi est-ce que tu es venu après ce qui s'est passé ce soir-là ?

— Il y a eu des malentendus entre nous dès le départ... Et pas assez de dialogue pour les effacer...

— Explique-toi, l'encouragea-t-elle fébrilement.

— Pour ma part, j'ai cru que *ton Laurent* était mort... Tu m'as dit qu'il avait "*disparu*". Je n'ai pas compris que c'était de ta vie qu'il avait disparu. Quand je me suis confié à Aline, elle m'a expliqué...

— Qu'est-ce que ça changeait ? s'étonna-t-elle.

— Tout ! Je sais me battre contre un vivant, pas contre un mort ! Je n'osais pas être trop direct, je voulais te laisser du temps. Tu étais tellement lointaine... Pas une fois tu m'as laissé un espoir, pas une fois tu m'as laissé entendre que je comptais pour toi... Chaque fois que j'essayais de me rapprocher de toi, de te parler de mes sentiments, tu coupais court en disant qu'il n'y avait que du sexe entre nous, que tu allais bientôt partir, qu'on savait tous les deux à quoi s'en tenir... C'est toi qui le disais, pas moi ! D'un autre côté, étant donné ma réputation, je ne pouvais pas t'en vouloir de te méfier, au-moins au début... Et plus le temps passait, plus je sentais que tu m'échappais et je ne savais plus comment te retenir... Max s'en est mêlé, Chris aussi...

— Ils n'ont rien fait de répréhensible, c'est toi qui t'es buté contre eux ! le contredit Léa.

— Tu ne connais pas bien Chris, sourit Manu... Quant à Max, maintenant je sais qu'il n'avait rien à se reprocher. Mais sur le coup, quand je t'ai vue sur la plage, dans ses bras... De loin, c'était vraiment tendancieux, crois-moi ! J'ai pété les plombs... J'ai hésité entre vous rejoindre et vous massacrer et aller me bourrer la gueule au bar. Par peur de mes propres réactions, j'ai préféré le bar... Et puis cette nana m'a allumé au bon moment, je me suis servi d'elle. Franchement, j'ai trouvé assez culotté de ta part de me faire une scène après ce que j'avais vu...

— Max et Moi ? articula Léa, les yeux écarquillés. Tu as cru que... C'était ridicule ! J'étais en train de...

— Je sais ! Maintenant je le sais ! Mais mets-toi à ma place, sur le coup...

La sonnette de la porte retentit de nouveau, mettant fin à leur conversation, faisant sursauté Léa. Laurent ! Elle l'avait complètement oublié ! Et il tombait si mal après ce que Manu venait de lui confier... Si elle parvenait à garder son calme en apparence, la panique faisait des ravages en elle. Comment se sortir de cette situation ? Son trouble n'échappa pas à Manu.

– Tu attendais quelqu'un ? questionna-t-il de nouveau soupçonneux.

– Non !... Enfin oui...

Renonçant à s'expliquer, elle se résolut à aller ouvrir la porte alors que la sonnette retentissait de nouveau. Elle prévoyait d'expliquer brièvement la situation à Laurent en catimini, mais celui-ci ne lui en laissa pas le temps. A peine la porte s'ouvrit, qu'il entra théâtralement, un bouquet de roses à la main, passant directement au salon.

– Bonsoir ! Tu es prête ? Et voilà pour fêter nos retrouvailles...

Il s'arrêta net en tombant nez à nez avec Manu qui s'était levé. Léa les rejoignit, livide et mal à l'aise au possible.

– Manu, Laurent, murmura-t-elle en guise de présentations.

– Je dérange peut-être... finit par lancer Laurent après un silence tendu.

– Non ! Je crois que c'est moi qui dérange, murmura Manu. J'aurais dû m'en douter, j'suis vraiment trop con, lança-t-il en souriant amèrement, passant près de Léa en la fusillant du regard.

– Manu, attends... tenta-t-elle de le retenir.

Mais la porte qui claquait fut sa seule réponse.

– Eh merde... lâcha Léa, en se mordillant l'ongle du pouce, les larmes aux yeux.

Elle était si pâle que Laurent craignit un instant qu'elle ne fasse un malaise.

– Tu ne pouvais pas me dire que je tombais mal ?

– Je n'en ai pas vraiment eu le temps... On venait de se réconcilier...

– Je suis désolé, murmura Laurent. Tu tiens beaucoup à lui, n'est-ce pas ? ... Alors qu'est-ce que tu attends pour le rattraper et le retenir ? continua-t-il alors qu'elle restait plantée dans l'entrée sans bouger.

Elle le dévisagea un instant... et réagit enfin. Elle dégringola les deux étages plus qu'elle ne les descendit, suppliant Manu de l'attendre, de l'écouter. Elle le récria du haut des dernières marches alors qu'il s'apprêtait à prendre la porte de l'immeuble, faisant la sourde oreille.

– Manu ! Tu as fais huit cent bornes pour me dire que tu as réagi impulsivement et tu recommences ! s'écria-t-elle à bout d'argument.

Il s'immobilisa, la main sur la poignée de la porte, mais ne se retourna pas.

– Il n'y a plus rien entre Laurent et moi. Il n'y a que toi qui comptes... Tu n'as pas encore compris ? sanglota-t-elle, le visage inondé de larmes.

– Et il est venu avec des fleurs, fêter vos retrouvailles, uniquement par courtoisie ? Tu vas me dire que c'est une coïncidence ? Que tu ne l'attendais pas ? questionna ironiquement Manu, d'une voix grave et profonde, lui tournant toujours le dos.

– Si, je l'attendais... On devait dîner ensemble ce soir, en tout bien tout honneur, expliqua-t-elle entre deux sanglots. C'est la première fois que je le revois depuis notre rupture. Il avait besoin d'une signature sur un papier... Tu choisis justement ce moment pour te pointer... Du coup j'ai complètement oublié qu'il devait venir...

Elle vit la main de Manu se crisper sur la poignée de la porte. Il semblait hésiter. Enfin il lui fit face.

– Qu'est-ce qui me prouve que tu n'es pas en train de me mener en bateau, que tu ne joues pas sur les deux tableaux ? murmura-t-il, les yeux brillants de larmes.

– Et moi ? Qu'est-ce qui me prouve que tu m'as dit la vérité avec cette fille ? Que tu ne me feras pas le même coup que lui ? rétorqua-t-elle sur le même ton.

Il sembla réfléchir, hésiter. Enfin, il haussa les épaules.

– Je t'aime ! Qu'est-ce que tu veux que je dise ou fasse de plus ?

A ses mots, elle dévala les quelques marches qui la séparaient de lui. Il bondit à sa rencontre de peur qu'elle ne se rompe les os et l'attrapa au vol. Elle se jeta à son cou, pleurant à chaudes larmes. Manu la serrait contre lui à l'étouffer, enfouissant son visage dans son cou.

– Je t'aime, je t'aime tellement, murmura-t-elle contre lui.

– Calme-toi, ne pleure plus, je t'en supplie... Je ne supporte pas de te voir pleurer, chuchota-t-il à son oreille.

Il la plaqua contre le mur et prit ses lèvres, doucement, tendrement, longuement.

– Tu m'as manqué, tu m'as tellement manqué, chuchotait-il en couvrant son visage de petits baisers.

– Toi aussi, tu m'as manqué, sourit-elle. Je t'ai maudit des dizaines de fois, mais qu'est-ce que tu as pu me manquer !

Des pas dans l'escalier les forcèrent à se séparer. Laurent arrivait à leur hauteur.

– J'ai... J'ai laissé les fleurs là-haut, les papiers à signer aussi. Je passerai les prendre à l'occase, lança-t-il un peu gêné.

– Je suis désolée pour le dîner, Laurent... Je ne savais pas que... murmura Léa, les joues encore humides.

– C'est pas grave, je vais dîner tout seul... A moins que... Tu n'aurais pas le numéro de téléphone de ta copine Charlène, par hasard ? plaisanta-t-il à demi.

– Si, sourit-elle. C'est le 29.32.44.

– 29.32.44, c'est noté ! Merci... Prends soin d'elle, elle en vaut la peine, murmura-t-il à mi-voix, à l'adresse de Manu quand il passa près de lui.

Ce dernier ne répondit pas mais le regarda disparaître, un peu surpris. Pendue à son bras, Léa l'entraîna de nouveau dans les escaliers, en direction de l'appartement. Les fleurs trônaient sur la table de la salle à manger, à côté d'une lettre dactylographiée : celle que devait signer Léa.

– Tu dois avoir faim après ce trajet ? questionna doucement Léa.

– J'adore ta coiffure, murmura-t-il avec tendresse. Ça te donne un air romantique et fragile... Et surtout, ça donne envie de passer les doigts dedans et de tout défaire...

– Tu ne m'as pas répondu, tu as faim ? reprit-elle, un petit sourire timide sur les lèvres.

Il l'attira contre lui, prit sa nuque dans une main, la forçant à lever la tête. De l'autre main, il caressa doucement sa joue, puis pris ses lèvres, doucement, tendrement.

– Oui, j'ai faim, souffla-t-il. Depuis un mois, je crève de faim... de toi !

– Je parlais de nourriture, pas de sexe, tenta-t-elle de plaisanter.

– Le sexe n'est qu'accessoire, je veux tout de toi, je te veux corps et âme, chuchota-t-il en forçant le barrage de ses lèvres.

Comme la première fois qu'il l'avait touchée, une envie impérieuse de lui la fit vibrer. Il la fit reculer doucement jusqu'à ce qu'elle sente un mur dans son dos, tout en l'embrassant. Il mouchetait son visage, ses yeux, ses joues de baisers. Ses lèvres descendirent dans son cou, musardèrent jusqu'à ses oreilles. Il la débarrassa fébrilement de son tee-shirt et entreprit de couvrir chaque centimètre de son corps de baisers, s'attardant sur sa poitrine. Les joues brûlantes, les yeux mi-clos, haletante, elle était attentive au moindre de ses gestes, à la moindre caresse, au moindre effleurement. Quand sa langue vint titiller son nombril, elle retint son souffle, frémissante. Elle glissa ses doigts dans ses cheveux et s'y agrippa pour retenir ses lèvres brûlantes contre son ventre. Le souffle court, il lui arracha son caleçon, plus qu'il ne le lui enleva. Elle se retrouva nue devant lui. Il se recula légèrement pour la regarder. Quand leurs yeux s'accrochèrent, ceux de Manu brillaient d'amour et de tendresse. Impatiente, Léa le força à enlever son tee-shirt et ses doigts ne se lassèrent pas de caresser son torse musclé. Ses lèvres prirent le relais. Elle dut monter sur la pointe des pieds pour atteindre son cou. Il en profita pour la soulever par la taille, la soutenant contre le mur en glissant une jambe entre ses cuisses. Puis il libéra sa longue chevelure noire qui s'écroula sur ses épaules.

– Tu me rends fou, chuchota-t-il à son oreille. J'ai toujours envie de toi, chaque minute, chaque seconde...

Sa voix mourut dans sa gorge quand la main de Léa déboutonna son jean et se mit à caresser le durcissement qu'elle avait provoqué, lui arrachant un gémissement.

– Montre-moi à quel point tu es fou de moi, murmura-t-elle, la voix vibrante de désir.

A son tour, ses doigts remontèrent à l'intérieur de ses cuisses jusqu'à la source humide de son intimité, buvant à ses lèvres frémissantes une plainte naissante.

– Je t'avais dit que tu ne pourrais pas te passer de ça, souffla-t-il, ému, tremblant de désir.

– Je m'en suis passée pendant un mois, mais j'aurais fini par en crever, avoua-t-elle en tentant de reprendre son souffle.

Les caresses de Manu devenaient de plus en plus précises, de plus en plus profondes. Inconsciemment, Léa se cambrait contre lui, se balançait au rythme de ses doigts, se frottant sur sa cuisse langoureusement. Elle se sentait perdre pied, chavirer lentement dans le plaisir.

– Prends-moi, maintenant... Je t'en prie... Je veux te sentir au plus profond de moi, souffla-t-elle en gémissant.

Haletant, Manu ne put résister à un tel appel. Dans un gémissement rauque, il la guida, l'aidant à s'empaler lentement sur son sexe...

Quand, en sueur, elle se laissa tomber contre son torse, le visage dans son cou, leurs corps secoués par les spasmes du plaisir, essoufflés, il la souleva légèrement, l'enleva dans ses bras et la porta jusqu'à son lit. S'allongeant près d'elle, il se souleva sur un coude pour pouvoir la regarder. Des mèches de cheveux collaient à son visage, sa poitrine se soulevait encore trop rapidement, ses lèvres rouge sang étaient entrouvertes, ses yeux vert émeraude brillaient dans la pénombre. Elle ressemblait à une poupée de porcelaine si fragile qu'on osait à peine toucher, de peur de la casser : elle le ravissait.

– Tu es une sorcière, murmura-t-il en lui souriant tendrement. Tu m'as envoûté, tu m'as jeté un sort...

– Pour combien de temps ? Je ne pourrai plus vivre sans toi...

– C'est toi qui ose me dire ça ? Je ne voulais pas que tu partes, moi !

– Tu ne m'as jamais demandé de rester, Manu.

– Je n'ai jamais cessé ! Toi, tu n'as jamais voulu m'écouter. Tu étais tellement persuadée que je ne faisais que m'amuser avec toi. C'était toujours toi qui disais qu'on savait à quoi s'en tenir, qu'il n'y avait que du sexe entre nous...

– Je n'attendais qu'une chose, c'était que tu me contredises !

– Je ne voulais pas te brusquer, j'avais trop peur que tu ne te braques contre moi.

– Dis-moi la vérité, lança-t-elle soudain en se relevant, le faisant tomber sur le dos, appuyant son menton sur sa poitrine. Tu as voulu t'amuser avec moi au départ... Quand es-tu tombé amoureux de moi ?

Il lui fit son plus beau sourire, le plus séducteur, le plus irrésistible.

– Sincèrement ?... Tu m'as tout de suite plu physiquement. Tes yeux m'ont fait craquer sur la plage, quand tu t'es retournée... Et après, c'est ton humour qui m'a séduit. Je me suis dit que ça serait sûrement agréable de passer un moment avec toi... Seulement, je n'arrivais pas à te draguer comme je l'aurais fait avec une autre. Je me suis rendu compte que je prenais un plaisir fou à passer simplement du temps avec toi, à te voir, à discuter. Ça, ça m'a fait peur, alors je me suis éloigné une semaine. Et je me sentais encore plus mal de ne pas te voir. Alors je me suis dit *"tant pis ! Tentons le tout pour le tout !"*... C'est vrai qu'au début, j'ai tenté de me persuader que ce n'était qu'une aventure de vacances... Mais plus je passais du temps avec toi, plus je sentais que tu comptais pour moi, que je m'attachais à toi... Mais le déclic, ce qui m'a fait comprendre à quel point je t'aimais, c'est quand tu t'es noyée... Je n'ai jamais eu aussi peur de ma vie. Je n'arrivais pas à te réanimer. Je devenais fou. Quand tu as ouvert les yeux, j'en ai chialé comme un gamin. Ensuite, je suis resté tout le temps près de toi, pendant que tu dormais, à veiller sur toi jusqu'à ce que tu refasses vraiment surface. Il a fallu que je risque de te perdre définitivement pour que je comprenne à quel point tu comptais pour moi... Mais quand tu étais dans les vaps, c'est Laurent que tu as appelé, pas moi...

– Quand j'étais en plein cauchemar, n'est-ce pas ? se remémora-t-elle... Je ne l'appelais pas, reprit-elle quand il eut acquiescé. Dans mon cauchemar, il me maintenait sous l'eau, il essayait de me tuer. Si j'ai prononcé son prénom, c'était pour le supplier de me lâcher... Je me suis réveillée quand j'ai reconnu ta voix... Tu aurais dû m'en parler !

– Je n'ai pas pu... J'avais trop peur d'entendre ce que tu allais me répondre... Ensuite, je me suis dit que j'avais encore un peu de temps pour te convaincre de rester, pour essayer de me faire aimer de toi. Plus j'essayais, plus tu t'éloignais et plus tu me donnais l'impression de t'accrocher à ce mec que je croyais mort. Ça me rendait dingue de ne pas pouvoir te l'enlever de la tête et prendre sa place... Du coup, je ne supportais plus de te voir rire et plaisanter avec Max parce que j'avais l'impression qu'avec lui, tu te laissais aller. Vous aviez l'air de partager une telle complicité... J'en étais réellement jaloux.

– Max savait que j'étais tombée amoureuse de toi...

– Il n'a jamais essayé avec toi ? Sois franche ! la coupa-t-il.

– Au début si, sourit-elle en se remémorant le fameux soir où elle s'était éclipsée avec lui.

– J'en étais sûr !

– Mais c'était comme un jeu, reprit-elle aussitôt. Il voulait me faire dire que j'étais amoureuse de toi, alors il m'a dragué jusqu'à ce que je dise ce qu'il voulait entendre. Ensuite, il m'a conseillé, si je voulais vraiment t'accrocher, de te donner tout le temps l'impression de t'échapper, de te rendre jaloux. Il s'est mis à jouer ce jeu-là pour te faire réagir.

– J'avais pas besoin de ça, murmura Manu.

– Il ne pouvait pas savoir... Tu l'as revu depuis mon départ ?... J'étais furieuse que tu l'aies frappé, tu sais ?

– Quand je suis rentré chez moi, la première chose que j'ai vérifié, c'était si tes affaires étaient toujours là. Quand j'ai compris que tu étais déjà passée et que tu avais tout emporté, je me suis dit que j'avais tout foiré !

Léa se laissa tomber sur son torse, le visage près du sien. Tout en lui parlant, il enroulait ses doigts dans ses cheveux, caressait sa nuque.

– Je vous en ai voulu à tous les deux, tu ne peux même pas imaginer à quel point. J'avais des envies de meurtre parce que pour moi, il n'y avait aucun doute sur ce que j'avais vu. Chris est passé un moment après. Il a essayé de me raisonner, de comprendre ce qui s'était passé, mais je n'ai même pas voulu l'écouter, je l'ai viré de chez moi. Tout ce dont je me souviens c'est qu'il m'a dit que j'étais trop con et que je ne te méritais pas... Je pensais qu'avec le temps, je finirais par t'oublier. Mais au contraire, tu ne quittais pas mes pensées, je n'en dormais plus, j'en avais perdu l'appétit, j'en devenais fou, je te voyais partout... Alors un soir, je suis allé chez Aline. On a beaucoup discuté. C'est elle qui m'a dit que Laurent était bel et bien vivant, que tu l'avais viré parce qu'il t'avait trompé, qu'il n'y avait rien eu entre Max et toi... Tout, quoi... Alors je suis allé chez

Max pour m'excuser. Et ensuite, je t'ai appelée... trois fois ! Tu n'étais vraiment pas là ?

– Les deux premières fois, si ! Je craquais complètement.

– Pourquoi tu n'as pas décroché ou rappelé alors ?

– Parce que tu disais au téléphone que tu voulais simplement te justifier et m'expliquer ce qui s'était passé. Je me suis dit que tout ce que tu voulais, c'était avoir bonne conscience, c'est tout. Et moi, j'avais pas le courage de t'écouter te justifier et me dire que c'était réellement fini, que c'était mieux comme ça... Alors hier, je suis partie chez mes parents et je n'ai eu ton troisième message que le soir. Comme tu disais que c'était tant pis pour moi, que tu ne rappellerais plus, je me suis dit que cette fois, c'était vraiment mort... Je n'aurais jamais imaginé que tu puisses venir me rejoindre.

– Aline était sidérée quand je lui ai demandé ton adresse, se mit-il à rire. Elle n'arrivait pas à croire que j'allais venir te chercher.

– Moi non plus, je n'arrive pas à croire que tu sois venu, que tu sois là, que tu aies un peu de sentiments pour moi, murmura-t-elle, émue aux larmes.

– Un peu ? Alors que je n'aime que toi, mon petit nain tête de mule ? plaisanta-t-il.

Elle bondit sur lui, s'assit à cheval sur son ventre pour l'immobiliser et lui lança.

– Si jamais tu me traites encore une fois de tête de mule ou de nain, je sors mon pic à glace, le menaça-t-elle en faisant référence à la célèbre scène du meurtre dans le film "*Basic Instinct*".

– Je te rappelle qu'ils sont en train de faire l'amour quand elle le tue. Et elle ne fait pas n'importe comment, elle ne le tue que lorsqu'il jouit, s'amusa-t-il. Vas-y ! J'attends !

Ils firent l'amour encore et encore, jusqu'à l'épuisement, puis s'endormirent, solidement enlacés, rassasiés de baisers et de promesses d'amour.

Ils furent brutalement réveillés par la sonnette de la porte vers onze heures le lendemain matin. Léa, encore ensommeillée, enfila rapidement un peignoir et vint coller son œil au judas de la porte d'entrée, histoire de vérifier qui sonnait. Elle fut un peu surprise de reconnaître sa sœur et sa copine Isabelle. Elle leur ouvrit la porte.

– On dirait qu'on te réveille ! s'étonna Mathilde.

– Oui, c'est le cas, bailla Léa. Je dormais bien pourtant.

– Alors là, je suis vraiment désolée ! s'écria Mathilde. La première fois que tu dors bien depuis un mois, je trouve le moyen de venir te réveiller…

– Quel bon vent vous amène toutes les deux ? questionna Léa.

– J'ai mis Chloé à la garderie et figure-toi que nous avons décidé, Isabelle et moi, de s'occuper de ton cas. Aujourd'hui, on va te faire oublier ton connard !

Léa écarquilla les yeux et lança un regard offusqué à Mathilde. Grimaçant et gesticulant, elle tenta de lui faire comprendre que "*le connard*" était là. Quand Mathilde finit par comprendre, elle se figea, une horrible grimace sur le visage. Léa ne put s'empêcher de pouffer de rire, accompagnée par Isabelle, alors que Mathilde ne savait plus quoi dire. Le malaise de celle-ci s'accrut encore quand la silhouette splendide de Manu, les hanches moulées dans un jean délavé, un tee-shirt pendant par dessus, les cheveux plus ou moins ébouriffés, un sourire ironique aux lèvres, apparut dans l'encadrement de la porte de la chambre. Léa fit les présentations quand il arriva près d'elles.

– Ma copine Isabelle, ma grande sœur Mathilde... Et Manu.

– Dit le connard ! ironisa-t-il. Bonjour, enchanté !

Mathilde, qui n'était pas du genre à rester longtemps déstabilisée, décida de lui faire face, un grand sourire aux lèvres.

– Je devrais être désolée, mais ça fait un mois que ma petite sœur ne dort plus, ne mange plus... Bref... c'est de sa faute ! se justifia-t-elle en montrant Léa du doigt.

Tous les deux se sourirent et ce fut un soulagement pour Léa de se rendre compte qu'ils se plaisaient. Elle connaissait suffisamment sa sœur pour savoir quand elle appréciait ou non les gens. Mathilde n'avait jamais trop porté Laurent dans son cœur, mais Manu...

– C'est comme ça que tu m'appelais ces derniers temps ? railla ce dernier à l'attention de Léa.

– Je ne pense pas l'avoir dit tout haut, répondit celle-ci pince-sans-rire, mais je l'ai pensé tellement fort que ça a dû s'entendre !

– Léa, il y a un bureau de tabac tout près ? questionna Manu en secouant vainement un paquet de cigarettes vide.

– Oui, à cent mètres sur la droite dans la rue... Il me semblait que tu fumais rarement là-bas... remarqua-t-elle soudain.

– Hum, j'étais en train de ralentir quand je t'ai connue, sous-entendit-il, mais c'était pas le mois pour arrêter !

– Eh ! A côté, il y a une boulangerie où ils font de délicieux croissants, ajouta Mathilde malicieusement.

– Reçu cinq sur cinq, sourit Manu en sortant.

A peine eut-il refermé la porte d'entrée que Mathilde et Isabelle se tournaient vers Léa.

— Putain le mec ! s'écria Mathilde. Il est encore plus beau en vrai qu'en photos ! Je veux bien aller passer mes vacances chez Aline, moi ! Il a un frère ?

— Oui, pouffa Léa. Pire que lui avec les nanas, mais je te ferais juste remarquer que tu es mariée et mère de famille !

— Moi non ! rétorqua Isabelle. C'est quoi son adresse à son frère ?

Lorsque Manu rentra, il avait les bras chargés de croissants de toutes sortes. Léa avait préparé le café tout en relatant brièvement les évènements de la veille à Mathilde et Isabelle. Après un solide petit déjeuner, les deux intruses s'éclipsèrent.

Lorsqu'enfin, ils se retrouvèrent seuls, Manu posa à Léa, la question qui leur tenait tant à cœur à tous les deux.

— Pour l'instant je suis en vacances, mais qu'est-ce qui va se passer dans trois semaines ?

— Tu comptes passer trois semaines ici ? répondit innocemment Léa, dont les battements du cœur s'étaient relativement accélérés.

— Pas forcément ! Puisque tu ne travailles pas, on pourrait bouger, passer nos premières vacances ensemble où tu veux. Mais ensuite ? Tu comptes venir vivre avec moi en bas ?

— Ai-je le choix ? sourit-elle.

— Oui ! J'aurais la possibilité de demander ma mutation si tu veux rester ici... Pas sûr que je l'ai et même si ça marchait, ça mettrait du temps, mais c'est faisable... Maintenant, je ne te cache pas que je préfèrerais rester dans le sud. Ici, l'hiver... sous-entendit-il.

— Tu serais prêt à demander ta mutation ? s'étonna-t-elle.

– Bien sûr ! Si tu veux rester ici... Et si tu n'as pas l'intention de me virer d'ici quelque temps. Je ne suis pas prêt à te laisser me filer entre les doigts une deuxième fois.

– Quelle garantie j'aurai, moi, si je te suis ? Je n'aurai plus d'appart, pas de boulot, je dépendrai totalement de toi... Et si tu décides de me larguer ?

– Pas de boulot ? Tu n'en as déjà plus ici !

– Mais j'ai ma famille en cas de besoin et je ne vais pas tarder à en retrouver... le taquina-t-elle.

– Tu peux essayer d'en retrouver en bas aussi... Tu veux une garantie ? Une preuve que je suis sincère ? sourit-il... Epouse-moi !

Léa le regarda comme si elle le voyait pour la première fois, les yeux écarquillés, la bouche entrouverte, muette de surprise.

– Qu'est-ce que tu as dit ? murmura-t-elle enfin.

– Si on se marie, ça sera suffisant comme garantie ? sourit-il devant sa mine stupéfiée. Tu veux ?

– Tu es vraiment sérieux ? murmura-t-elle encore.

– J'ai l'air de ne pas l'être ? soupira-t-il.

En guise de réponse, Léa, dans un cri, se jeta sur lui, le renversant sur le canapé. Ils roulèrent tous les deux sur le sol en riant aux éclats.

– Oh oui, je veux, s'écria Léa. Je ne veux que ça !

Le téléphone qui sonnait les firent redescendre sur terre. Au lieu de laisser marcher le répondeur, Léa répondit instinctivement.

– Salut, c'est Aline ! Je te réveille ?

– Non, sourit Léa. Ma sœur l'a fait juste avant toi !

– A l'intonation de ta voix, j'ai l'impression que tu vas mieux... N'y aurait-il pas du nouveau ? ironisa Aline.

– Hypocrite ! Tu sais bien pourquoi, n'est-ce pas ?

– Il est là ? Vous vous êtes réconciliés ?

– Disons... en partie, choisit de bluffer Léa qui dut se retenir de ne pas hurler. En fait, ça a failli mal tourner, mais... Il y a quelqu'un vers toi, non ?

– Oui ! Il y a Chris et Max qui écoutent.

Manu grimaça : il fallait qu'ils soient là ces deux là.

– Ah, ben justement. Ma sœur et une copine viennent de faire connaissance de Manu et elles m'ont toutes les deux demandé s'il n'avait pas un frère qui lui ressemble. Elles voudraient son adresse, plaisanta Léa en tentant d'échapper au regard surpris et hilare de Manu.

– Alors surtout, ne leur dis pas que Manu et moi on ne se ressemble pas vraiment, rétorqua Chris qui s'était emparé de l'appareil. Et si toutes les deux sont dans ton genre, dis-leur que je les attends avec impatience.

– C'est pas évident, elles ne sont pas vraiment du même type que moi, surtout physiquement, mais c'est peut-être mieux pour elles, reprit Léa en riant. Et évite de parler comme ça devant ton frère, il n'apprécie pas vraiment !

– Ah merde ! Il est là ? se moqua Chris en riant. Tiens, passe-lui le téléphone, Max veux lui parler...

– Dis Manu, ne me dis pas que cette fois, si ça a failli mal tourner, c'était de ma faute, je n'étais pas là ! plaisanta Max.

– Pour une fois, j'avoue que tu n'y étais pour rien, rétorqua Manu en riant. Au fait, j'aurais besoin d'un petit service dans quelque temps...

– Vas-y, j'écoute, mais je n'ai pas encore dit oui !

– Tu es bien le seul, insinua Manu. J'aurais besoin d'un témoin.

– Un témoin pour quoi ? s'étonna Max... non ?! Pas ce que je pense ? T'es sérieux ?

– Par la même occase, demande à Aline si elle veut bien faire la même chose pour Léa...

Tous deux entendirent les cris de joie d'Aline et Chris derrière Max.

– Ben, elle est bonne celle-là ! lança Max stupéfié, qui ne trouva rien de mieux à répondre…

www.ingramcontent.com/pod-product-compliance
Lightning Source LLC
LaVergne TN
LVHW041658060526
838201LV00043B/484